PRISIONEIROS DO INVERNO

JENNIFER McMAHON

PRISIONEIROS DO INVERNO

Tradução de
ANA CAROLINA MESQUITA

4ª edição

EDITORA RECORD
RIO DE JANEIRO • SÃO PAULO
2021

CIP-BRASIL. CATALOGAÇÃO NA PUBLICAÇÃO
SINDICATO NACIONAL DOS EDITORES DE LIVROS, RJ

M429p
4. ed.
    McMahon, Jennifer, 1968-
    Prisioneiros do inverno / Jennifer McMahon; tradução de Ana Carolina Mesquita. – 4. ed. – Rio de Janeiro: Record, 2021.

    Tradução de: The winter people
    ISBN 978-85-01-06294-9

    1. Ficção americana. I. Mesquita, Ana Carolina. II. Título.

14-15424

CDD: 813
CDU: 821.111(73)-3

Título original:
The Winter People

Copyright © 2014 by Jennifer McMahon

Texto revisado segundo o novo Acordo Ortográfico da Língua Portuguesa.

Todos os direitos reservados. Proibida a reprodução, no todo ou em parte, através de quaisquer meios. Os direitos morais do autor foram assegurados.

Direitos exclusivos de publicação em língua portuguesa somente para o Brasil adquiridos pela
EDITORA RECORD LTDA.
Rua Argentina, 171 – Rio de Janeiro, RJ – 20921-380 – Tel.: (21) 2585-2000, que se reserva a propriedade literária desta tradução.

2021
Impresso no Brasil
Printed in Brazil

ISBN 978-85-01-06294-9

Seja um leitor preferencial Record.
Cadastre-se no site www.record.com.br
e receba informações sobre nossos lançamentos e nossas promoções.

Atendimento e venda direta ao leitor:
sac@record.com.br

EDITORA AFILIADA

Para Zella

Porque um dia você propôs uma brincadeira superaterrorizante de duas meninas cujos pais haviam desaparecido na floresta... "Às vezes as coisas simplesmente acontecem."

P: Enterrar fundo,
E pedras empilhar,
Contudo os ossos
Eu irei escavar.
O que sou eu?

R: Lembranças

— CHARADA POPULAR

Visitantes do Outro Lado

O Diário Secreto de Sara Harrison Shea

Da introdução da editora, Amelia Larkin

Minha adorada tia, Sara Harrison Shea, foi brutalmente assassinada no inverno de 1908. Ela estava com 31 anos.

Pouco depois de sua morte, reuni todas as páginas de seus diários que consegui localizar, depois de extraí-las de dúzias de locais secretos, muito bem escondidos, espalhados pela casa. Sara entendia o perigo que aquelas páginas representavam para ela.

Tornou-se então minha tarefa, ao longo de todo o ano seguinte, organizar as passagens e transformá-las em um livro. Abracei essa oportunidade assim que percebi que a história contada nessas páginas poderia mudar todas as nossas ideias sobre a vida e a morte.

Afirmo, porém, que as passagens mais importantes, aquelas que contêm os segredos e as revelações mais chocantes, estavam nas últimas páginas de seu diário, escritas poucas horas antes de sua morte.

Tais páginas ainda não foram encontradas.

Não tomei qualquer liberdade ao transcrever as passagens do diário; elas não foram embelezadas nem modificadas de nenhuma maneira. Acredito que, por mais fantástica que possa ser a história contada pela minha tia, trata-se de realidade, e não ficção. Minha tia, ao contrário do que diz a crença popular, tinha um juízo perfeito.

1908

Visitantes do Outro Lado

O Diário Secreto de Sara Harrison Shea

29 de janeiro de 1908

Na primeira vez que vi um dormente, eu tinha 9 anos.

Foi na primavera antes de Papai expulsar Titia — antes de perdermos meu irmão, Jacob. Minha irmã, Constance, havia se casado no outono passado e se mudado para Graniteville.

Eu estava explorando a floresta perto da Mão do Diabo, um lugar onde Papai havia proibido a gente de ir brincar. As árvores estavam começando a se encher de folhas, formando uma abóbada verde e luxuriante. O sol tinha aquecido a terra, o que dava à floresta úmida um cheiro intenso de argila. Aqui e ali, sob os bordos, as faias e as bétulas, espalhavam-se flores primaveris: trílios, lírios amarelos e minha preferida, a *jack-in-the-pulpit*, uma florzinha engraçada dona de um segredo: se você levantar seu capuz listrado, encontrará o pastor que existe embaixo. Foi Titia quem me mostrou isso e me ensinou que era possível cavar suas raízes e cozinhá-las como se fossem nabos. Eu havia acabado de encontrar uma dessas florezinhas e estava levantando seu capuz, procurando a figurinha minúscula que havia por baixo, quando ouvi passos, lentos e constantes, vindo em minha direção. Passos pesados que se arrastavam pelas folhas secas, tropeçando nas raízes das árvores. Senti vontade de correr, mas fiquei congelada pelo pânico, e me agachei atrás de uma pedra justamente quando um vulto entrou na clareira.

Eu a reconheci na mesma hora: Hester Jameson.

Ela havia morrido de febre tifoide duas semanas antes. Eu tinha ido ao funeral com Papai e Jacob, vi quando a colocaram para repousar no cemitério atrás da igreja, perto de Cranberry Meadow. Todo mundo da escola compareceu, vestindo as melhores roupas formais.

O pai de Hester, Erwin, era dono da loja Jameson's Suprimentos e Rações. Usava um paletó preto com mangas desgastadas, e seu nariz estava vermelho e escorrendo. Ao seu lado estava a esposa, Cora Jameson, uma mulher robusta que tinha um ateliê de costura na vila. A Sra. Jameson soluçava num lenço de renda, e todo o seu corpo arfava e tremia.

Eu já tinha ido a funerais antes, mas nunca no de alguém da minha idade. Em geral o falecido era sempre alguém muito velho ou muito novinho. Eu não conseguia tirar os olhos do caixão, que era do tamanho exato para uma menina como eu. Fiquei olhando fixamente para aquela simples caixa de madeira até ficar tonta, imaginando como seria estar deitada ali dentro. Papai deve ter percebido, porque segurou minha mão e a apertou, depois me puxou para mais perto de si.

O reverendo Ayers, então um homem jovem, disse que Hester estava com os anjos. Nosso antigo pastor, o reverendo Phelps, estava encurvado ali ao lado, semissurdo, e nada do que ele dizia fazia o menor sentido — eram só metáforas de dar medo sobre pecado e salvação. Mas, quando o reverendo Ayers falava, com seus olhos azuis cintilantes, era como se cada palavra que ele dissesse fosse exatamente para mim.

— Eu sou Aquele que o sustentará. Eu o fiz e o carregarei; Eu o sustentarei e o resgatarei.

Pela primeira vez na vida eu entendi a palavra de Deus, porque saiu da boca do reverendo Ayers. Sua voz, todas as meninas diziam, seria capaz de acalmar até o próprio Diabo.

Em um arbusto de aveleira ali perto, um pássaro preto de asas vermelhas soltou um grito. Ele estufou seus ombros vermelhos e cantou sem parar, o mais alto possível, com um canto quase hipnótico; até mesmo o reverendo Ayers parou para olhar.

A Sra. Jameson caiu de joelhos, ansiosa. O Sr. Jameson tentou levantá-la, mas não teve forças para isso.

Fiquei bem ao lado de Papai, segurando sua mão com força, enquanto atiravam terra no caixão da pobre Hester Jameson. Seus dentes da frente eram tortos, mas ela tinha um rosto lindamente delicado. Era a melhor da nossa turma em aritmética. Uma vez, no meu aniversário, ela me deu um cartão com uma flor prensada dentro. Era uma violeta, que havia sido perfeitamente seca e preservada. *Que seu dia seja tão especial quanto você*, ela havia escrito numa letra cursiva perfeita. Eu enfiei a flor dentro da minha bíblia e ali ela ficou durante anos, até se desintegrar ou cair, já não me lembro mais.

Agora, duas semanas depois do seu próprio funeral, a dormente de Hester me avistava ali na floresta, agachada atrás da pedra. Nunca esquecerei a expressão em seus olhos: era o reconhecimento amedrontado de alguém que acordara de um pesadelo horrível.

Eu já tinha ouvido falar de dormentes; inclusive havia uma brincadeira na escola em que uma das crianças fingia estar morta e ficava deitada no chão, rodeada de violetas e miosótis. Aí alguém se inclinava e sussurrava palavras mágicas no ouvido da garota morta, que então se levantava para perseguir as outras crianças. A primeira a ser pega seria a morta seguinte.

Acho que talvez eu até tenha brincado disso uma vez com Hester Jameson.

Eu já ouvira boatos sussurrados de dormentes que foram chamados da terra dos mortos pelos seus maridos e esposas enlutados, mas tinha certeza de que eles só existiam nas histórias que as velhas contavam umas para as outras enquanto dobravam a roupa limpa ou remendavam meias — algo para passar o tempo, e para fazer as crianças que ouviam escondidas voltarem depressa para casa antes de anoitecer.

Até então, eu tinha certeza de que Deus, em sua infinita sabedoria, não permitiria uma abominação dessas.

A distância entre mim e Hester não chegava a 3 metros. Seu vestido azul estava rasgado e imundo, seu cabelo loiro como uma espiga de milho, todo emaranhado. Ela cheirava a musgo e terra úmida, mas, além disso, havia algo mais, um odor acre, gordurento, chamuscado, semelhante ao cheiro de quando apagamos uma vela de sebo.

Nossos olhares se encontraram e eu tive vontade de falar alguma coisa, dizer seu nome, mas a única coisa que saiu foi um *Hsss* estrangulado.

Hester correu para o meio da floresta como um coelho assustado. Fiquei ali, sem poder me mexer, pateticamente segurando a minha rocha como um líquen.

Da trilha que levava até a Mão do Diabo surgiu outro vulto, correndo, chamando o nome de Hester.

Era sua mãe, Cora Jameson.

Ela parou quando me viu, o rosto afogueado, frenético. Respirava com dificuldade; seu rosto e seus braços estavam arranhados e em seus cabelos havia pedaços de folhas secas e galhos emaranhados.

— Não conte a ninguém — disse ela.

— Mas por quê? — perguntei, saindo de trás da pedra.

Ela me encarou; seu olhar praticamente passou através de mim, como se eu fosse uma vidraça suja.

— Um dia, Sara — respondeu ela —, talvez você ame alguém o bastante para entender.

Então ela saiu correndo pela floresta, atrás da sua filha.

*M*ais tarde, contei à Titia o que vi.

— Será que isso realmente é possível? — perguntei. — Trazer alguém de volta assim?

Estávamos perto do rio, apanhando sementes comestíveis, enchendo a cesta de Titia com seus topos cacheados, como costumávamos fazer toda primavera. Depois nós os levaríamos para casa e prepararíamos uma sopa cremosa cheia de verduras selvagens e ervas que Titia havia coletado pelo caminho. Tínhamos ido ali também para checar as armadilhas: Titia havia apanhado um castor dois dias antes e estava torcendo para pegar outro. A pele de castor era uma raridade e alcançava um preço alto. Um dia os castores foram tão comuns quanto esquilos, segundo Titia, mas agora os caçadores já haviam matado quase todos.

Chumbo de Espingarda viera conosco e estava farejando o chão, com as orelhas atentas para o mínimo barulho. Nunca soube se ele era totalmente ou apenas parcialmente lobo. Titia o encontrou filhote, quando ele caiu em um dos buracos de suas armadilhas depois de ter levado tiros de alguém. Ela o carregou para casa, retirou as balas de Chumbo de Espingarda, costurou a ferida e cuidou dele até ele se recuperar. Desde então, ele não saía do seu lado.

— Ele teve sorte de encontrar você — eu disse, depois de ouvir aquela história.

— A sorte não tem nada a ver com isso — replicou Titia. — Ele e eu fomos feitos um para o outro.

Nunca vi tamanha devoção em um cachorro — nem em animal algum, aliás. Seus ferimentos se curaram, mas a bala o deixou cego do olho direito, que era de um tom branco leitoso. *É seu olho fantasma*, dizia Titia.

— Ele chegou tão perto da morte que um de seus olhos ficou por lá — explicava ela. Eu amava Chumbo de Espingarda, mas odiava aquela lua leitosa que parecia enxergar tudo e nada ao mesmo tempo.

Titia não tinha parentesco de sangue comigo, mas gostava de mim, me criou depois que minha mãe morreu ao me dar à luz. Eu não tinha nenhuma lembrança de minha mãe — as únicas provas de sua existência eram a foto de casamento dos meus pais, a colcha costurada por ela com a qual eu dormia todas as noites, e as histórias contadas pelos meus irmãos mais velhos.

Meu irmão dizia que eu tinha a risada da minha mãe. Minha irmã contava que minha mãe havia sido a melhor dançarina do condado, que era invejada por todas as outras garotas.

O povo de Titia vinha do norte, de Quebec. Seu pai fora caçador; sua mãe, índia. Titia carregava consigo uma faca de caça e usava um casaco comprido de pele de veado decorado com contas de cores vivas e espinhos de porco-espinho. Falava francês e cantava músicas numa língua que jamais reconheci. Usava um anel de osso amarelado no dedo indicador da mão direita.

— O que está escrito aí? — perguntei certa vez, tocando as letras e símbolos estranhos de sua superfície.

— Que a vida é um círculo — respondeu ela.

As pessoas da vila tinham medo de Titia, mas o medo não as impedia de baterem à sua porta. Elas seguiam a trilha bem pisada até seu chalé na floresta, que ficava atrás da Mão do Diabo, e levavam moedas, mel, uísque — o que tivessem para trocar pelos remédios dela. Titia possuía gotinhas para cólica, chá para febre e até mesmo uma garrafinha azul que, jurava ela, continha uma poção tão poderosa que com uma única gota o objeto do seu amor seria seu. Eu sabia que era melhor não duvidar dela.

Eu sabia outras coisas sobre Titia, também. Já a havia visto saindo de fininho do quarto de Papai de manhã cedo, ouvira os sons que vinham de trás da porta trancada do quarto dele quando ela o visitava.

Também sabia que era melhor não irritá-la. Tinha um temperamento terrível e pouca paciência com gente que não enxergava as coisas do mesmo modo que ela. Se alguém se recusasse a pagar pelos seus serviços, ela gritava seu nome, salpicava sua casa com um pó preto que retirava de uma de suas bolsas de couro e pronunciava um encantamento estranho. Coisas terríveis aconteciam com aquela família, então: doenças, incêndios, perdas na plantação, até mesmo mortes.

Atirei um punhado de sementes verde-escuras na cesta.

— Me conte, Titia, por favor — implorei. — Os mortos podem voltar?

Titia me olhou por um longo tempo, com a cabeça inclinada para o lado, seus olhinhos escuros fixos nos meus.

— Sim — disse ela, finalmente. — Há um jeito de fazer isso. Pouca gente o conhece, mas quem sabe o transmite aos seus filhos. Por você ser a coisa mais próxima que terei de uma filha, o segredo será transmitido a você. Eu anotarei tudo o que conheço sobre os dormentes. Dobrarei os papéis, colocarei todos dentro de um envelope e o selarei com cera. Você vai escondê-lo e, um dia, quando estiver pronta, o abrirá.

— Como vou saber se estou pronta? — perguntei.

Ela sorriu, mostrando seus dentes pequenos, pontiagudos como os de uma raposa e manchados de marrom por causa do tabaco.

— Você saberá.

*Estou escrevendo essas palavras em segredo, escondida embaixo das cobertas. Martin e Lucius acham que estou dormindo. Eu os ouço lá embaixo, bebendo café e discutindo o meu prognóstico. (Nada bom, receio.)

Ando vasculhando o passado na minha cabeça, pensando em como tudo isso começou, juntando uma coisa com a outra, do mesmo modo como se costura uma colcha de retalhos. Mas, ah!, que colcha mais horrenda e torta seria essa minha!

— Gertie — ouço Martin dizer por cima do som de uma colher mexendo o café em sua caneca de alumínio preferida. Imagino sua testa franzida, com rugas profundas de preocupação; como seu rosto deve estar triste depois de pronunciar o nome dela.

Seguro a respiração e faço um esforço para ouvir.

— Às vezes uma tragédia pode quebrar a pessoa — diz Lucius. — Às vezes essa pessoa nunca mais consegue se recompor.

Se eu fechar os olhos agora, ainda posso ver o rosto de Gertie, sentir seu hálito adocicado na minha face. Sou capaz de lembrar de modo muito vívido a última manhã que passamos juntas, de ouvir Gertie dizer: "Quando a neve se derrete e vira água, ela ainda se lembra de que já foi neve?"

Martin

12 de janeiro de 1908

— Acorde, Martin. — Um sussurro suave, adejando contra sua face. — Está na hora.

Martin abriu os olhos, abandonando o sonho com uma mulher de cabelos escuros e compridos. Ela estivera lhe dizendo alguma coisa. Algo importante, que ele não deveria esquecer.

Ele se virou na cama. Estava sozinho, o lado de Sara estava frio. Sentou-se e escutou atentamente. Vozes, risinhos baixos no corredor, atrás da porta do quarto de Gertie.

Teria Sara passado a noite inteira com Gertie novamente? Com certeza isso não devia ser bom para a menina, ser mimada desse jeito. Às vezes ele tinha medo de que o vínculo existente entre Sara e Gertie não fosse... saudável. Semana passada mesmo, Sara manteve Gertie afastada da escola durante três dias, e naqueles três dias a idolatrara — trançando seu cabelo, costurando para ela um vestido novo, assando biscoitos, brincando de esconde-esconde. A sobrinha de Sara, Amelia, ofereceu-se para ficar com Gertie no fim de semana, mas Sara inventou dezenas de desculpas — "ela fica com saudades de casa, ela é tão frágil". Porém, Martin sabia que era Sara quem não conseguia suportar ficar longe de Gertie. Sara jamais parecia inteira a menos que Gertie estivesse ao seu lado.

Ele afastou aqueles pensamentos preocupados. Melhor se concentrar nos problemas que entendia e nos quais era capaz de interferir.

A casa estava fria, o fogo, apagado.

Ele atirou as cobertas para o lado, jogou as pernas para fora da cama e vestiu a calça. Seu pé defeituoso ficou ali dependurado como um casco, até ele enfiá-lo na bota feita especialmente para ele pelo sapateiro de Montpelier. Como as solas estavam gastas, ele havia preenchido o fundo das duas botas com grama seca e folhas de taboca entremeadas com camadas de couro, na tentativa fútil de afastar a umidade. Não havia dinheiro para fazer novas botas sob medida no momento.

A praga havia arruinado a maior parte da colheita de batata do outono passado, e agora eles dependiam do dinheiro da venda de batatas para a fábrica de amido para conseguirem atravessar o inverno. Ainda estavam em janeiro, mas o celeiro de raízes já estava quase vazio: havia apenas algumas batatas e cenouras borrachudas, um pouco de abóbora, meia dúzia de frascos de vagens e tomates em conserva que Sara preparara no verão passado, um pouco de carne salgada do porco que eles mataram em novembro (haviam trocado a maior parte da carne por mantimentos secos no armazém). Em breve Martin teria de dar um jeito de matar um veado, se eles quisessem ter o suficiente para comer. Apesar de Sara ter talento para fazer durar a pouca comida que eles tinham, preparando refeições à base de molho de leite com pãezinhos e apenas um pouco de carne de porco, ela não seria capaz de criar coisa alguma a partir do nada.

— Coma mais um pouco, Martin — falava ela sempre, sorrindo enquanto servia mais um punhado de molho sobre os pãezinhos. — Tem bastante. — Então ele assentia e repetia o prato, concordando com esse mito de abundância criado por Sara.

— Adoro pãozinho com molho — comentava Gertie.

— É por esse motivo que eu sempre cozinho isso, meu amor — respondia Sara.

Uma vez por mês, Sara e Gertie subiam na carroça e iam até a vila para trazer do armazém o que estivesse faltando em casa. Não compravam nenhuma extravagância, apenas o básico para que a família conseguisse se virar: açúcar, melaço, farinha, café e chá. Abe Cushing deixava que comprassem fiado, mas na semana anterior chamara Martin de lado para lhe dizer que a conta já estava muito alta — eles precisariam pagar uma parte antes que pudessem ter crédito para comprar mais. Martin sentira o arrepio azedo do fracasso subir do seu estômago vazio até o peito.

Apertou os cadarços das botas e os amarrou em nós cuidadosos. Seu pé defeituoso já estava doendo, e ele nem sequer se levantara. Culpa da tempestade.

Enfiou a mão no bolso direito de suas calças remendadas e puídas, tateando em busca do anel para ter certeza de que estava mesmo ali. Ele o levava aonde quer que fosse, como um amuleto de boa sorte. O anel se aquecia ao toque de seus dedos, parecia irradiar um calor próprio. Às vezes, quando ele estava trabalhando no campo ou na floresta e sabia que Sara não podia ver, enfiava o anel no seu dedo mindinho.

Toda primavera, Martin reunia com o arado rochas em quantidade suficiente para construir um silo. Entretanto, não topava apenas com rochas — já havia encontrado outras coisas, coisas estranhas, no campo ao norte, logo abaixo da Mão do Diabo.

Xícaras e pratos rasos quebrados. A boneca de trapo de uma menina. Pedaços de roupa. Madeira chamuscada. Dentes.

— Será um antigo assentamento? Alguma espécie de aterro? — supusera ele ao mostrar a Sara aqueles artefatos.

Os olhos dela se escureceram e ela balançou a cabeça.

— Nada jamais morou por aquelas bandas, Martin. — Então ela o incitou a enterrar tudo de novo no chão. — Não are a terra muito perto da Mão do Diabo. Deixe aquele campo intocado.

E foi o que ele fez.

Até dois meses atrás, quando encontrou o anel ali, cintilando como o halo que às vezes se via ao redor da lua.

Era um anel estranho, esculpido à mão a partir de um osso. E velho, muito velho. Havia desenhos entalhados em sua superfície, uma escrita estranha que Martin não conhecia. Porém, quando o segurou em sua mão, o anel quase pareceu falar com ele, aquecer-se e pulsar. Martin interpretou aquilo como um sinal de que sua sorte estava prestes a mudar.

Levou o anel para casa, limpou-o e o colocou em um saquinho de veludo. Deixou o saquinho em cima do travesseiro de Sara na manhã de Natal, quase explodindo de ansiedade. Nunca houve dinheiro para comprar para ela um presente de verdade, um presente que ela merecesse, e por isso ele mal conseguia esperar até que ela visse o anel. Sabia que iria adorá-lo. Era tão trabalhado, tão delicado e ao mesmo tempo... tão mágico, um presente perfeito para a sua esposa.

Os olhos de Sara se iluminaram quando ela viu o saquinho, mas, quando ela o abriu e olhou seu interior, deixou-o cair instantaneamente, horrorizada, as mãos trêmulas. Era como se ele tivesse lhe dado um dedo amputado.

— Onde achou isso? — perguntou.

— Na beira do campo, perto da floresta. Pelo amor de Deus, Sara, o que foi?

— Você precisa enterrar esse anel de volta onde estava — disse ela.

— Mas por quê?

— Prometa que fará isso — exigiu ela, colocando a mão espalmada no peito dele, segurando sua camisa entre os dedos. — Agora mesmo.

Ela parecia estar com muito medo. Tão estranhamente desesperada.

— Prometo — respondeu ele, tirando o anel do saquinho e enfiando-o dentro do bolso de sua calça.

Entretanto, ele não o enterrou. Guardou-o escondido, como seu pequeno amuleto da sorte.

Agora ele se levantou, o anel cuidadosamente guardado no bolso, e caminhou até a janela. À meia-luz da aurora, viu que havia nevado durante toda a noite. Isso significava que teria de limpar a neve com a pá e passar o rolo compressor até onde estavam os cavalos para tornar a passagem atravessável. Se conseguisse fazer isso logo, apanharia a espingarda e sairia para a floresta para caçar — a neve fresca facilitaria o trabalho de rastreamento de pegadas e, com neve alta assim, os veados iriam para onde a floresta é mais densa. Se não conseguisse apanhar um veado, talvez encontrasse um peru ou uma galinha-selvagem. Até uma lebre-americana serviria. Imaginou o rosto de Sara, iluminado ao vê-lo trazer carne fresca. Ela lhe daria um beijo, diria "Bom trabalho, meu amor", depois afiaria sua melhor faca e se lançaria ao trabalho, dançando pela cozinha e cantarolando alguma canção que Martin jamais seria capaz de identificar — algo que parecia triste e feliz ao mesmo tempo; uma música, diria ela, que havia aprendido quando criança.

Ele desceu as escadas estreitas até a sala de estar, limpou a lareira e acendeu o fogo. Em seguida acendeu o fogão na cozinha, cuidando para não fechar a porta de ferro. Se Sara ouvisse aquilo, desceria. Que ela descanse um pouco, quentinha, rindo embaixo das cobertas com a pequena Gertie.

O estômago de Martin se apertou de fome. O jantar da noite passada tinha sido um ensopado ralo de batata com alguns poucos pedacinhos de coelho. Ele havia arruinado a maior parte da carne com o chumbo da espingarda.

— Não dava para mirar na cabeça? — perguntara Sara.

— Na próxima vez eu lhe entrego a espingarda — respondera ele com uma piscadela. A verdade é que ela sempre tivera uma mira melhor que a dele. E um talento sem igual para destrinchar e esfolar qualquer bicho. Bastavam umas poucas facadas e ela pelava o couro inteiro do animal, como se estivesse retirando um casaco de inverno. Já ele era desajeitado e destroçava a pele toda.

Martin vestiu o sobretudo de lã e chamou o cachorro, que estava enrodilhado em cima de uma colcha velha num canto da cozinha.

— Vamos, Shep — chamou. — Aqui, garoto.

Shep levantou sua enorme cabeça maciça, olhou intrigado para Martin e depois voltou a pousá-la no chão. Estava ficando velho e já não se sentia ansioso para saltar na neve recém-caída. Ultimamente, parecia que o cão só atendia a Sara. Shep era o último de uma linhagem de Sheps, todos descendentes do Shep original, que havia sido o principal cão de fazenda dali quando Sara era menina. O atual Shep, tal como aqueles que vieram antes dele, era um cachorro grande de pernas esguias e compridas. Sara dizia que o pai do primeiro Shep era um lobo, e, olhando para ele, Martin não duvidava.

Sem cachorro, Martin abriu a porta de entrada e seguiu até o celeiro. Iria alimentar os poucos animais que ainda lhes restavam — dois cavalos de carga velhos, uma vaca leiteira magricela, umas poucas galinhas — e apanhar alguns ovos para o café da manhã, se houvesse algum. As galinhas não estavam pondo muito ovo naquela época do ano.

O sol começava a despontar por cima do morro, e a neve caía em grandes blocos felpudos. Ele afundou na neve fresca, que chegava até a metade de suas canelas, e percebeu que precisaria colocar raquetes de neve para ir até a floresta mais tarde. Seguiu caminhando com dificuldade, arrastando os pés desajeitadamente pelo jardim em direção ao celeiro, depois o rodeou e seguiu até o galinheiro. Alimentar as galinhas era uma de suas tarefas preferidas — ele gostava do modo como elas o cumprimentavam com pios e arrulhos, do calor dos ovos retirados das caixas que lhes serviam de ninho. As galinhas davam tanto e exigiam tão pouco em troca. Gertie dera um nome para cada uma: havia Wilhelmina, Florence a Grande, a Rainha Reddington e oito outras galinhas, mas Martin sentia dificuldade em acompanhar as historinhas estranhas que Gertie inventava para elas. Antes de uma raposa apanhar uma das galinhas, eles tinham uma dúzia completa delas. Em novembro passado, Gertie fez chapeuzinhos de papel para todas e lhes levara um bolinho de milho. "Estamos fazendo uma festa", explicou ela a Martin e Sara, e os dois assistiram à filha encantados, rindo enquanto Gertie corria atrás das galinhas para tentar fazer com que o chapéu não caísse.

Ele virou uma das esquinas do celeiro e sentiu o ar escapar de seu peito ao ver uma mancha vermelha sobre o branco. Penas espalhadas.

A raposa havia voltado.

Martin correu até o galinheiro, mancando, arrastando o pé defeituoso pela neve. Não foi difícil perceber o que tinha acontecido: as pegadas levavam ao galinheiro e, em frente, havia uma confusão de penas, sangue e uma trilha vermelha que levava para longe.

Martin estendeu a mão para baixo e retirou sua luva pesada: o sangue estava fresco, não havia congelado ainda. Inspecionou o poleiro, viu o pequeno buraco mordiscado pelo qual a raposa havia entrado. Soltou o ar por entre os dentes cerrados, destrancou a porta e olhou para dentro. Mais duas galinhas mortas. Nenhum ovo. As galinhas restantes estavam aninhadas num grupo agitado, em um canto no fundo.

Ele seguiu apressado de volta para casa para apanhar sua espingarda.

Gertie

12 de janeiro de 1908

— Quando a neve se derrete e vira água, ela ainda se lembra de que já foi neve?

— Não sei se a neve tem uma boa memória — responde Mamãe.

Nevou forte na noite passada e, quando espiei pela janela de manhã, tudo estava coberto por um cobertor grosso e felpudo, branco e puro, que apagava todo o resto — pegadas, estradas, qualquer sinal de gente. É como se o mundo tivesse renascido, fosse fresquinho e novo. Hoje não vai ter aula, e, por mais que eu adore a Srta. Delilah, adoro ainda mais ficar com Mamãe em casa.

Mamãe e eu estamos aninhadas uma contra a outra como vírgulas gêmeas. Eu já conheço vírgulas e pontos e pontos de interrogação. A Srta. Delilah me ensinou. Alguns livros eu consigo ler superbem. Outros, tipo a bíblia, são um enigma para mim. A Srta. Delilah também me falou de almas, de como toda pessoa tem uma.

— Deus assopra a alma para dentro da gente — explicou ela.

Perguntei se com os animais era a mesma coisa e ela respondeu que não, mas eu acho que ela está errada. Acho que tudo deve ter alma e memória, inclusive os tigres e as rosas, inclusive a neve. E, claro, o velho Shep, que passa os dias dormindo perto do fogo, de olhos fechados, mexendo as patas, porque nos seus sonhos ele ainda é um cachorrinho pequeno. Como é possível sonhar sem ter alma?

As cobertas estão sobre a minha cabeça e a de mamãe como uma tenda, e está escuro, como se a gente estivesse no fundo da terra. Como bichos numa toca. Quentinhos. Às vezes a gente brinca de esconde-esconde, e eu adoro me esconder embaixo das cobertas ou da cama dela. Sou pequena e caibo em lugares apertados. Às vezes Mamãe leva um tempão para me encontrar. Meu esconderijo preferido é o armário de Mamãe e Papai. Gosto de sentir as roupas deles roçando meu rosto e meu corpo, como se eu estivesse caminhando por uma floresta cheia de árvores macias que cheira igual à minha casa: a sabão e a fumaça de lenha e a loção de rosas que Mamãe às vezes passa nas mãos. Tem uma tábua solta no fundo do armário que eu consigo deslocar para entrar ali; quando faço isso, saio no armário de toalhas que fica no hall de entrada, embaixo das prateleiras com lençóis extras, toalhas e colchas. Às vezes faço o caminho contrário e vou parar no armário de Mamãe e Papai, e fico olhando os dois dormindo. Isso me dá uma sensação estranha e gostosa de ser mais uma sombra do que uma menina — de que estou acordada quando ninguém mais está; de que eu e a lua estamos sorrindo do alto para Mamãe e Papai, enquanto eles sonham.

Agora Mamãe estica sua mão, apanha a minha e soletra nela com o dedo indicador:

— P-R-E-P-A-R-A-D-A?

— Não, Mamãe — respondo, segurando os dedos dela. — Só mais um pouquinho.

Mamãe suspira e me abraça com mais força. Sua camisola é de flanela velha. Eu enrolo os dedos nas dobras macias.

— O que você sonhou, minha menininha querida? — pergunta ela. A voz de Mamãe é macia como linho bom.

Sorrio. Pego sua mão e soletro nela "C-A-C-H-O-R-R-O-A-Z-U-L".

— De novo? Que gostoso! Você andou no lombo dele?

Faço que sim. A parte de trás da minha cabeça bate no queixo pontuuuuuudo de Mamãe.

— Para onde ele levou você dessa vez? — Ela beija minha nuca, sua respiração faz cócega nos cabelinhos que existem ali. Uma vez eu disse à Srta. Delilah que todo mundo deve ser um pouquinho bicho, porque temos pelinhos por toda a nossa pele. Ela riu e disse que era uma ideia boba. Às vezes, quando a Srta. Delilah ri de mim, eu me sinto minúscula, como se fosse uma menininha que ainda estivesse aprendendo a falar.

— Ele me levou para ver uma senhora de cabelo emaranhado que mora dentro de uma árvore velha e oca. Ela morreu há muito tempo. É um dos prisioneiros do inverno.

Sinto Mamãe endurecer.

— Prisioneiros do inverno?

— É o nome que eu dei pra elas — explico, virando-me para encarar Mamãe. — São pessoas que estão presas entre lá e cá, esperando. Me lembra o inverno, quando tudo é branco e frio e cheio de nada, e a única coisa que dá pra fazer é ficar esperando a primavera chegar.

Ela me olha de um jeito muito esquisito. Meio preocupada.

— Está tudo bem, Mamãe. Essa senhora que eu encontrei não é uma das pessoas malvadas.

— Pessoas malvadas? — pergunta Mamãe.

— Às vezes elas ficam bravas. Odeiam estar presas. Querem voltar mas não sabem como, e, quanto mais tentam, mais bravas ficam. Às vezes estão sozinhas e só querem ter alguém com quem conversar.

As cobertas voam por cima de nossas cabeças, e o frio do quarto atinge meu corpo e faz minha pele se arrepiar como se tivesse sido cutucada por mil estalactites pequenininhas.

— Hora de levantar — diz Mamãe, num tom mais alto do que o normal. — Depois dos afazeres e do café da manhã, talvez nós duas possamos assar alguma coisa.

Mamãe agora está de pé, alisando os cobertores, pairando ao redor como um pássaro ocupado.

— Tipo biscoito de melaço? — pergunto, esperançosa. Biscoito de melaço é minha comida preferida nesse mundo. A de Shep também, porque agora que ele está velho, Mamãe deixa ele lamber a tigela. Papai diz que a gente mima esse cachorro, mas Mamãe diz que Shep fez por merecer.

— Sim. Agora vá encontrar seu papai e veja se ele precisa de ajuda para alimentar os animais. Traga os ovos também. Vamos precisar deles para fazer os biscoitos. E Gertie? — diz ela, virando meu rosto para que eu possa olhar direto no dela. Seus olhos estão brilhantes e iluminados, como um peixe no riacho. — Não fale do seu sonho para ele. Nem fale nada sobre os prisioneiros do inverno. Ele não iria entender.

Faço que sim e salto para o chão. Hoje sou um bicho das selvas. Um leão ou um tigre. Qualquer bicho de dentes afiados e garras que mora num lugar do outro lado do oceano, onde faz calor o tempo inteiro. A Srta. Delilah mostrou para a gente um livro de figuras com todos os animais que Noé levou com ele na arca: cavalos e bois, girafas e elefantes. Meus preferidos foram os grandes felinos. Aposto como eles conseguem caminhar quietinhos à noite, como eu.

— Grrr — rosno, arranhando minha garra para sair do quarto. — Cuidado, Papai. Aqui vai o maior felino da selva. Grande o bastante pra comer você, com osso e tudo.

Martin

12 de janeiro de 1908

    Martin conhecia Sara desde sempre. A gente dela vinha da fazenda que ficava nos arredores da vila, perto do espinhaço. A Mão do Diabo, assim chamava o povo, uma formação rochosa que saía da terra como uma mão gigante, com dedos levantando-se do chão. "Terra mal-assombrada", diziam. Um lugar onde moravam monstros. O solo não era bom, todo argiloso e cheio de pedras, mas os Harrisons se viravam trocando as poucas coisas que conseguiam tirar da terra — batatas, nabos — por farinha e açúcar na vila. Os Harrisons eram magros, quase esqueléticos, com olhos e cabelos escuros, mas Sara era diferente: seu cabelo ficava avermelhado quando iluminado pelo sol; seus olhos acobreados dançavam com luz em vez de sombras. Parecia do outro mundo para Martin, uma sereia ou uma *selkie*, uma mulher-foca — uma criatura sobre a qual ele tinha lido nos livros de história, mas nunca imaginara que pudesse ser real.
    A mãe de Sara morrera quando a trouxera ao mundo. Quem criou Sara foram apenas seus irmãos mais velhos e o velho Joseph Harrison, sozinhos. Porém, as pessoas diziam que durante uma época havia uma mulher que ia até lá. Cuidava da roupa, cozinhava, olhava as crianças. Diziam inclusive que ela se deitava com Joseph Harrison, e que, por certo tempo, viveu como esposa ao lado dele. Era uma índia que raramente falava e usava roupas feitas de peles de animais — é o que diziam. Algumas pessoas falavam que ela mesma era metade bicho: que tinha o poder de se transformar num urso ou veado. Martin se lembrava do próprio pai

falando dela; ele dizia que ela morava num chalé mais além da Mão do Diabo, e que as pessoas da vila iam procurá-la quando alguém adoecia. "Quando o médico não podia ajudar, era ela que você ia procurar."

Alguma coisa acontecera com a mulher... um acidente?, um afogamento? Alguma coisa tinha acontecido com a mulher por volta da época em que o irmão de Sara morrera. Martin não conseguia se lembrar dos detalhes, e, quando perguntou a Sara depois que eles se casaram, ela balançou a cabeça e disse que ele devia estar enganado.

— As histórias que você ouviu são só boatos. As pessoas da vila adoram esse tipo de história, você sabe disso tão bem quanto eu. Éramos apenas Papai, Constance, Jacob e eu. Não havia nenhuma mulher da floresta.

Na escola secundária, Martin um dia estava jogando gude com um grupo de meninos no pátio. Seu irmão mais velho, Lucius, estava lá, fulo da vida porque Martin tinha acabado de ganhar sua bola de gude preferida depois de acertá-la para fora do ringue: um belo gude laranja que Lucius apelidara de Júpiter. Martin estava segurando seu troféu, pensando nas órbitas dos planetas, quando Sara Harrison veio espiar, seus olhos brilhantes refletindo a luz de um jeito muito parecido com o da sua nova bolinha de gude. Ela lhe pareceu tão repentinamente linda que ele fez a única coisa que lhe veio à cabeça: entregou-lhe o gude.

— Não! — gritou Lucius, mas era tarde demais. Sara segurou o gude e sorriu.

— Martin Shea, você é o homem com quem irei me casar — disse ela.

Lucius soltou uma risada de desdém:

— Você é louca, Sara Harrison.

Mas Sara havia dito aquilo com tanta certeza, com tanta convicção, que Martin jamais duvidou ser verdade, embora naquele dia tivesse rido, rodeado de seus amigos e do irmão, como se ela tivesse contado uma piada. E parecia mesmo uma piada, o fato de uma garota tão linda quanto ela escolher Martin.

Ele fora um garoto estranho — com braços compridos demais para as camisas, a cara sempre enfiada num livro como *A ilha do tesouro*, *A família Robinson* ou *Vinte mil léguas submarinas*. Ele ansiava por aventuras e acreditava que tinha a coragem de um herói. Infelizmente em West Hall não existiam piratas com quem lutar, nem naufrágios aos quais sobreviver. Apenas a monotonia sem fim dos afazeres diários na fazenda de sua família: vacas para ordenhar, feno para cortar. Um dia, prometeu ele a si mesmo, deixaria tudo aquilo para trás — estava destinado a coisas maiores do que ser um simples fazendeiro. Até lá, ele ganhava tempo. Ia mal na escola, sonhando acordado quando deveria estudar, enquanto seu irmão, Lucius, tirava as melhores notas da classe. Lucius era mais forte, mais veloz, mais corajoso, até mais bonito. Lucius era aquele com quem todas as meninas sonhavam casar-se um dia. O que, então, Sara Harrison via em Martin?

Ele não sabia naquela época, mas esse era um dos grandes dons de Sara: a capacidade de enxergar o futuro nas pequenas coisas, como se ela fosse dona de um telescópio especial.

— Você não vai sair de West Hall, Martin — declarou ela no piquenique do Quatro de Julho, quando Martin tinha 12 anos. A maioria das pessoas da vila estava reunida no gramado ao redor do coreto recém-construído. Algumas estavam dançando, outras, deitadas sobre cobertores. Lucius estava no gazebo tocando clarim com alguns homens da vila que compunham a banda de West Hall. Lucius, que iria para Burlington no outono — suas notas altas lhe haviam conquistado uma bolsa integral na Universidade de Vermont.

— Por que tem tanta certeza assim? — perguntou Martin, virando-se para olhar para Sara, que tinha se sentado ao seu lado.

— Já pensou alguma vez que toda a aventura que você poderia desejar está bem aqui?

Ele riu, e ela sorriu com paciência para ele, depois enfiou a mão no bolso da jaqueta e tirou de lá uma coisa. O gude Júpiter.

Voltou a guardar o gude no bolso, inclinou-se para a frente e beijou o rosto dele.

— Feliz Dia da Independência, Martin Shea.

Ele decidiu ali mesmo que Sara tinha razão: ela era a garota com quem ele iria se casar, e talvez, quem sabe, *ela* fosse a aventura que estava destinada à sua vida.

— Martin — sussurrara ela na noite de núpcias, os dedos enrodilhados em seu cabelo, os lábios fazendo cócegas em sua orelha esquerda —, um dia vamos ter uma filha.

E dito e feito: tiveram.

Sete anos atrás, depois de perderem três bebês ainda no útero e depois seu filho, Charles, que morrera aos dois meses de idade, Sara dera à luz Gertie. Era uma menina pequena, minúscula; Lucius disse que ela não viveria nem uma semana.

Ele havia passado nos exames de medicina e voltado de Burlington para trabalhar com o velho Dr. Stewart, que logo se aposentou, fazendo de Lucius o único médico da cidade. Lucius fechou sua maleta de couro e pousou a mão no braço de Martin.

— Lamento — disse ele.

Porém, Lucius errou: Gertie se agarrou a Sara e mamou sem parar, ficando mais forte a cada dia. A menina milagrosa dos dois. E Sara cintilava de felicidade, com o bebezinho minúsculo adormecido sobre seu peito, olhando para Martin com um sorriso de agora-está-tudo-bem-nesse-mundo. Martin sentia a mesma coisa e soube então que nenhuma aventura na qual ele um dia pudesse ter embarcado poderia ter um final mais feliz do que aquele.

Embora não mamasse mais no peito da mãe, Gertie continuava agarrada a Sara. As duas eram inseparáveis, sempre grudadas, e soletravam palavras secretas uma na palma da mão da outra com a ponta dos dedos. Às vezes Martin tinha certeza de que elas não precisavam de palavras para se comunicarem — que eram capazes de ler a mente uma da outra. As duas pareciam ter conversas inteiras em silêncio, sem palavras, apenas trocando olhares, rindo e assentindo uma para a outra à mesa de jantar. De vez em quando Martin sentia uma pontinha de inveja. Tentava participar de seus segredinhos e piadinhas, rindo nos momentos errados e ganhando um olhar de "pobre papai" de Gertie. Ele entendeu, e finalmente veio a aceitar, que elas compartilhavam uma ligação, uma conexão, da qual ele jamais faria parte. A verdade é que ele acreditava ser o homem mais sortudo da face da Terra por ter aquelas duas como esposa e filha: era como viver com sereias ou fadas, criaturas tão estonteantemente lindas, que ele nunca poderia entendê-las de todo.

Entretanto, ele tinha medo de que a perda dos filhos anteriores tivesse feito Sara se apegar a Gertie de um jeito que parecia quase desesperado. Alguns dias Sara nem sequer deixava a menina ir para a escola, dizendo estar preocupada porque o nariz de Gertie estava escorrendo um pouco ou porque seus olhos pareciam embaçados.

Nos seus momentos mais escuros, Martin achava que Sara o culpava pela morte dos bebês que vieram antes de Gertie, embora ela jamais tivesse dito nada. Cada aborto quase destruiu Sara: ela passava semanas de cama, chorando, comendo apenas o suficiente para sustentar um pardal. Então veio Charles, que nasceu forte e saudável, com a cabeça cheia de cachos escuros e o rosto tão sábio quanto o de um velho. Certa manhã eles o encontraram no berço, frio e sem respirar. Sara o abraçou, segurou-o com força o dia inteiro e também no seguinte. Quando Martin tentou apanhar o bebê, Sara insistiu que ele não estava morto.

— Ele ainda está respirando — disse ela. — Posso sentir seu coraçãozinho batendo.

Martin deu um passo para trás, assustado.

— Por favor, Sara — pediu.

— Vá embora! — vociferou ela, apertando o bebê morto com mais força ainda, os olhos frios e alucinados como os de um animal enlouquecido.

Até que, finalmente, Lucius foi obrigado a intervir e a sedou. Somente quando ela já estava adormecida é que eles conseguiram arrancar o bebê de seus braços.

Martin acreditava que a culpa das mortes era daquele lugar — dos 120 acres que pertenciam a Sara por herança. Ela era a única Harrison remanescente além da sua irmã mais velha, Constance, que se casara e se mudara para Graniteville. Ele culpava o solo pedregoso e os campos estéreis, onde quase nada crescia; a água que tinha gosto de enxofre. Era como se a própria terra ousasse qualquer coisa a continuar viva.

Agora, com a espingarda em mãos, Martin seguia pelo campo na direção leste, perseguindo a raposa com passos pesados, os pés amarrados em raquetes de neve feitas de madeira e couro cru. Sua respiração saía em pequenas nuvens. Seus pés estavam molhados e frios, já encharcados. Os rastros da raposa continuavam em linha reta na direção do pomar que o pai de Sara havia plantado. As árvores precisavam de poda; as poucas maçãs e peras que produziam eram madeiradas, cheias de bichos e com casca manchada de fungos.

Sara e Gertie já deviam ter se levantado a essa altura e se perguntado onde ele estaria. Haveria um bule de café, pãezinhos no forno. Mas ele precisava fazer isso, matar a raposa. Precisava mostrar à sua esposa e à sua filha que era capaz de protegê-las — que, se qualquer criatura ameaçasse a vida delas de alguma maneira, ele a destruiria. Mataria a raposa, retiraria seu couro com as próprias mãos e entregaria a pele para Sara como um presente-surpresa. Ela era inteligente, habilidosa com um couro, uma agulha e uma linha nas mãos — poderia fazer um chapeuzinho quente para a pequena Gertie.

Martin recostou-se contra uma macieira retorcida para recuperar o fôlego. A neve rodopiava ao seu redor, limitando sua visibilidade, fazendo com que ele se sentisse estranhamente desorientado. Para que lado ficava sua casa?

Ouviu algo atrás de si — o barulho suave de passos movendo-se rapidamente pela neve.

Virou-se. Não havia ninguém. Era apenas o vento. Mordeu o lábio, tocou o anel quente em seu bolso.

Dez metros à sua frente, uma velha macieira retorcida se mexeu. Ele piscou por entre a neve que soprava e viu que não era uma árvore, e sim uma velha agachada. Estava vestida com peles de animais, o cabelo emaranhado como um ninho de cobras.

— Olá? — chamou ele.

Ela se virou, viu Martin e sorriu para ele, mostrando dentes marrons e pontiagudos. Martin piscou e aquilo tornou a ser uma árvore, movendo-se suavemente sob um manto pesado de neve.

A raposa disparou de trás da árvore, com metade de uma galinha ainda na boca. Estacou e olhou para Martin, com seus olhos dourados faiscando. Ele segurou a respiração, apoiou a arma no ombro e mirou a raposa, que agora olhou para cima, observando-o, os olhos como pequeninos halos de fogo.

A raposa o fitou; de repente, por dois segundos inteiros, não foram os olhos do animal que o encararam sem paixão, mas os de Sara.

Martin Shea, você é o homem com quem irei me casar.

Um dia, nós teremos uma filha.

Martin piscou, tentando afastar aquela imagem da cabeça: aquilo não era nenhuma raposa cheia de truques de um conto de fadas. Era apenas a sua imaginação, o resultado de toda uma infância passada absorvido entre os livros.

A raposa, agora novamente uma raposa comum com olhos comuns, virou-se, deixou cair a galinha e fugiu para longe justamente quando Martin disparou o gatilho.

— Maldição! — gritou Martin, ao perceber que errara.

Saiu correndo na direção da raposa e então viu que havia sangue fresco no chão. Ou seja, no fim das contas, ele tinha conseguido atingir o animal. Martin esticou a mão para baixo; as pontas de seus dedos roçaram a trilha coberta de neve e ficaram manchadas de vermelho. Ergueu-os até os lábios e provou. O gosto era acre, salgado, e fez sua boca encher-se de água. Então, com a arma a postos, seguiu a trilha de sangue pelo pomar, indo em direção ao espinhaço rochoso, passando pela Mão do Diabo e entrando na floresta mais abaixo, até conseguir enxergar apenas um vermelho pálido a cada trecho do caminho. As faias e os bordos, todos desfolhados e recobertos de neve, pareceram-lhe desconhecidos. Durante uma hora ou mais, caminhou por entre moitas densas, os juncos das framboesas do ano anterior machucando-o, cada vez mais distante de casa. A floresta ficou mais escura. Ele começou a se perguntar se fizera a escolha certa, ir até ali no meio da tempestade de neve.

— Tarde demais para voltar atrás, agora — disse a si mesmo, o pé doendo ao se arrastar para diante.

Martin não se permitia pensar com frequência no acidente. Quando o fazia, era em momentos como aquele: quando sentia que o mundo que habitava estava, de alguma maneira profunda, contra ele.

Martin estava cortando lenha em cima do morro. Era um agradável final de manhã no verão, um ano depois de ter se casado com Sara. Ele havia encontrado uma clareira cheia de árvores caídas, já secas, e estava cortando-as em pedaços apropriados para caberem no fogão, enchendo com eles um carrinho. Trabalhou a manhã inteira, foi para casa almoçar e depois voltou para a floresta, satisfeito com o tanto que havia conseguido.

Havia dito a Sara para deixar seu jantar no forno: ele trabalharia até o carrinho ficar cheio ou escurecer demais. Ela franziu a testa, pois nunca gostava quando ele ficava na floresta depois de anoitecer.

— Não chegue tarde — disse.

Mas o trabalho estava indo tão bem, o carrinho quase cheio, que o crepúsculo chegou e se foi, mas Martin continuou serrando madeira. Seus ombros e costas doíam, mas era um tipo bom de dor. Até que, finalmente, não conseguiu colocar mais nada dentro do carrinho. Reuniu seus serrotes e o machado, prendeu a égua novamente no carrinho e começou a descida lenta e cuidadosa morro abaixo. Estava bastante escuro àquela altura e ele seguiu caminhando ao lado da égua, guiando-a ao redor das pedras, passando por cima de raízes e ravinas. Mal acabaram de passar pela Mão do Diabo e a égua estacou.

— Vamos, garota! — incitou ele, puxando as rédeas e dando-lhe uma pancadinha gentil. Ela, porém, recusou-se a continuar, os olhos focados bem à frente, as orelhas atentas. Ela recuou um passo, gemeu nervosamente. Martin ouviu um graveto se partir no escuro, mais adiante. Deu um tapinha confortador no pescoço da égua. — Calma, garota — disse ele, depois deu um passo em direção às sombras a fim de investigar.

Jamais soube dizer o que estava na floresta naquela noite. Quando Lucius lhe perguntou a respeito mais tarde, Martin afirmou que não tinha visto nada, que a égua havia se assustado com algum barulho.

— Essa sua égua velha é firme como uma rocha — replicara Lucius.
— Deve ter sido um urso. Ou um leão-da-montanha. Alguma coisa deve tê-la assustado dessa maneira.

Martin assentiu e não contou ao seu irmão, nem a Sara, o que ele realmente tinha visto: o clarão de algo branco como uma coruja, só que muito, mas muito, maior. A coisa estava em um galho baixo e desceu até o chão da floresta, soltando um silvo esquisito no voo. Parecia... quase humana. Nenhuma pessoa, entretanto, seria capaz de se mover daquele jeito — a coisa era muito veloz, muito fluida. Além disso, havia também o cheiro, um fedor terrível, parecido com o de banha queimada.

Aquilo foi demais para a égua, que instantaneamente arremeteu para a frente, bem na direção de Martin. Ele a viu se aproximando, soube o que precisava fazer, mas seu cérebro estava dando voltas de medo, e ele não conseguiu mexer o corpo. Seus olhos ficaram presos nos olhos da égua, que estavam arregalados de pânico. Finalmente Martin mergulhou para sair do caminho dela, mas já era tarde, a distância não foi suficiente. A égua o derrubou e pisoteou suas pernas, quebrando seu fêmur esquerdo com um barulho audível. Ele bateu a têmpora na beira de uma rocha grande ao cair; o mundo foi ficando cada vez mais escuro, sua visão se nublou. O carrinho passou por cima de seu pé esquerdo, esmagando-o do tornozelo para baixo. Ele sentiu seus ossos serem moídos embaixo da roda. A dor, embora excruciante, pareceu longínqua, quase como se aquilo estivesse acontecendo com outra pessoa. Atrás dele, um graveto se partiu. Ele virou-se e, logo antes de perder a consciência, viu o vulto branco sumir nas sombras.

O carrinho se quebrou a meio caminho morro abaixo, e a égua voltou para o celeiro, arrastando o que restara do eixo frontal e do cabo, as rodas destroçadas. Mais tarde, ele soube que, quando Sara viu aquilo, apanhou um lampião e foi procurá-lo.

— Eu tinha certeza de que você estava morto — disse ela depois. — Quase não consegui me obrigar a subir o morro. Eu não queria ver.

Ela o encontrou vivo, mas inconsciente, esmagado e sangrando. Sara conseguiu improvisar uma maca com duas mudas de árvores e o casaco de Martin e arrastou-o morro abaixo sozinha.

Nas semanas da recuperação de Martin, durante as quais Lucius recompôs seus ossos da melhor maneira que pôde e Sara envolveu sua perna e seu pé com emplastros para acelerar a cura, ele lhe perguntou vezes sem conta como ela, tão pequena, havia conseguido arrastá-lo morro abaixo.

— Acho que Deus me ajudou — respondeu ela.

Para a frente ele ia, seguindo as pequenas pegadas do animal, sem saber onde estava ou quanto tempo havia se passado. Procurava o sol no céu, mas havia neve demais, cinza demais, para que conseguisse enxergá-lo. Embora conhecesse muito bem a floresta ao redor da fazenda graças aos anos passados ali caçando, reunindo lenha e extraindo xarope de bordo, não reconheceu nem um único marco distintivo. As árvores ao seu redor lhe pareciam nodosas e monstruosas ao subirem com esforço na direção da luz. A neve caía com força demais, espessa demais, cobrindo tudo o que era familiar. Ele seguiu os rastros, a única coisa de que tinha certeza, e ficou aliviado quando percebeu que eles haviam dado meia-volta e rodeado as rochas. Martin estava exausto. Faminto. Seu pé doía, sua boca estava seca. Chupou torrões de neve, mas isso pouco adiantou para aliviar a sua sede.

Ziguezagueando por cima do que restara de suas próprias pegadas anteriores, ele subiu o morro novamente, escorregando nas partes íngremes, segurando-se nos álamos e nas faias, até finalmente chegar à Mão do Diabo — uma coleção de rochas enormes que pareciam esticar-se para o alto, calçadas com uma luva fresca de neve branca e pura. Porém ali, na sombra do dedo do meio, exatamente aonde os rastros levavam, a neve tinha sido afastada e havia um pequeno buraco que ele nunca notara antes. A pequena abertura de uma caverna.

Martin engatinhou pela entrada. Era bastante estreita, mal dava para um homem arrastar-se ali dentro, e não dava a impressão de ser muito profunda. Parecia uma pequena e aconchegante alcova. A raposa estava recostada contra a parede, ofegante, quem sabe pensando estar escondida pelas sombras. Martin sorriu. Ela havia sido atingida no flanco esquerdo, o pelo estava aberto em carne viva exposta. Sentiu o cheiro forte de ferro do seu sangue. Todo o corpo da raposa pareceu estremecer enquanto ela o observava, esperando.

Martin levantou a espingarda e apontou o cano para a caverna.

Mirou na cabeça, pois não desejava destruir a pelagem.

— Onde está Gertie? — Sara veio correndo em direção ao celeiro quando Martin apareceu. Ele havia retirado a pele da raposa e a pregado para secar na face norte do celeiro. Fizera um trabalho ruim, nem de perto semelhante ao que Sara faria, mas, seja como for, estava feito. Ele conseguira.

Martin olhou para ela sem entender, a neve clara demais em contraste com a escuridão do celeiro.

— Aqui ela não está — respondeu. Estava cansado. Com frio. Impaciente. Matar a raposa devia tê-lo deixado satisfeito, mas, em vez disso, o perturbara, talvez porque no fim das contas não tivesse sido uma luta justa, com o bicho acuado e com medo.

Os olhos de Sara estavam loucos, alucinados. Ela não havia vestido nenhum casaco e estava ali de pé tremendo, só de suéter e vestido. A neve se acumulava em grandes blocos sobre seus cabelos e ombros.

— Onde você estava? — perguntou ela, movendo os olhos na direção das calças encharcadas e enlameadas de Martin, de seu casaco manchado de sangue fresco.

— A raposa voltou. Matou três galinhas. Eu a segui e a matei. — Ergueu bem a cabeça ao dizer isso. *Está vendo do que eu sou capaz? Posso proteger o que é nosso. Tenho a coragem de um herói.* — Tirei a pele dela — continuou ele. — Achei que você gostaria de fazer um chapéu para Gertie.

Sara esticou a mão e agarrou com força a manga do casaco dele, subindo os dedos pela lã úmida.

— Gertie não estava com você?

— Claro que não. Ela ainda estava na cama quando eu saí.

Tudo o que Martin queria era entrar em casa, vestir roupas secas, comer o desjejum e tomar uma xícara de café quente. Tinha pouca paciência com a necessidade de Sara de ter Gertie ao seu lado a cada segundo, com seu estado que beirava o pânico sempre que a garota ficava longe de vista durante mais do que cinco minutos.

— Ela saiu correndo atrás de você, Martin! Viu você no campo, vestiu o casaco e foi procurá-lo. Queria ajudar você a apanhar os ovos.

Ele balançou a cabeça.

— Eu não a vi.

— Isso foi horas atrás. — Os olhos salpicados de dourado de Sara vasculharam o campo vazio. A neve vinha caindo sem parar o dia inteiro, o vento a espalhava em rajadas. Todos os rastros da manhã já estavam cobertos. Martin olhou pelo jardim inutilmente, agora sentindo o pânico aumentar.

Não havia como saber para que lado a menina tinha ido.

Martin

12 de janeiro de 1908

    Durante horas, ele vasculhou os campos e a floresta. Apesar de a neve estar diminuindo, o ar estava amargamente frio e o vento soprava com força, criando enormes montes e fazendo o jardim e os campos parecerem um mar branco de ondas macias.

    Por quanto tempo uma criança conseguiria sobreviver num tempo daqueles? Ele tentou obrigar-se a não pensar nisso; simplesmente seguia em frente gritando o nome de Gertie. Não havia comido nada o dia inteiro, nem bebido um gole sequer de água. O desespero carcomia sua barriga. Sua cabeça doía, e pensar com clareza em meio ao pânico crescente começava a se tornar um esforço tremendo. O mais importante, ele sabia, era manter a calma por causa de Sara, convencê-la de que tudo ficaria bem.

    Sara ficou perto da casa, para o caso de Gertie voltar. Martin, porém, podia ouvi-la. Mesmo para além do espinhaço, podia ouvir sua voz desesperada chamando "Gertie, Gertie, Gertie...", um canto estranho por trás dos ventos uivantes. Seus ouvidos lhe pregavam truques. Ele ouvia "Suja, suja, suja", e depois "Ave, ave, ave".

    A cabeça de Martin ribombava. Seu pé defeituoso latejava por causa de todos os quilômetros que ele havia percorrido com suas raquetes de neve, parecidas com pés de pato: levantando o pé, arrastando-o, levantando-o, arrastando-o. Nenhum sinal da menina.

    Tropeçou, levantou-se novamente.

Ave. Ave.

Ave suja.

Pensou na raposa com a galinha na boca.

Ave morta.

Pensou na sua filhinha, seguindo seus passos até a floresta.

Gertie morta.

Cobriu as orelhas com as mãos enluvadas e desabou sobre a neve. Ele devia ser capaz de manter a família em segurança, de consertar as coisas quando elas dessem errado... entretanto ali estava ele, encharcado até os ossos e semicongelado, um homem que parecia precisar, ele mesmo, de socorro.

— Gertie! — berrou.

Apenas o vento respondeu.

Por fim, exausto e mal conseguindo apoiar qualquer peso em seu pé esquerdo defeituoso, voltou a descer o morro em direção à casa, enquanto o sol se punha.

Enquanto atravessava o campo arrastando-se com suas raquetes de neve, avistou Sara saindo do celeiro. Enrolada em um xale leve, tremendo de frio, ela andava em círculos frenéticos ao redor do jardim, a voz agora reduzida a um rouquejo grave:

— Gertie! Gertie! Gertie!

Estava sem luvas, e suas mãos estavam azuis, as pontas dos dedos sangrentas e em carne viva — ela arrancava sua pele quando ficava nervosa.

Ele se lembrou daquelas mesmas mãos aferradas com tanto desespero ao bebê Charles, cujo corpo estava frio, cujos lábios estavam azuis.

Sinto seu coraçãozinho batendo.

Se eles perdessem Gertie, Martin sabia que seria o fim da sua esposa.

Ela o viu e saiu correndo em sua direção, os olhos arregalados e esperançosos.

— Algum sinal?

Ele balançou a cabeça. Ela o encarou por um minuto, sem acreditar.

Ele lembrou-se da raposa com seus olhos de bordas douradas, como ela o havia encarado, como havia olhado através dele, antes de ele atirar.

— Martin, daqui a pouco não haverá mais luz do dia. Pegue o cavalo e vá até a cidade. Conte a Lucius e ao xerife Daye o que aconteceu. Reúna gente para nos ajudar a procurar. Peça que tragam lanternas. Pare para ver se os Bemises por acaso não viram Gertie. Ela já foi até lá brincar com a filha deles, Shirley.

— Vou agora mesmo — prometeu ele, pousando a mão em seu ombro. — Entre. Vá se aquecer. Voltarei trazendo ajuda.

Ele sentia tanta fome, tanta sede. Mas parar agora, voltar para casa mesmo que simplesmente para tomar um copo d'água, seria errado, quando sua filhinha estava lá fora, perdida na tempestade. Ele pararia no riacho a caminho da vila. Se abaixaria e beberia a água como um animal.

— Martin — disse Sara, segurando suas mãos. — Reze comigo. Por favor.

Martin jamais fora homem de rezar. Sara e Gertie rezavam todas as noites antes de dormir, mas ele nunca as acompanhava. Ia à igreja todo domingo com as duas, ouvia o reverendo Ayers ler a bíblia. Não é que ele não acreditasse em Deus, apenas nunca acreditou que Deus o escutaria. Com tantos milhões de pessoas rezando para Ele todos os dias, por que Deus prestaria atenção em Martin Shea de West Hall, em Vermont? Porém agora, desesperado e quase sem esperanças, ele assentiu, tirou o chapéu, ficou de pé na neve em frente ao celeiro, a mão de dedos sangrentos de Sara agarrada com força à sua.

— Por favor, Deus — pediu Sara, com voz rouca. Martin olhou de relance para ela; seus olhos estavam fechados, o rosto inchado, o nariz escorrendo. — Cuide de nossa Gertie. Traga Gertie de volta para nós. Ela é uma boa menina. É tudo o que temos. Cuide dela. Por favor, traga ela de volta. Se ela morrer, eu... — A voz de Sara ficou entrecortada.

— Amém — falou Martin, encerrando a oração.

Sara soltou a mão de Martin e caminhou em direção à casa, ainda de cabeça baixa, movendo os lábios, como se estivesse continuando sua conversa particular com Deus, barganhando, implorando.

Martin abriu a porta de correr do estábulo e ouviu os animais lembrando-o de que não tinham sido alimentados. A vaca não fora ordenhada: soltou um gemido lamentoso quando ele passou pela sua baia. Mas ela teria de esperar. Ele apanhou a sela e já estava seguindo em direção à cocheira da égua quando algo chamou sua atenção e o fez parar no meio do caminho. Seu coração batia com força em seus ouvidos; a sela, agora escorregadia de suor, ficou estranha e pesada em suas mãos.

A pele de raposa sumira.

Horas antes, ele a tinha pregado para secar no lado norte do celeiro. Depois havia recuado para admirar seu trabalho, imaginara o chapéu que Sara poderia fazer para Gertie.

Olhou com olhos semicerrados para a parede vazia.

Acontece que não estava vazia.

Não; havia alguma outra coisa pregada ali. Algo que cintilou com a pouca luz que entrava pela janela. Sua respiração ficou presa na garganta quando ele se aproximou para ver o que era. A sela caiu de suas mãos.

Ali, pregado nas tábuas ásperas, estava um chumaço de cabelo loiro. O cabelo de Gertie.

Seu estômago se apertou numa câimbra e ele se inclinou para a frente, com ânsia de vômito.

Sua cabeça parecia estar sendo martelada entre um machado e uma bigorna. Segurou-a com as duas mãos, pressionando a ponta dos dedos nas têmporas.

Olhou para baixo, viu em suas roupas o sangue por ter esfolado a raposa.

— Martin?

Engoliu com dificuldade e se virou para ver Sara na porta. Ela vinha andando em sua direção, devagar. Ele deu um salto, posicionou-se na frente dela para impedir que visse o cabelo.

— O que você está fazendo?

— Eu estava... apanhando a sela.

Pela segunda vez naquela tarde, ele rezou: *Por favor, Deus, não deixe ela ver o cabelo.*

Ele não podia permitir que Sara visse o cabelo; aquilo a destruiria. Precisava escondê-lo — atirá-lo no riacho, onde seria levado para longe.

— Depressa — disse Sara. — Logo vai anoitecer.

Misericordiosamente, ela saiu do celeiro.

Martin se virou, e suas mãos ficaram trêmulas ao apanhar o chumaço espesso de cabelo loiro. Ele o desprendeu do prego enferrujado e guardou-o no bolso.

Depois de ter selado a égua, ele a conduziu para fora do celeiro, rumo à neve alta. Seria um trajeto lento; ele torcia para que, àquela altura, já houvessem passado o rolo compressor nas estradas principais.

Era possível, Martin disse a si mesmo, que um animal tivesse entrado no celeiro e levado embora a pele de raposa. Um coiote ou um cão sem dono. Mas então enfiou a mão no bolso e sentiu o chumaço espesso de cabelo. Não conseguiu encontrar nenhuma explicação para o cabelo de Gertie estar naquele prego.

— Martin?

Lá estava Sara de novo, esperando ali fora à esquerda da porta aberta do celeiro, balançando o corpo para a frente e para trás, arrancando a pele ao redor de suas unhas. Seus olhos estavam alucinados.

— Você precisa entrar, Sara. Você não está vestida para enfrentar um tempo desses.

Ela assentiu, virou-se em direção à casa, parou.

— Martin?

— Sim? — Um nó se formou em sua garganta. Será que ela tinha visto o cabelo?

— É por causa do anel.

— O quê?

Ela não estava olhando para ele, e sim para a neve aos próprios pés.

— O anel que você encontrou no campo. Aquele que você me deu de Natal. Eu sei que você ainda está com ele.

Ela sabia o tempo todo que ele guardara aquele anel. Que havia sido egoísta demais para enterrá-lo de novo, como ela lhe pedira. Agora ali estava ele, pego na própria mentira. Não disse nada.

A respiração de Sara saía em pequenas nuvens de fumaça. Sua pele estava pálida; seus lábios, azulados de frio.

— Você fez mal em apanhar esse anel. Eu avisei para você nunca ficar com nada que desenterrasse dali. Você precisa se livrar dele, Martin. Precisa devolver esse anel.

— Devolver?

— Levar o anel de volta ao campo e enterrá-lo lá. É a única maneira de a gente ter a nossa Gertie de volta.

Ele olhou para ela, sem entender. Ela não podia estar falando sério, e, contudo, seu rosto lhe dizia que sim, estava. Sara sempre agiu de modo esquisito em relação ao campo e à floresta, advertindo-o para tomar cuidado ao ir até lá, para não arar muito perto das rochas, para nunca guardar nada que ele encontrasse ali. Martin achava que eram velhas superstições de família passadas de geração em geração, mas essa ideia, de que Gertie desapareceu porque ele havia guardado um anel que encontrara ali... era absurda. Loucura, até.

— Faça isso agora mesmo, antes de ir até a vila. Por favor, Martin.

Ele se lembrou do que Lucius lhe dissera quando Sara ficou como que sob um encantamento depois da morte do pequeno Charles: "Nunca argumente com uma pessoa que está atravessando um caso de loucura. Só serve para piorar as coisas."

Martin assentiu para Sara, estalou a língua, virou a égua na direção dos campos.

Cavalgou até o local onde havia encontrado o anel — no canto dos fundos do campo mais longínquo, onde começava a linha de árvores da floresta. Desmontou, virou-se e olhou para trás na direção da casa, onde Sara, não mais do que uma pequenina sombra, estava observando-o.

Tirou as luvas ensopadas e enfiou a mão no bolso direito da frente das calças. O anel não estava ali. Seus dedos procuraram freneticamente. Ele deu um tapinha no bolso esquerdo: nada. O bolso esquerdo do casaco só tinha umas poucas balas de chumbo de espingarda. Então, seus dedos roçaram no chumaço de cabelo no bolso direito do casaco e ele estremeceu de repulsa.

O anel tinha de estar ali! Ele o enfiara no bolso naquela manhã mesmo! Lembrava-se de ter checado quando estava caçando a raposa. Ele estava em seu bolso naquela ocasião, tinha certeza.

Sara continuava observando-o, com os braços cruzados sobre o peito. Balançava de leve ao vento, como uma lâmina alta de grama seca.

Suor recobriu a testa de Martin, apesar do frio.

Ele enfiou a mão no bolso direito de seu sobretudo de lã, sentiu o chumaço de cabelo enrolado ali como uma serpente macia.

Ele se ajoelhou e começou a cavar com os dedos. Fez o buraco mais fundo que pôde com os dedos adormecidos, até atingir uma camada de gelo duro que não conseguiu quebrar. Chutou o gelo com a ponta da bota e continuou cavando. Quando não conseguiu ir mais fundo, deixou o cabelo cair ali dentro e encheu o buraco de neve. Enxugando as mãos enregeladas nas calças, caminhou de volta para a égua trêmula. Ela o encarou com um olhar de pena.

— Enterrou? — perguntou Sara quando ele passou a cavalo por ela, a caminho da vila.

Ele assentiu, mas não foi capaz de encarar sua mulher:

— Entre em casa e se aqueça. Eu voltarei trazendo ajuda.

Visitantes do Outro Lado

O Diário Secreto de Sara Harrison Shea

13 de janeiro de 1908

 Foi Clarence Bemis quem a encontrou, hoje de manhãzinha, quase 24 horas depois de ela ter saído da cama para ir atrás de seu papai.
 Quando os três homens — Clarence, Martin e Lucius — chegaram em casa, caminhando pela neve, às oito e dez da manhã, eu soube ao ver seus rostos. Tive vontade de expulsá-los. Trancar a porta. Dizer que devia ser um engano — que eles precisavam continuar procurando, que não podiam voltar sem me trazer minha filhinha viva e bem.
 Odiei os três homens na mesma hora: Clarence com seu macacão, o cabelo desgrenhado e comprido demais, cheirando a uísque; Lucius com seu rosto sincero, seus sapatos bons e seu bigode cuidadosamente aparado; Martin, que entrou mancando, os ombros caídos, parecendo patético e arrasado.
 Vão embora!, senti vontade de dizer. *Saiam da minha casa.*
 Queria voltar no tempo, manter Gertie presa em meus braços, macia e quente embaixo das cobertas.
 Martin segurou minha mão, pediu para eu me sentar.
 — Encontramos Gertie — disse ele, e eu cobri a boca com a mão, pensando que fosse gritar, mas nenhum som saiu.

Os três ficaram ali parados, com os chapéus nas mãos, seis olhos tristes fixos em mim.

*E*xiste um poço antigo na fronteira leste da propriedade dos Bemises, que secou muitos anos atrás. Eu me lembro de que eu e Titia fomos até lá uma vez, quando eu era uma menina não muito maior do que Gertie, para atirar pedras e ouvir o som que faziam ao atingir o fundo. Eu inclinei o corpo para a frente e me apoiei no círculo de pedras para tentar enxergar o fundo, mas era escuro demais. Um cheiro ruim saía dali, e quase imaginei sentir uma brisa gelada.

— Até onde você acha que ele vai? — perguntei a Titia.
Titia sorriu.
— Talvez até o outro lado do mundo.
— Isso é impossível — falei.
— Ou, quem sabe — disse ela, atirando outra pedrinha no poço —, até um outro mundo bem diferente.

Eu me inclinei um pouco mais, desesperada para ver, mas Titia segurou a parte de trás do meu vestido e me puxou.

— Cuidado, Sara. Seja lá aonde ele vai, acho que não é lugar nenhum onde você queira estar.

*C*larence disse que Gertie estava enrodilhada no fundo do poço de um jeito muito doce, como se tivesse acabado de adormecer.

— Ela não sofreu — disse Lucius, a voz baixa e calma ao colocar a mão sobre a minha. Sua mão era macia e polvorosa, sem um único calo ou cicatriz. Ele estava lá quando içaram minha Gertie para fora, e aquilo me pareceu errado, o fato de Lucius estar lá quando eles a retiraram, e eu não. Eles fizeram Jeremiah Bemis descer por uma corda, que Jeremiah por sua vez amarrou na cintura de Gertie. Fechei os olhos. Tentei não imaginar seu corpinho balançando, batendo contra a parede curva do poço, enquanto ela era içada para fora da escuridão. — Ela morreu instantaneamente — explicou Lucius, como se isso fosse algum consolo.

Mas não é consolo nenhum. Porque eu penso, sem parar, em todas aquelas pedrinhas que certa vez atirei ali e no tempo que elas demoraram para atingir o fundo.

Imagino como deve ter sido a sensação, de cair.

De cair, rodeada por um círculo de pedra, cair sem parar dentro da escuridão.

2 DE JANEIRO

Presente

Ruthie

Os flocos de neve rodopiavam, voavam, faziam suas próprias piruetas bêbadas, iluminados pelos faróis da caminhonete de Buzz. Os pneus para neve se afundavam no gelo, mas Buzz fazia as curvas tão rápido que as rodas de trás derrapavam perigosamente perto dos bancos de neve altos que ladeavam a estrada de mão única.

— Desligue o farol — disse Ruthie, porque eles estavam chegando perto agora e ela não queria que a mãe soubesse que havia chegado depois da hora estipulada mais uma vez. Tinha 19 anos. Quem sua mãe achava que era, dizendo a Ruthie a que horas ela deveria chegar?

Ruthie esticou a mão para baixo, apanhou a garrafa de licor de menta que Buzz segurava entre as coxas e tomou um bom gole. Vasculhou os bolsos de sua parca, sacou dali o Visine, inclinou a cabeça para trás e pingou três gotas em cada olho.

Eles tinham ido a uma festinha no celeiro de Tracer para terminar o barril que sobrara da festança de Ano-Novo. Emily levou maconha, e eles se aninharam ao redor do aquecedor de querosene, comentando como o inverno era uma bosta e como tudo mudaria na primavera. Apesar de todos eles terem concluído o ensino médio em junho passado, ali estavam, ainda confinados em West Saco Hall, Vermont, o buraco negro do centro do universo. Todos os seus amigos haviam ido para a universidade ou se mudado para cidades grandes em lugares quentes: Miami, Santa Cruz.

Não que Ruthie não tivesse tentado. Ela se submeteu ao processo de seleção em faculdades na Califórnia e no Novo México, lugares com bons programas na área de administração de negócios, mas sua mãe falou que agora não seria possível, que não tinham dinheiro para isso.

Eles sempre viveram apertando o cinto, lutando para pagar as contas graças à venda de legumes e ovos na feirinha de fazendeiros. Sua mãe também vendia meias e chapéus de tricô, tanto naquela feirinha quanto em lojas e feiras de artesanato por todo o estado. Sua mãe era a mestre do escambo. Eles nunca compravam nada novo e, quando alguma coisa quebrava, eles a consertavam em vez de comprar uma nova. Ruthie aprendera ainda pequena a não implorar por coisas que eles não podiam comprar. Pedir um determinado tipo de tênis ou jaqueta só porque todas as outras crianças da sua sala tinham um igual lhe rendia olhares de desaprovação e desapontamento dos pais, que a lembravam como ela tinha coisas ótimas (ainda que vindas do brechó e com o nome de outra criança escrito no avesso).

A mãe de Ruthie decidiu que o melhor seria que a filha ficasse em West Hall e frequentasse a faculdade pública durante um ano; inclusive se ofereceu para pagar um salário a Ruthie para que ela a ajudasse no negócio dos ovos. Agora sua função era cuidar dos livros de contabilidade, alimentar as galinhas todos os dias, colher os ovos e manter o galinheiro limpo.

— Se você quer estudar administração, existe jeito mais prático de aprender do que esse? — perguntara sua mãe.

— Vender umas poucas dúzias de ovos na feirinha de fazendeiros não era exatamente o que eu tinha em mente.

— Bom, já é um começo. E, sem seu pai por aqui, eu bem que preciso de ajuda — respondera a mãe. — No ano que vem — prometeu ela — você pode tentar entrar em qualquer universidade que quiser. Eu vou ajudar a pagar.

Ruthie discutiu, disse que havia crédito estudantil, empréstimos, bolsas, que ela poderia pleitear, mas sua mãe não queria preencher a papelada, porque aquilo era mais um mecanismo de vigilância do Big Brother. Não se podia confiar no governo federal, mesmo quando estava emprestando dinheiro a universitários. Você acabaria ficando preso no sistema, o mesmo sistema do qual seu pai e sua mãe tinham se esforçado tanto para escapar.

— As coisas seriam diferentes se seu pai ainda estivesse aqui — falou a mãe. E Ruthie sabia que era verdade, embora a irritasse o fato de a mãe sempre falar no pai como se ele tivesse ido viajar ou se tivesse abandonado as duas de propósito, e não sofrido um ataque fulminante do coração dois anos atrás. Se seu pai ainda estivesse vivo, ela já estaria na universidade. Seu pai a entendia como ninguém, sabia o quanto ela desejava ir embora. Ele teria encontrado um jeito de tornar isso possível.

— É tão ruim assim? — perguntara sua mãe, acariciando o cabelo escuro e rebelde de Ruthie. — Ficar em casa mais um ano?

Sim, Ruthie teve vontade de dizer. *Sim! Sim! Sim!*

Mas então pensou em Buzz, que nem sequer tentara entrar numa universidade e estava trabalhando no ferro-velho do tio. Era um trabalho de merda, mas Buzz sempre tinha grana e encontrava um monte de peças bacanas para suas esculturas — uns monstros, alienígenas e robôs sensacionais feitos de partes fundidas de carro e equipamentos agrícolas quebrados. O ferro-velho do tio estava cheio de obras de Buzz. Ele inclusive faturara um dinheirinho vendendo algumas delas para turistas.

Ela e Buzz haviam se conhecido no último ano da escola em uma festinha em Cranberry Meadow. Era início de outubro, e ir para a festa tinha sido ideia de Emily — ela estava louca por um garoto chamado Adam que havia se formado um ano antes, e soubera que ele estaria lá. Adam apareceu na festa com seu primo Buzz e, sabe-se lá como, os quatro acabaram se afastando da fogueira perto do lago e indo para o cemitério. Enquanto Adam e Emily se agarravam embaixo de uma cruz de granito, Ruthie batia um papo com Buzz, irritada com Emily por tê-la colocado naquela situação. Buzz disse que seu pai e seu tio moravam em West Hall, mas ele estava morando com a mãe em Barre e estudando lá. Estava matriculado no programa de mecânica automotiva da Escola Técnica de Barre.

— Carros são legais — dissera ele dando de ombros, enquanto os dois bebiam cerveja barata em copos de plástico. — Acho que tenho jeito pra consertos. Estou na equipe mecânica do meu primo Adam; ele corre em Thunder Road. Já foi alguma vez em Thunder Road?

Ruthie fez que não e começou a recuar, pensando em abandonar Emily ali mesmo e voltar para perto da fogueira. Não tinha a menor vontade de se envolver com um caipira nerd, não importava o quanto ele fosse fofo.

— Ah — disse Buzz. — Achava que não mesmo. E a Mão do Diabo? Já foi lá?

Isso a fez parar.

— Moro bem ao lado — respondeu ela.

— Sério? Aquele lugar é estranho pra caramba. Quase como se alguém tivesse colocado as pedras ali, né? — Buzz recostou-se numa lápide coberta de musgo.

Ruthie deu de ombros. Nunca havia pensado dessa maneira antes.

— Você acredita em aliens? — perguntou ele.

— Tipo assim, do espaço? Hã... não.

Buzz olhou para baixo, para seu copo de cerveja.

— Bom, pessoalmente, essa é a minha teoria pra como aquelas pedras foram parar lá. Subo até lá o tempo todo. Na verdade, estou até fazendo uma escultura da Mão do Diabo no ferro-velho do meu tio. Um dia você podia vir dar uma olhada.

— Uma escultura? — perguntou ela, voltando a se aproximar. Eles passaram o resto da noite conversando sobre arte, óvnis, os prós e contras de ter um diploma em administração, filmes que tinham visto, como eles se sentiam por estarem presos com famílias que não os entendiam de jeito nenhum. Caminharam pelo cemitério, olhando os nomes e datas das lápides, tentando imaginar que tipo de vida aquelas pessoas tiveram, como haviam morrido.

— Olhe essa aqui — disse Buzz, passando os dedos pelas letras de uma pedra de granito simples. — Hester Jameson. Só tinha 9 anos quando morreu. Uma criança. Triste, não?

Ela e Buzz estavam juntos desde aquela noite. Ficar com ele por mais um ano lhe parecia aceitável — mais do que aceitável, talvez, especialmente em momentos como aquele, quando estavam lado a lado na cabine da caminhonete dele, chapados, quentes e abrigados, manobrando pela escuridão como se nada os pudesse parar.

— Você acha que sua mãe ainda está de pé? — perguntou Buzz. — Não, né?

— Eu espero que não — falou Ruthie.

— É, ela ia parir um filho.

Ruthie riu com aquela expressão, mas sabia que era verdade.

Não era só a sua mãe — todos da cidade estavam preocupados, tensos, trancando os filhos dentro de casa à noite. No início de dezembro, uma garota de 16 anos chamada Willa Luce sumiu sem deixar vestígios quando percorria a distância de 1 quilômetro entre sua casa e a de uma amiga. Pouco antes disso, uma vaca e duas ovelhas foram encontradas com a garganta cortada. E, claro, antes ainda houve outros desaparecimentos: um garoto que sumiu em 1952 depois de seus amigos o verem entrar em uma caverna que jamais pôde ser encontrada de novo, um caçador em 1973 que se separou dos amigos e nunca mais voltou ao acampamento, e o mais famoso de todos, uma universitária que sumiu em 1982 quando fazia uma trilha com o namorado. O rapaz voltou da floresta sozinho, catatônico, coberto de sangue. Nunca foi capaz de dizer o que havia acontecido. Acabou sendo acusado de assassiná-la, muito embora nenhum corpo jamais tenha sido encontrado. No fim, ele foi considerado doente mental e internado no sanatório do estado.

O Triângulo de West Hall, assim o povo o chamava. Havia boatos de que ali existiam cultos satânicos, um assassino maluco, um portal para outra dimensão e, claro, extraterrestres, como acreditavam Buzz e seus amigos.

Ruthie achava que tudo aquilo era uma besteira sem tamanho. Não sabia o que havia acontecido com os animais, mas para ela devia ser coisa de garotos entediados querendo arrumar encrenca. O menininho e o caçador provavelmente haviam apenas se perdido no meio dos acres sem fim de floresta. Você se perde, fica com frio, encontra um lugar quente para se abrigar e pronto, quando se dá conta, seus ossos já estão sendo arrastados pelos coiotes. O camarada universitário obviamente pirou e matou sua amada — trágico, sim, mas essas coisas acontecem.

E Willa Luce... bom, provavelmente ela apenas fez o certo naquela noite: caminhou até a rodovia e pegou carona com algum caminhoneiro que ia para o oeste, para qualquer outro lugar que não ali. Acaso a própria Ruthie não tinha passado anos fantasiando em fazer exatamente a mesma coisa? E que adolescente em West Hall não tinha? Simplesmente não existia nada por ali que fizesse alguém sentir vontade de ficar: o menor supermercado do mundo, uma loja de ferragens duvidosa, uma livraria fofinha, um café de preços exorbitantes, um antiquário cheio de coisas de merda horrorosas, carcomidas pelas traças, e um salão de baile caindo aos pedaços, que era basicamente usado para bingos de velhinhas e um ou outro casamento. O evento mais empolgante da semana era a feira de fazendeiros aos sábados.

Ela estendeu o braço, segurou a mão de Buzz e entrelaçou os dedos nos dele, que eram calosos e ásperos e estavam sempre engordurados e manchados de graxa, por mais que ele lavasse as mãos. Ela o observou à fraca luz do painel: o chapéu de beisebol puxado para baixo, com rosto de alienígena estampado, os olhos apertados para olhar a estrada coberta de neve, a jaqueta puída da Carhartt com os bolsos cheios de coisas estilo Buzz: cigarros, isqueiro, canivete Leatherman, bandana, minibinóculos, uma caneta-lanterna e celular.

Esses eram seus momentos preferidos com ele, quando estavam sozinhos em sua caminhonete. Ele a levava até as montanhas para caçar óvnis. Ficavam ali estacionados durante horas, bebendo uma garrafa térmica de café batizado ou uma caixa de long necks Long Trail, enquanto ele lhe contava o que ele e seu melhor amigo, Tracer, tinham visto certa vez atrás da fazenda da família Bemis: uma estranha luz que pulsava e piscava, que ia das rochas até os milharais. Então, segundo ele, os dois viram uma criaturinha quase voar por entre os pés de milho: branca e veloz, com movimentos rápidos e erráticos demais para serem humanos.

— Eu sei o que eu vi — jurou Buzz. — Era um alien. Um Gray. Tracer estava comigo; ele também viu. Era bem pequeno, tipo 1 metro e 20, por aí, e usava uma espécie de robe parecido com um vestido que flutuava atrás dele quando ele corria. Aposto o quanto você quiser como foi ele quem matou aquelas ovelhas e vacas. Eles usam animais vivos para fazerem experimentos — drenam todo o sangue dos bichos e depois retiram os órgãos com precisão cirúrgica; nenhum animal é capaz de fazer nada parecido.

Tracer era um cara legal, mas Ruthie não entendia como era possível um sujeito fumar a quantidade de maconha que ele fumava e o cérebro continuar funcionando. Ela não tinha a menor dúvida de que eles viram o pequeno extraterrestre depois de fumarem todas na caminhonete de Buzz.

Mas, seja como for, com ou sem a história de Buzz, já havia histórias assustadoras suficientes sobre a floresta e a Mão do Diabo.

— Oh-oh — disse Buzz, quando estacionou nos fundos da trilha de carros da casa de Ruthie.

— Que ótimo — murmurou Ruthie enrolando a língua, ao ver que a cozinha e a sala estavam iluminadas; a luz vazava pelas janelas sem cortinas. Sua mãe estava acordada. Ruthie enfiou a mão no bolso novamente para apanhar a embalagem de pastilhas de menta e mastigou três. Puxou a manga do casaco, apertou o botão de seu enorme relógio digital e piscou ante a telinha minúscula: 1h12 2 JAN. Ela estava ferrada.

Inclinou-se para a frente e deu um beijo molhado em Buzz. A boca dele tinha gosto de erva e bebida.

— Me deseje sorte — pediu.

— Boa sorte — disse ele, piscando um olho. — Me ligue amanhã e me conte se foi muito ruim.

Ruthie abriu a porta da caminhonete e saiu da cabine, as botas afundando nos 10 centímetros de neve fresca. Caminhou devagar em direção à casa, com o grande cuidado de um bêbado tentando não cambalear, inspirando enormes golfadas de ar frio com cheiro de fumaça de lenha. Não devia ter tomado todo aquele licor por cima da cerveja. A maconha matadora de Emily também não ajudou em nada. Ruthie deu um tapa no rosto com as mãos enluvadas. *Fique sóbria. Fique sóbria. Fique sóbria.*

Sua mãe iria comê-la viva. Ela ficaria de castigo. Proibida de ver Buzz durante um mês.

Ruthie caminhou até a porta da entrada, sem tirar o olho das janelas. Não viu nenhum movimento lá dentro. Sua mãe jamais iria se deitar sem apagar as luzes — desperdiçar luz elétrica era um grave pecado na sua casa.

Inspirou fundo pela última vez e abriu devagar a porta da frente. Entrou em casa e fechou a porta com cuidado, preparando-se para o ataque. Porém, não havia nenhuma mãe ali esperando para dar o bote.

Ela parou, ouvindo com atenção.

Nenhum passo. Nenhum "Você tem ideia de que horas são, mocinha?". Apenas a casa adormecida. Até aí, ótimo.

Ruthie tirou sua parca e chutou as botas para longe. Entrou arrastando os pés na cozinha, encheu um copo de água e bebeu tudo de uma só vez, apoiando-se com força na bancada, piscando por causa da luz forte do teto.

A louça do jantar estava lavada e guardada, mas havia uma xícara de chá cheia na mesa. Ela a tocou. Fria como gelo. Ao lado do chá havia uma fatia de torta de maçã com uma única mordida, o garfo apoiado no prato. Ruthie, que nunca foi de recusar um pedaço de torta da mãe, devorou-o e colocou o prato na pia.

Apagou as luzes e foi até a sala para desligar as luzes dali também. A lenha do fogão tinha se queimado completamente e só restavam cinzas. Ela atirou uns dois troncos ali dentro e foi para a cama.

Ao subir de fininho as escadas, o mais silenciosamente possível, usando o corrimão para manter o equilíbrio, a cabeça girando por conta da bebida, um pensamento feliz ergueu-se acima de todos os outros: que ela tinha se livrado de uma boa. Quase riu de triunfo.

Na metade do caminho, pisou numa pequena poça no chão e parou. Havia várias poças de sujeira nas escadas de madeira, como se alguém tivesse subido sem tirar as botas. Incomodada com suas meias molhadas, Ruthie subiu o resto da escada e chegou até o corredor acarpetado.

A porta do quarto de sua mãe estava fechada, sem luz por baixo. A do quarto de Fawn estava aberta e ela podia ouvir sua irmã caçula suspirar em seu sono. Roscoe saiu do quarto de Fawn e trotou até Ruthie, ronronando, a grande cauda peluda agitando-se no ar como um estandarte dizendo "me ame por favor".

Ruthie sorriu para o gato cinzento.

— Venha aqui, meu velho — sussurrou, e em seguida entrou em seu quarto, com o gato indo atrás. A cama estava desfeita, e sua mesa era uma bagunça de livros de estudo e artigos do semestre recém-terminado: redação, introdução à sociologia, cálculo I, computação I. Embora as notas ainda não tivessem sido divulgadas, ela sabia que tinha se saído excepcionalmente bem em todas as matérias, ainda que todas fossem chatas de doer.

— É tão fácil que um rato treinado seria capaz de tirar A. É educação de segunda categoria — reclamara ela para a mãe. — É isso o que você quer pra mim?

— É só por um ano — dissera a mãe, no que agora havia virado um mantra familiar.

Claro.

Ruthie fechou a porta do quarto, tirou os jeans e as meias úmidas e entrou embaixo das cobertas. Roscoe se acomodou ao seu lado, depois de afofar os cobertores, dar uma, duas, três voltas e por fim se deitar e fechar os olhos.

Ela sonhou com a Fitzgerald's de novo. Uma pequena padaria com janelas embaçadas de vapor, que cheirava a pão fresco e café. Havia um comprido balcão com uma vitrine de vidro, na frente do qual ela ficava horas encarando as fileiras de cupcakes, bolos de maçã e biscoitos cobertos de açúcar colorido que cintilavam como joias.

— O que vai ser, Passarinho? — perguntou sua mãe. Ela segurava a mãozinha de Ruthie com firmeza. Sua mãe usava luvas de pelica macias. Ruthie apontou com a outra mão, seus dedinhos gordinhos sujaram o vidro.

Um cupcake com cobertura cor-de-rosa enfeitada.

Então Ruthie olhou para cima e viu sua mãe sorrindo para ela... O problema é que nesse momento o sonho sempre ficava estranho, porque a mulher ao seu lado não era a sua mãe. Era uma mulher alta e magra com óculos de aro de tartaruga em forma de olhos de gato.

— Ótima escolha, Passarinho — disse a mulher, afagando seu cabelo.

Então o sonho mudava, como sempre, e ela se via em um quartinho escuro com uma luz que piscava. Havia mais alguém ali com ela — uma menininha loira de rosto sujo. O quartinho parecia ficar cada vez menor e já não havia ar suficiente; Ruthie começava a ofegar para respirar, soluçando.

Ruthie abriu os olhos. Roscoe estava em cima dela, seu corpo quente e pesado enrolado ao redor do seu nariz e boca.

— Sai de cima de mim, seu gorducho — murmurou Ruthie de mau humor, atirando o gato para o lado.

Só que não era o gato. Era o braço de sua irmã, vestido com um pijama de lã. Sua cabeça doía terrivelmente, a boca tinha gosto de cocô de gato. Ela não estava no clima para receber visitas tão cedo.

— O que você tá fazendo aqui? — vociferou Ruthie. Sua cama de solteiro já era pequena demais sem a irmã, que dirá com ela, que fazia acrobacias em seu sono e sempre acordava com a cabeça virada para o pé da cama. Fawn às vezes ia dormir na cama da mãe no meio da noite, mas fazia séculos que não vinha para a cama de Ruthie.

Fawn não respondeu. Ruthie virou-se de lado e descobriu que o colchão estava quente e úmido.

— Meu Deus! — gritou. — Você mijou na minha cama? — Esticou a mão para baixo: o colchão estava encharcado, assim como o pijama de lã da irmã caçula. Fawn manteve os olhos bem fechados, fingindo dormir. Ruthie empurrou-a para o lado, tentando fazer com que ela rolasse para fora da cama.

— Vá acordar a Mamãe — disse.

Fawn rolou o corpo e ficou de bruços, depois enterrou o rosto no travesseiro.

— Naupssss — murmurou.

— O quê? — perguntou Ruthie, rolando a irmã para que ela a encarasse de frente.

— Eu falei, *não posso*. — O rosto de Fawn estava vermelho e suado. O cheiro de urina atingiu Ruthie com força, fazendo seu estômago se revirar.

— Por que não pode?

— Porque ela não está aqui. Ela sumiu.

Ruthie olhou por cima de Fawn para o relógio-despertador. Eram seis e meia da manhã. Sua mãe raramente se levantava antes das sete e muito menos saía de casa. Na maioria dos dias ela precisava de no mínimo três xícaras de café antes de sequer conseguir falar.

— Como assim "sumiu"?

Fawn ficou quieta um minuto, depois olhou para Ruthie com olhos arregalados como pires.

— Às vezes essas coisas acontecem — disse ela.

— Você só pode estar brincando — retrucou Ruthie, saindo da cama molhada. Seus pés descalços pisaram no chão, que estava congelante. O fogo havia se apagado. Ela atirou um suéter sobre os ombros, vestiu calças de moletom.

Ruthie marchou pelo corredor até o quarto da mãe. Estava enjoada e, ao arrotar, ainda sentiu gosto do licor. Tinha dúvidas se ainda continuava meio bêbada e chapada, e isso só aumentava aquela sensação de isso-não-pode-estar-acontecendo-de-verdade, que começava a tomar conta de si. Pousou a mão na maçaneta e a abriu devagar, para que o barulho das dobradiças não acordasse sua mãe. Porém, quando a porta se abriu, ela viu apenas a cama dela, toda arrumada.

— Eu falei — sussurrou Fawn, que tinha seguido Ruthie pelo corredor.

— Vá se lavar e se trocar — disse Ruthie, com os olhos fixos na cama vazia da mãe. Ficou ali parada um minuto, balançando de leve, enquanto sua irmã saía de fininho pelo corredor. — Mas que diabos...? — murmurou. Eram seis e meia da manhã. Onde estava a Mamãe?

Ela desceu as escadas de madeira íngremes e estreitas, contando os degraus, como fazia quando era pequena, para dar sorte. Eram 13, mas ela jamais contava o último, sempre o saltava como se ele não existisse, para que o número total fosse um belo 12.

— Mãe? — chamou ela. A xícara cheia de chá continuava sobre a mesa. Ruthie entrou na sala e descobriu que os troncos que colocara no fogão não tinham ateado fogo. Tratava-se de um enorme fogão de pedra-sabão encostado na lareira de tijolos original da antiga casa de fazenda. O fogão era a única fonte de calor da casa: seus pais se recusavam a comprar combustíveis fósseis.

Ela se inclinou, a cabeça latejando, e içou os troncos não queimados para fora, a fim de poder retirar as cinzas e colocá-las na lata ao lado. Depois acendeu um novo fogo: enrolou jornal, papelão, gravetos.

Fawn desceu os degraus vestida com um macacão de veludo cotelê vermelho e uma camiseta de gola rulê vermelha; nos pés, as meias grossas de tricô que a mãe fez para ela. Vermelhas, é claro.

— Você está bastante monocromática — disse Ruthie, fechando a porta de vidro do fogão, onde o fogo já estalava.

— Hã? — indagou Fawn. Seus olhos estavam esquisitos — meio vítreos, distantes, como ficavam quando ela adoecia.

— Deixe pra lá — disse Ruthie, olhando fixo para sua irmã caçula e esquisita.

Fawn tinha nascido em casa pelas mãos de uma parteira, exatamente como Ruthie.

Ruthie fora educada em casa até a terceira série, quando seus pais finalmente cederam e concordaram em mandá-la para a Escola West Hall

Union, depois que ela cansou os dois de tanto implorar. Por mais que ela desejasse estar na escola, a transição foi penosa e difícil: ela estava atrasada academicamente, e as outras crianças zombavam de Ruthie por causa das suas roupas tricotadas à mão, por não saber multiplicar. Ruthie havia se esforçado muito para alcançar o nível da turma e se misturar, então logo se destacou na escola e passou a tirar as notas mais altas da classe, ano após ano.

Quando Fawn fez 5 anos, Ruthie insistiu que os pais a matriculassem na alfabetização.

— Não vou deixar Fawn ser uma aberração social completa, mãe. Ela vai pra escola. É o normal.

Sua mãe a olhou por um longo tempo e depois perguntou:

— E o que há de tão bom na normalidade?

No fim, Mamãe acabou cedendo e matriculou Fawn na escola. Ruthie observava Fawn cheia de preocupação durante o ano anterior, espiando pelas janelas da sala do último ano para o pátio das crianças da alfabetização, onde Fawn sempre estava sentada sozinha, desenhando na terra e falando sozinha com animação. Ela não parecia ter nenhum amigo. Quando Ruthie trouxe com cuidado aquele assunto à tona, Fawn disse que as crianças sempre a chamavam para brincar.

— E por que você nunca vai? — perguntou Ruthie.

— Porque estou ocupada.

— Fazendo o quê?

— Brincando com os amigos que eu já tenho — respondeu Fawn e saiu correndo antes que Ruthie tivesse a chance de perguntar que amigos seriam esses. Formigas? Bolas de gude?

Fawn enfiou as mãos no fundo dos bolsos do macacão vermelho e olhou com uma expressão vazia para o fogo.

— E aí, quando foi a última vez em que você viu a Mamãe? — perguntou Ruthie, desabando no sofá e esfregando as têmporas numa tentativa ridícula de aliviar sua dor de cabeça excruciante.

— A gente jantou junto. Sopa de lentilha. Aí Mamãe subiu e me colocou na cama. Leu uma historinha pra mim. — Fawn falava como um robô com a pilha fraca. — Chapeuzinho Vermelho.

Ruthie assentiu. Talvez aquilo explicasse a escolha de roupa de Fawn. Ela levava as histórias muito a sério. Tinha uns surtos em que só queria ouvir uma única história, e você era obrigado a lê-la sem parar para ela, até que ela memorizasse cada palavra. E, quando não estava ouvindo a história, era como se uma parte sua tivesse ficado presa dentro dela. Fawn fazia trilhas de migalhas ao redor da casa; construía casinhas de barro, madeira e tijolo; e estava constantemente sussurrando para si mesma e para sua velha boneca de pano, Mimi, perguntando para onde o lobo tinha ido, ou se o sapo realmente poderia virar um belo príncipe.

— O que a gente vai fazer? — A voz de Fawn era fraca.

— Vou procurar lá fora. Ver se a caminhonete está aí. Depois vou dar uma olhada no celeiro.

— Mimi disse que a gente não vai encontrar ela.

Ruthie respirou fundo, depois soltou o ar em um silvo.

— Eu não tô nem aí para o que a sua boneca acha ou deixa de achar agora, entendeu, Fawn?

Fawn abaixou a cabeça, e Ruthie percebeu que não era hora de ser uma imbecil, com ou sem ressaca mortífera e mãe ausente. Fawn só tinha 6 anos. Ela merecia um tratamento melhor.

— Ei — disse Ruthie, agachando-se e levantando o queixo da sua irmãzinha. — Desculpe, pequena. Só estou muito cansada e um pouquinho espantada. Por que você não sobe e pega a Mimi? Traga ela pra cá e, quando eu voltar, vou preparar um café da manhã gigante pra nós duas, com bacon, ovos e chocolate quente. Que tal?

Fawn não respondeu. Parecia pequena e pálida, e sua pele ardia como se estivesse com febre.

— Ei, minha Pequena Corça — disse Ruthie, usando o apelido com que Mamãe chamava Fawn. — Vai ficar tudo bem. A gente vai encontrá-la. Eu prometo.

Fawn assentiu e recuou, depois subiu as escadas.

Então, por mais absurdo que fosse, Ruthie pensou em Willa Luce. De como as equipes de busca haviam vasculhado a cidade inteira — o estado de Vermont inteiro, aliás — sem encontrar uma única pista.

Como era possível alguém desaparecer assim tão completamente, estar aqui num minuto e no outro não?

Às vezes essas coisas acontecem, dissera Fawn.

Ruthie balançou a cabeça. Não engolia aquilo. Ninguém desaparece sem deixar vestígio. Não Willa Luce, e com toda certeza não a velha chata da Alice Washburne, que tinha duas filhas em casa, galinhas para alimentar e só se aventurava na cidade dois dias por semana: para vender ovos e peças tricotadas na feirinha de fazendeiros nas manhãs de sábado, e para fazer compras às quartas, quando a Shop and Save oferecia descontos extras.

Aquilo tudo, obviamente, não passava de um enorme engano. Sua mãe apareceria a qualquer momento, e as três dariam belas gargalhadas ante a ideia de que justamente ela, dentre todas as pessoas, pudesse desaparecer.

Ruthie

Ruthie ficou quase uma hora vasculhando a casa, o jardim e o celeiro, mas não encontrou nenhum sinal da mãe. Embora as botas e o casaco dela não estivessem ali, a caminhonete continuava estacionada no celeiro, as chaves enfiadas atrás do quebra-sol. Não havia pegadas na neve (mas, por outro lado, era inteiramente possível que antes elas tivessem existido e depois sido cobertas pela neve).

Ruthie ficou parada no celeiro, olhando impotente ao redor para o cortador de grama quebrado, a pilha de pneus de verão, as portas e janelas de tela, os sacos de ração de galinha. Nada estava fora do lugar. Tudo parecia normal.

Fechou os olhos, imaginou a mãe olhando para ela por cima de seus óculos de leitura comprados na farmácia, o cabelo grisalho preso para trás em uma trança, vestida com um de seus pesados suéteres de lã tricotados à mão. "Parte do truque de encontrar uma coisa perdida", disse-lhe sua mãe certa vez, "é descobrir todos os lugares onde ela não está."

Ruthie sorriu.

— Tudo bem então. Vamos descobrir onde você não está.

Ruthie deu meia-volta e foi para os fundos do celeiro checar as galinhas. Elas ficavam em um grande galinheiro de madeira com tela protetora de arame. Ela abriu o ferrolho, entrou e abriu a seção do poleiro.

— Oi, meninas — sussurrou, com voz baixa e confortadora. — Como passaram a noite, hein? — As galinhas soltaram arrulhos e cacarejos ansiosos. Ruthie atirou milho quebrado para elas do balde lá fora, fez questão de deixar cheios seus bebedouros e comedouros.

— Vocês por acaso não viram a Mamãe, viram?

Mais cacarejos.

— É, eu achei mesmo que não — disse ela, saindo da área do poleiro.

Ruthie saiu do celeiro e olhou para a floresta, do outro lado do jardim. Tinha nevado mais durante a noite, e a neve havia transformado o jardim numa paisagem de branco lunar.

Mentalmente, ela eliminou os lugares onde sua mãe não estava: casa, jardim, celeiro, galinheiro. E ela não havia levado a caminhonete.

— Mãe! — gritou o mais alto possível. Foi ridículo, realmente. A paisagem coberta de neve parecia absorver todos os sons; era como se ela estivesse gritando numa batedura de algodão.

Ruthie olhou para o ponto, do outro lado do jardim, onde começava a floresta. A ideia de sua mãe sair para passear na floresta no meio de uma noite escura de inverno era absurda: até onde Ruthie sabia, sua mãe *jamais* havia pisado na floresta. Ela tinha suas trilhas determinadas para os afazeres — da casa até a pilha de lenha, até o celeiro, o galinheiro, a compostagem perto da horta —, e nunca se desviava delas. Sua mãe acreditava em eficiência. Sair da trilha, explorar, passear sem objetivo era perda de tempo e energia, que podiam ser mais bem empregados mantendo a casa aquecida e produzindo comida.

Mesmo assim, ela deveria eliminar todas as possibilidades, por mais improváveis que fossem. Voltou para o celeiro, apanhou um par de raquetes de neve e os calçou.

Devagar, com relutância, atravessou o jardim e rumou para a floresta. Gostando ou não, teria de fazer aquilo: passar pelo local onde havia encontrado seu pai.

Um dia, toda a área a norte e a leste da casa e do celeiro haviam sido campos cultiváveis, porém agora estes estavam cobertos de álamos, bordos e um grupo de pinheiros. Ao longo dos anos, a floresta foi se aproximando pouco a pouco da casa e do jardim, ameaçando tomar conta da pequenina casa branca de fazenda. As árvores eram tão próximas umas das outras que caminhar entre elas ficava difícil: a trilha era um emaranhado de raízes, mudas de árvores e grandes rochas que despontavam pela neve para agarrar os sapatos de Ruthie. A terra era coberta de pedras; aquilo era algo que sempre impressionava Ruthie, o modo como as rochas surgiam a cada primavera em seu jardim, enchendo incontáveis carrinhos de mão que depois eles despejavam na floresta ou empilhavam na parede de pedra que existia na face leste do jardim.

Ruthie sempre odiara ficar na floresta e poucas vezes tinha ido tão longe, mesmo quando pequena. Naquela época, ela tinha certeza de que o morro estava cheio de bruxas e monstros — que ali havia uma floresta encantada maligna, saída diretamente de um conto de fadas.

Não ajudava em nada o fato de seus pais encorajarem seus temores, contando-lhe histórias de lobos e ursos, de coisas ruins que podiam acontecer com menininhas que se perdiam na floresta.

— Eles poderiam me comer? —perguntou Ruthie então.

— Ah, sim — respondeu sua mãe. — Existem coisas na floresta com dentes terríveis. E sabe do que mais elas têm fome? — perguntou ela com um sorriso, segurando a mão de Ruthie. — De menininhas! — disse, mordendo suavemente os dedinhos de Ruthie.

Isso fez a menina chorar, e sua mãe a abraçou com força.

— Fique no jardim que você estará a salvo — prometeu sua mãe, enxugando as lágrimas de Ruthie.

Mas ela não havia se perdido na floresta uma vez, quando era bem pequena? Esforçou-se para se lembrar dos detalhes. Lembrava que fora a algum lugar escuro e frio, que viu algo tão terrível que precisou olhar para o outro lado. E ali ela não tinha perdido algo, ou esse algo havia sido arrancado dela? A única coisa de que tinha certeza é de que seu pai a encontrou e a levou de volta para casa. Ela se lembrava de estar em seus braços, com o queixo apoiado na lã áspera de seu casaco, de como tinha olhado lá atrás para o morro e para as rochas das quais eles se afastavam rapidamente.

— Foi só um sonho ruim — dissera seu pai quando eles já estavam em casa, afagando seu cabelo. Sua mãe lhe preparou uma xícara de chá de ervas que, apesar de ter cheiro floral, tinha por trás um gosto esquisito de remédio. Eles estavam no escritório do seu pai, que cheirava a livros velhos, couro e lã úmida. — Foi só um sonho ruim — repetiu seu pai. — Agora você está a salvo.

Com as raquetes deslizando por cima da neve, Ruthie atravessou o campo enorme atrás do celeiro e encontrou a trilha raramente usada que subia o morro em direção à Mão do Diabo. Respirou fundo, entrou por entre as árvores e começou a seguir a trilha estreita. Ficou surpresa; como tinha sido fácil encontrar aquela trilha. Por algum motivo, ela estava limpa, os arbustos e galhos haviam sido podados recentemente. Mas por quem? Com certeza não pela mãe de Ruthie.

Ela inspecionou cuidadosamente a floresta em ambos os lados da trilha, buscando a parca cor-de-laranja da mãe, suas pegadas, qualquer pista. Nada.

Ruthie seguiu em frente, passo a passo. A trilha ficou mais íngreme. Um esquilo emitiu um aviso do alto de um bordo ali perto. À distância, ela ouviu o martelar de um pica-pau.

Parecia maluquice, vir ali de manhã tão cedo, de ressaca, depois de menos de cinco horas de sono. Teve vontade de dar meia-volta e se permitiu imaginar fazendo exatamente isso: voltaria para casa e encontraria sua mãe ali, a salvo na cozinha aquecida, esperando por Ruthie com uma xícara de café e pãezinhos de canela no forno.

Entretanto, sua mãe não estava esperando em casa por ela. Pensou em Fawn, imaginou a irmã perguntando "Você encontrou a Mamãe?", e soube que precisava continuar procurando. Não podia voltar antes de haver vasculhado tudo, inclusive a Mão do Diabo.

Ruthie seguiu a trilha íngreme durante dez minutos e então foi parar no pomar abandonado, fileira após fileira de macieiras e pereiras retorcidas e quebradas, os galhos emaranhados uns nos outros, inclinadas como velhas vestindo xales de neve. No pomar abandonado, espinheiros e álamos esqueléticos cresciam entre as fileiras que um dia tinham sido bem organizadas. O pai de Ruthie havia tentado por algum tempo fazer aquele pomar renascer — podou com cuidado cada árvore, borrifou inseticida e fungicida, cortou todas as ervas-daninhas esqueléticas —, porém as únicas frutas que conseguiu foram malformadas e amargas demais para comer. Elas caíram no chão e ali apodreceram, comida para os veados e um ou outro urso que vagava por perto.

Ruthie parou para recuperar o fôlego e teve a súbita sensação de que não estava sozinha.

— Mãe? — chamou, com voz alta e tensa.

Correu os olhos pelas árvores, em busca de qualquer sinal de movimento.

A neve caiu dos galhos de uma das macieiras, fazendo Ruthie dar um pulo. Teria alguma outra coisa se mexido ali, alguma coisa escondida nas sombras? Segurou a respiração, esperando. A quietude fazia seus ouvidos zumbirem. Aonde tinham ido os passarinhos e esquilos?

Não havia nenhuma pegada — nem mesmo de alguma lebre-americana, de um chapim ou rato-do-campo. Era como se ela estivesse completamente sozinha no mundo.

Ruthie não se permitia pensar com frequência no que havia acontecido com seu pai.

Pouco mais de dois anos atrás, ele fora cortar lenha e não voltou para jantar. Ruthie saiu para procurá-lo justamente quando estava começando a escurecer.

— Aquele velho bobo não consegue mais ter noção do tempo — dissera sua mãe. — E não tem nem o bom senso de prestar atenção no seu estômago roncando também, evidentemente.

Aquele tinha sido um outono úmido e o chão estava escorregadio, com lama e folhas apodrecidas. Ela escorregou diversas vezes ao subir a trilha, batendo os joelhos nas pedras e sendo arranhada pelos espinhos.

Ruthie o havia encontrado a norte do pomar. Havia uma pilha de lenha bem-arrumada a uns 3 metros de distância, com um serrote ao lado. Ele estava deitado de lado, segurando o machado com força. Seus olhos estavam abertos, mas estranhamente vítreos, e seus lábios, azuis.

Ruthie tinha feito aulas de primeiros socorros na escola e portanto caiu de joelhos e começou uma RCP, enquanto gritava até ficar rouca, esperando que sua voz chegasse até a casa. Massageou o peito dele durante o que lhe pareceram horas, mas talvez tenham sido meros minutos, os cotovelos unidos, contando depressa e baixinho — *um-E-dois-E-três-E-quatro* —, como havia feito com o boneco de plástico na aula. Por fim, sua mãe apareceu e saiu apressada para chamar uma ambulância. Ruthie continuou a fazer a massagem no peito de seu pai até a chegada da ambulância do Corpo de Bombeiros Voluntários de West Hall. Seus braços e ombros tremiam, os músculos estavam exaustos, mas mesmo assim ela continuou massageando, até que sua mãe gentilmente a afastou.

Somente quando ela estava voltando da clareira é que percebeu: as pegadas de seu pai na lama, impressões dos últimos passos que ele jamais daria. Mas ali, ao lado deles, havia outro conjunto de pegadas, muito menores.

Ela perguntou a Fawn depois:

— Você foi até a floresta ver Papai hoje?

Fawn balançou a cabeça com força, abraçou a boneca de encontro ao peito.

— Eu e Mimi não vamos pra floresta. Nunca. A gente não quer ser comida.

Agora Ruthie sentiu um arrepio ao se lembrar das palavras de sua irmãzinha, dos avisos antigos de sua mãe.

— Mamãe? — A voz de Ruthie saiu num guincho, como a de uma menininha. Ela atravessou o pomar correndo, arrastando as raquetes de neve de um jeito desengonçado agora. As macieiras e pereiras terminaram e Ruthie continuou subindo o morro, entrando na floresta escura. Os bordos, álamos e faias pareciam mais esqueléticos do que nunca, pelados e cobertos de neve recém-caída. Tinha certeza de que havia olhos observando-a enquanto ela subia, a trilha ficando cada vez mais íngreme.

Seus pais sempre a advertiram para não fazer caminhadas ali sozinha: havia lugares demais onde era possível quebrar o tornozelo. Certa vez, seu pai encontrou um velho poço no meio da floresta, depois da Mão do Diabo — um círculo escondido de pedras tão profundo que, segundo ele, não se podia enxergar o fundo. "Joguei uma pedra ali e juro por Deus que não ouvi o barulho dela caindo no chão."

Diziam alguns que ali existia uma caverna onde morava uma velha bruxa. Supostamente, foi lá que o menino de 1952 havia entrado e jamais saído. Quando seus amigos voltaram mais tarde trazendo ajuda, não conseguiram sequer encontrar a entrada novamente — apenas uma face lisa de rocha onde antes houvera uma abertura. Quando Willa Luce desapareceu no mês passado, a equipe de busca vasculhou com pente fino toda aquela floresta, mas não encontrou nada.

Todo mundo da cidade tinha uma história para contar sobre a Mão do Diabo, e embora os detalhes mudassem, uma coisa era constante: aquele lugar era maligno, dava má sorte ir até lá. Os jovens faziam apostas e às vezes inclusive passavam a noite ali, levando consigo algumas cervejas para ganharem coragem líquida. Buzz e seus amigos iam para lá fumar maconha e procurar óvnis.

A pele de Ruthie se arrepiou. Não conseguia afastar a sensação de que não estava sozinha.

— Olá?

Idiotice, ela sabia, mas apressou o passo mesmo assim, tentando acabar logo com a busca. Iria subir as pedras, dar meia-volta e depois voltar.

Estava sem fôlego quando chegou à Mão do Diabo, em parte pelo esforço da subida, mas principalmente porque estava caminhando rápido demais — queria acabar logo com aquilo.

As rochas escuras e imensas saíam do chão como se tivessem brotado dali, como gigantes cogumelos mutantes e afiados. Eram cinco pedras — os cinco dedos; saíam da terra e se inclinavam para trás como se a mão estivesse aberta, esperando para apanhar alguma coisa (ou alguém, pensou ela). As rochas que formavam a palma eram baixas e estavam cobertas de neve, porém as mais altas despontavam, parecendo a Ruthie não mais dedos, e sim dentes pontudos e escuros.

Nossa, que dentes grandes você tem.

É pra te comer melhor.

De pé na sombra da rocha mais alta — o dedo do meio, que se erguia a quase 6 metros de altura —, ela gritou chamando a mãe mais uma vez:

— Mãe!

Esperou, ouvindo o som da própria respiração até que lhe parecesse tão alto que era como se a floresta estivesse respirando junto com ela.

Ruthie apertou as tiras das raquetes de neve e correu de volta para casa, deslizando, escorregando, caindo diversas vezes; correu o mais rápido que pôde, tentando ignorar a sensação de estar sendo seguida.

— Ela levou a caminhonete? — perguntou Fawn.

Ruthie fez que não. Tinha passado mais uma vez no galinheiro depois de guardar as raquetes de neve e apanhou alguns ovos dos ninhos. Retirou-os com todo o cuidado dos bolsos e os colocou sobre a bancada.

Estava com frio, exausta. Suas pernas e seus pulmões ardiam por conta da aventura no alto do morro.

— Cadê a Mamãe? — perguntou Fawn, o queixo tremendo, os olhos molhados e inchados como os de um sapo.

— Não sei — admitiu Ruthie.

— Será que a gente não devia chamar alguém? — sugeriu Fawn.

— Tipo quem, a polícia? Tenho certeza de que não se pode declarar que uma pessoa está desaparecida antes de se passarem 24 horas, e não faz nem 12 que ela sumiu. Além disso, mamãe daria um chilique, Fawn. Você sabe disso.

— Mas... está tão frio lá fora. E se ela estiver machucada?

— Olhei em toda parte onde ela poderia ter ido. Mamãe não está lá. Juro.

— Mas o que a gente vai fazer? — exigiu Fawn.

— Esperar. É o que ela gostaria que a gente fizesse. Se ela não voltar até hoje à noite, talvez então a gente ligue pra polícia, não sei. — Ela bagunçou o cabelo da irmãzinha e lhe deu seu melhor sorriso de "vai ficar tudo bem". — Vai dar tudo certo.

Fawn mordeu o lábio, parecia prestes a chorar.

— Ela não iria abandonar a gente.

Ruthie abraçou sua irmã caçula, com força.

— Eu sei. Vamos descobrir o que aconteceu. Depois do café da manhã, vamos procurar por pistas. As pessoas não desaparecem assim sem deixar vestígios. Vai ser como brincar de Nancy Drew.

— Quem?

— Esqueça. Confie em mim, tá bom? A gente vai encontrar a mamãe. Prometo.

Katherine

Às vezes, Katherine acordava no meio da noite e quase conseguia sentir os dois ao seu lado. Imaginava que o outro lado da cama estava quente e, se estreitasse bem os olhos, o travesseiro parecia mostrar uma depressão suave onde as duas cabeças estiveram deitadas. Ela rolava para o lado de manhã e apertava o travesseiro contra o seu rosto, tentando sentir o cheiro deles.

Não era só de xampu, loção pós-barba e graxa de moto. Era tudo aquilo junto, misturado com alguma coisa inebriantemente apimentada por baixo — a essência de Gary. E Austin cheirava a leite quente com mel, uma doce ambrosia que ela seria capaz de beber e se nutrir para sempre. Nas horas suaves do início da manhã, antes de o sol nascer, ela acreditava que talvez fosse possível destilar tudo aquilo que uma pessoa era em um odor.

Quando acordava, como agora, sentada na cozinha com uma xícara de café de torra intensa e ainda vestida com uma das camisetas velhas de Gary, ela se dava conta de como aquilo tudo era uma bobagem, que aquela história de eles estarem na cama com ela não passava de um sonho, de uma lembrança corporal, quem sabe. Como alguém que sente dor num membro amputado.

Quantas manhãs eles haviam passado assim, com Austin enfiado entre eles de pijama de lã contando histórias grandiosas de seus sonhos: "... *aí tinha um homem e ele tinha um chapéu mágico e conseguia tirar de lá de dentro qualquer coisa que a gente pedisse — marshmallows, piscinas, até o Sparky, mamãe!*" Ela bagunçaria seu cabelo, acharia fofo que ele pudesse trazer de volta seu cachorro morto em seus sonhos.

O café ácido atingiu seu estômago vazio com um rosnado e uma mordida afiada. Ela bateu de leve seu anel na caneca. Gary o dera duas semanas antes de morrer. Ela o revirou em seu dedo, notando a entrada que estava deixando ali, como se o anel estivesse lentamente abrindo caminho em sua pele, tornando-se uma parte dela.

Ela devia comer alguma coisa. Tinha pulado o jantar na noite passada e se virado com um vinho e azeitonas com um vidro de azeitonas e uma taça de Shiraz. Desde a morte de Gary, ela vinha basicamente vivendo de sopa enlatada e cream-crackers. A ideia de se dar ao trabalho de cozinhar uma refeição de verdade somente para si parecia boba, não valia o esforço. Se ela tivesse vontade de comer algo mais elaborado, jantaria fora. Além disso, havia descoberto umas sopas enlatadas bastante refinadas: creme de lagosta, abóbora, pimentão e tomate assado.

Entretanto, ainda não tinha feito compras, e o armário das sopas e cream-crackers estava vazio; hoje seria obrigada a ir ao supermercado. Ontem havia desempacotado alguns itens não perecíveis — aveia, bicarbonato de sódio, farinha —, mas as panelas continuavam guardadas nas caixas. Fazia dois dias que estava naquele apartamento, e, além de ter arrumado um espaço para trabalhar na sala e feito a cama, pouco fizera para se acomodar ali.

A verdade é que gostava da aparência despida de prateleiras e balcões vazios; as paredes brancas e nuas lhe pareciam uma tábula rasa. Sentia hesitação até mesmo em pendurar suas roupas no armário, preferindo a sensação errante de viver com malas. Do que alguém realmente necessitava para viver? Aquela ideia a empolgou um pouco: fazer um experimento de viver com o mínimo.

Katherine olhou ao redor das pilhas de caixas de papelão organizadamente identificadas com a palavra COZINHA e os conteúdos escritos embaixo: tigelas, facas de carne, sorveteira, máquina de fazer pão. Mas quem, na face da Terra, realmente precisa de uma sorveteira e de uma máquina de fazer pão? Teria de se desfazer daquelas duas, resolveu, junto com mais um monte de coisas que estavam dentro das caixas.

Na sala havia mais caixas: CDs, filmes, livros, álbuns de fotografias. As coisas que juntas formavam uma vida. Porém agora, encaixotadas, pareciam estranhamente irreais, um resquício da vida de outra mulher.

A Katherine que fora casada com Gary e certa vez teve um filho; que tinha louça de porcelana e álbuns de fotografias e um afiador de facas elétrico. Agora todos aqueles objetos pareciam brinquedos, como se ela fosse uma criança numa casinha de boneca tentando imaginar como era a vida dos adultos.

Austin morrera dois anos e quatro meses atrás — leucemia. Tinha 6 anos. E havia se passado apenas pouco mais de dois meses que Gary morreu. Às vezes parecia serem dois dias, outras, vinte anos. A decisão de Katherine de se mudar de Boston para West Hall, Vermont (população de 3.163 habitantes) parecera absurda — preocupante até — para seus familiares e amigos. Ela afirmou que precisava de um recomeço. Afinal, tinha acabado de ser agraciada com uma bolsa Peckham: trinta mil dólares para cobrir despesas de habitação e material de arte, permitindo que ela trabalhasse em sua arte em tempo integral, terminasse a série de caixas-maquete na qual vinha trabalhando desde o ano passado. Pela primeira vez em sua vida, ela seria uma artista, e apenas isso —, não esposa, mãe ou gerente de galeria. Ela entregou as chaves do seu loft de Boston, pediu demissão do cargo na galeria e se mudou para um pequeno apartamento no terceiro andar de uma antiga casa vitoriana na Main Street de West Hall.

Não contou a verdade a ninguém.

Quase um mês após o acidente de Gary, ela recebeu a última fatura do cartão American Express dele. A última cobrança, datada de 30 de outubro, dia da sua morte, era de um jantar no valor de US$ 31,39 no Lou Lou's Café em West Hall, Vermont. Por algum motivo, ele havia dirigido três horas até Vermont, jantou e depois pegou a estrada de volta para Boston. Escolhera a rota turística, mais longa, que seguia para o sul pela Route 5 e descia serpenteando ao lado da interestadual, a I-91. Estava nevando, uma tempestade prematura de início de estação. Gary fez uma curva rápido demais, perdeu o controle do carro e bateu num paredão de pedra. A polícia rodoviária declarou que ele morreu de imediato.

Quando ela fez o trajeto até a garagem no entroncamento de White River para reclamar quaisquer pertences que estivessem no carro de Gary, deu uma única olhada nos airbags acionados, no para-brisa destroçado e na parte dianteira do automóvel completamente esmagada como uma sanfona e desmaiou. No fim das contas, não havia muito o que reclamar mesmo: alguns papéis no porta-luvas, um par extra de óculos escuros, a caneca de viagem preferida de Gary. O objeto que ela estava realmente esperando encontrar — a mochila preta que ele usava como estojo para sua câmera fotográfica — não estava no carro. Ela tentou descobrir onde poderia estar, infernizou os mecânicos da garagem, o agente da seguradora, a polícia estadual e a equipe de resgate, porém todos negaram terem visto a mochila.

Gary saíra de casa às dez horas da manhã com a mochila, dizendo que iria fotografar um casamento em Cambridge e que voltaria para jantar em casa.

Por que ele havia mentido?

A pergunta a atormentava, devorava Katherine por dentro. Vasculhou a mesa dele, seus arquivos, seus papéis e o computador, mas não encontrou nada fora do comum. Telefonou para os amigos de Gary, perguntou se sabiam da existência de algum conhecido dele em Vermont — enfim, qualquer motivo pelo qual ele pudesse ter ido para lá.

Não, disseram todos, não conseguiam se lembrar de ninguém. Disseram que provavelmente ele tinha ouvido falar de algum antiquário bacana por lá, ou que só estava a fim de dar um passeio de carro. "Você sabe como o Gary é", comentara seu melhor amigo, Ray, engasgando um pouco de emoção, "um cara que se deixa levar pelo momento. Sempre a fim de uma aventura."

Assim que abriu a fatura com a cobrança do café em West Hall, Katherine entrou em seu carro e se pôs a dirigir para o norte. Encontrou West Hall, Vermont, a mais ou menos 80 quilômetros ao norte do local onde Gary sofrera o acidente.

Era a epítome da cidadezinha da Nova Inglaterra: um centro com três campanários de igreja, uma biblioteca de granito, um parque com um gazebo no meio. Depois de passar pelo parque, ela cruzou a Escola West Hall Union, onde crianças pequenas com casaco e chapéus de inverno estavam no pátio jogando bola e subindo em uma estrutura elaborada e colorida. Ela lembrou-se de Austin, de como ele adorava subir em brinquedos assim e não demonstrava nenhum medo, ia até o topo de qualquer estrutura e berrava: "Sou o Rei da Montanha!" Durante meio segundo, ela quase acreditou conseguir enxergá-lo ali, o menino magro com cabelo cacheado, no topo do brinquedo. Depois piscou os olhos e lá estava o filho de outra pessoa.

Continuou seguindo em frente por aquela rua, que passava pelo Cemitério de Cranberry Meadow — repleto de lápides antigas e inclinadas e rodeado por uma cerca de ferro forjado enferrujada. Deu a volta na área do centro e encontrou o Lou Lou's Café na Main Street, enfiado entre uma livraria e um banco, os três estabelecimentos compartilhando o mesmo grande edifício de tijolos. Ela entrou, pediu um café e olhou pela janela grande de vidro que tinha vista para a rua, pensando: *Foi isso o que Gary viu enquanto comia sua última refeição.*

Dali ela tinha uma visão clara do parque da cidade. Era um dia de novembro claro e sem nuvens. As árvores que ladeavam o parque estavam nuas agora, mas, quando Gary esteve ali, talvez estivessem cintilando em tons de laranja e vermelho, as folhas caindo enquanto nuvens de tempestade se aglomeravam no céu.

— Mas o que você veio fazer aqui? — perguntou ela em voz alta.

Dando uma olhada nos preços do cardápio, decidiu que ele devia ter jantado com alguém. Os pratos não custavam mais do que 12 dólares: mesmo que ele tivesse pedido uma cerveja para acompanhar, não teria conseguido consumir sozinho uma refeição de 31 dólares ali.

— Por favor — chamou Katherine, quando uma garçonete passou por perto. — Gostaria de saber se você poderia me ajudar. — Ela sacou uma pequena foto de Gary que levava sempre em sua carteira. — Você o reconhece? Ele esteve aqui no mês passado.

A garçonete, uma moça jovem com franja azul e tatuagem de yin-yang nas costas de uma das mãos, balançou a cabeça.

— Melhor perguntar para Lou Lou — disse, fazendo um sinal na direção da mulher que estava atrás do balcão. — Ela se lembra superbem dos clientes.

Katherine agradeceu, levantou-se e aproximou-se da dona — a própria Lou Lou, que gotejava joias de prata e turquesa e cujo cabelo curto era de um tom vermelho brilhante.

Lou Lou reconheceu Gary imediatamente.

— Sim, ele veio aqui; não sei quando, mas não faz muito tempo.

— Ele estava com alguém?

Lou Lou a olhou sem entender, e Katherine pensou em desabafar, explicar tudo: *Ele era meu marido, morreu em um acidente poucas horas depois de se sentar aqui para comer um sanduíche e uma sopa ou sei lá o quê, eu nunca tinha nem sequer ouvido falar desse lugar, por favor, eu preciso saber.*

Em vez disso, ela se endireitou e disse apenas:

— Por favor. É importante.

Lou Lou assentiu.

— Ele estava com uma mulher. Não sei o nome dela, apenas que é da região. Eu já a vi por aí, mas não sei dizer onde.

— Como ela era?

Era bonita? Mais bonita do que eu?

Lou Lou pensou por um minuto.

— Mais velha. Com cabelo grisalho preso em uma trança. Como eu disse, já a vi por aí. Eu a conheço de algum lugar. Não esqueço nenhum rosto.

Katherine passou quase duas horas no Lou Lou's; tomou um café, depois comeu uma sopa e um sanduíche e um pedaço de bolo veludo vermelho. Durante todo aquele tempo, ficou imaginando o que Gary teria comido, em que mesa teria se sentado. Sentia-se próxima dele, como se ele estivesse bem ali ao seu lado, dividindo um segredo entre um pedaço e outro de bolo.

Quem era ela, Gary? Quem era a mulher de trança?

Observou as pessoas indo e vindo na calçada: gente de jaquetas e suéteres de lã, dois homens com casacos de caça de xadrez vermelho, dois garotos com capuz andando de skates. Não viu nem uma só pessoa de terno, nem mesmo uma gravata ou um salto alto. Tão diferente de Boston. As pessoas sorriam e se cumprimentavam na rua. Gary devia ter adorado.

Eles costumavam conversar sobre sair da cidade e se mudar para alguma cidadezinha como aquela, e como aquilo seria muito melhor para Austin. Gary tinha sido criado em uma cidade pequena em Idaho e dizia que era um paraíso para as crianças: havia espaço para respirar, explorar, você conhecia os vizinhos e seus pais não davam a mínima se você ficava fora de casa até tarde porque nada de ruim jamais acontecia ali. Você estava seguro.

Katherine parou diante de um quadro de avisos no corredor, na saída do Lou Lou's Café. Olhou para os papéis pregados: mountain bike à venda, aulas de ioga Bikram, um *flyer* anunciando que a feirinha de fazendeiros seria realizada no ginásio da escola secundária durante os meses de inverno, um pôster chamando pessoas que acreditavam em alienígenas para se juntarem a um grupo de observação de óvnis. E ali, bem no meio, um anúncio sem sentido: *apartamento para alugar. No centro, em estilo vitoriano, reformado. Um quarto. Não se aceitam animais. US$ 700 incluindo aquecimento*. Havia pequenas tiras embaixo com o telefone de contato.

Então ela sentiu novamente — Gary ao seu lado, passando o braço ao seu redor, sussurrando: *Vá em frente, pegue um*. Sem pensar, ela arrancou um dos números de telefone e o enfiou no bolso do jeans.

Boa menina, sussurrou Gary, com um silvo suave em seu ouvido direito.

Não está na hora de começar a trabalhar, não?, perguntou Gary agora, em tom de provocação, consoladoramente familiar, enquanto ela se sentava à mesa da cozinha de seu novo apartamento. Katherine se levantou, foi até a bancada para reabastecer sua xícara de café. Depois caminhou até a sala, trançando entre as pilhas de caixas, até chegar à sua mesa de trabalho. Era uma antiga mesa de fazenda que tinha consigo desde que se formara na faculdade, com mais ou menos 1 metro de largura por 1,5 de comprimento, feita de tábuas grossas de madeira de pinho. Estava cheia de marcas de serrote, faca e broca, salpicada com o equivalente a anos de pingos e manchas de tinta. Havia um torno montado à direita, que era o local onde ela também guardava suas ferramentas: martelo, serrotes, uma Dremel, ferro de solda, alicates, broca e mandris, além de uma caixa de ferramentas feita de plástico e cheia de diversos tipos de pregos, chaves de fenda e dobradiças. No centro, ao fundo, havia uma lata de café cheia de pincéis, estiletes X-acto, canetas e marcadores. À esquerda da mesa, num armário de madeira cuidadosamente etiquetado, ficavam todas as suas tintas e acabamentos.

Ali, no centro da mesa, estava sua caixa-maquete mais recente, aquela na qual tinha ficado até tarde da noite trabalhando. Tratava-se de uma caixa de madeira de 10 × 15 centímetros intitulada *Os Votos de Matrimônio*. Na frente havia duas portas duplas, estilizadas como janelas de igreja com vitrais. Quando eram abertas, via-se um altar de madeira com uma foto minúscula de Katherine e Gary no dia de seu casamento, ambos parecendo impossivelmente jovens e felizes, sem perceber o corvo ensombrado que os espiava por trás da cortina. *Até que a Morte Nos Separe* estava escrito em caligrafia cuidadosa, uma promessa pairando no ar acima de suas cabeças como uma doce nuvem. Porém, nas sombras abaixo de seus pés, havia marcas de derrapagem em uma estrada tortuosa e estreita, e, à esquerda, metade de um carrinho destroçado feito de caixa de fósforos espiava pela lateral da caixa, com a frente esmagada. No fundo, duas frases simples entre aspas: "Vou fotografar um casamento em Cambridge. Volto para o jantar."

Naquela manhã, ela havia terminado de dar os toques finais à caixa — uma leve borda prateada ao redor das janelas, tinta dourada na cruz no alto — e depois recoberto tudo com verniz fosco. Em seguida, começara a trabalhar na próxima caixa da série: *Sua Última Refeição*. Não tinha definido ainda como seriam os detalhes, sabia apenas que a porta se abriria para uma cena no Lou Lou's Café entre Gary e a mulher misteriosa. Estava contando com a ajuda de Gary, para que ele a guiasse e mostrasse que detalhes deveria acrescentar. Gary como Musa.

De vez em quando, apenas de vez em quando, quando ela estava bastante absorta em sua arte, se fechasse os olhos podia sentir Gary ao seu lado novamente, sussurrando segredos em seu ouvido. Era quase capaz de vê-lo: seu cabelo castanho-escuro com os redemoinhos esquisitos, as sardas em seu nariz e bochechas que se multiplicavam quando ele passava tempo demais ao sol.

Gary, que adorava uma boa história de terror. Gary, que certa vez brincou com ela dizendo: "Torça pra você morrer primeiro, meu amor, porque, se eu morrer, vou voltar aqui para assombrar você, sem te dar descanso."

Ela sorriu agora, ao pensar naquilo. Apanhou o maço azul de American Spirits — o último da caixa de cigarros que encontrara no estúdio de Gary. Ela não fumava desde a faculdade e estava sempre importunando Gary para parar, sempre reclamando do cheiro em suas roupas e em seu cabelo. Agora achava o cheiro da fumaça de cigarro reconfortante e se permitia fumar um por dia. Às vezes, dois. Tirou um cigarro do maço e o acendeu, sabendo que estava meio cedo para isso, mas sem dar a mínima.

— O que você veio fazer aqui, Gary? — perguntou ela em voz alta, observando a fumaça subir devagar; esperava secretamente que, se começasse a construir a próxima caixa, acrescentando os detalhes da cena, as respostas surgiriam. — Quem é a mulher de trança? E onde posso encontrá-la?

Ruthie

— Dezoito, dezenove, vinte — gritou Ruthie, com o rosto escondido entre as mãos. Abriu os olhos, levantou-se do sofá e berrou: — Preparada ou não, aqui vou eu!

Esconde-esconde era a brincadeira preferida de Fawn, e elas já estavam brincando havia uma hora. Começaram logo depois de lavar e guardar a louça do café da manhã. Ruthie achou que aquilo poderia ajudar a distrair Fawn do fato de Mamãe ter sumido. Decidiu também que era uma maneira eficiente, além de divertida, de as duas vasculharem a casa em busca de pistas. Sempre havia duas regras quando elas brincavam de esconde-esconde: a primeira era que não podiam se esconder nem no quarto de Mamãe, nem no porão, nem na área externa da casa. A segunda era que Fawn sempre se escondia. Ruthie tinha claustrofobia e não suportava se enfiar em lugares apertados e escuros. Fawn adorava se esconder e era ótima nisso. Às vezes Ruthie era obrigada a berrar dizendo que desistia, para Fawn sair de algum lugar improvável: o cesto de roupa, o armário embaixo da pia da cozinha.

— Onde será que ela está? — perguntou Ruthie em voz alta, enquanto procurava na sala. Espiou atrás do sofá e depois foi até o hall da entrada e olhou no armário. Dali seguiu até a cozinha, onde cuidadosamente conferiu cada armário. Nada. Com certeza Fawn não caberia nas gavetas, certo? Ruthie checou mesmo assim. — Você se transformou em um ratinho e se enfiou em algum lugar onde não vou conseguir te encontrar? — gritou Ruthie.

Aquilo também fazia parte da brincadeira, a conversa fiada incessante que às vezes fazia Fawn dar uma risada e sem querer acabar se entregando.

Durante vinte minutos, Ruthie vasculhou a casa, procurando em todos os lugares preferidos de Fawn, mas não encontrou o menor sinal da irmã.

— Será que você está embaixo da mesa do Papai? Não. Será que se transformou em uma poeirinha e foi soprada para longe?

Fawn não estava em nenhum dos armários, embaixo de nenhuma cama ou mesa, nem deitada dentro da banheira com a cortina do chuveiro enrolada ao seu redor. Ruthie conferiu até mesmo embaixo da banheira velha com pés em forma de garra, lembrando que certa vez encontrara sua irmã espremida ali, de bruços.

Em geral, quando não encontrava Fawn, Ruthie ficava apenas irritada. Hoje ela sentiu pânico, que aumentava a cada vez que ela checava um esconderijo vazio.

E se Fawn realmente tivesse sumido? E se o que havia acontecido com sua mãe também tivesse acontecido com sua irmã?

Pare com isso, disse a si mesma. *É só uma brincadeira.*

— Fawn? — gritou Ruthie. — Eu desisto! Acabou o jogo! Pode sair!

Porém, Fawn não apareceu. Ruthie foi de sala em sala chamando em voz alta, atenta para qualquer barulho de risada ou farfalhar de roupa, enquanto um suor frio se acumulava entre seus ombros. Terminou voltando para a sala, exatamente onde havia começado, de joelhos, e olhou atrás do sofá.

— Buuu!

Ruthie soltou um grito. Fawn estava bem atrás dela.

— Onde você *estava*? — perguntou Ruthie, sentindo-se inundada de alívio.

— Escondida com Mimi. — A boneca pendia flácida da mão de Fawn.

— Onde?

Fawn encolheu os ombros.

— É segredo. Acabou a brincadeira?

— Agora tenho outra — disse Ruthie. — Venha. — Ela conduziu a irmã até o quarto da sua mãe, no andar de cima.

— O que a gente tá fazendo aqui? — perguntou Fawn. Mamãe dava muito valor a "respeitar o espaço íntimo alheio", o que significava não entrar sem bater e não fuçar quando não houvesse ninguém perto. Ruthie não conseguia se lembrar da última vez em que havia entrado no quarto de sua mãe: deve ter sido na época em que seu pai ainda estava vivo, quem sabe.

Aquele era o maior quarto da casa, mas parecia ainda maior pela falta de móveis: paredes brancas com rachaduras antigas no gesso; uma única cama, uma cômoda e uma mesinha de cabeceira; nenhum quadro nas paredes; nenhuma bagunça. Nem sequer uma meia largada no assoalho de pinho antigo, apenas dois tapetes de tear manual, um de cada lado da cama.

Sua mãe também contava com a melhor vista da casa. A janela ao lado da cama dava para o norte e dela se via o jardim e o morro coberto pela floresta. Nos meses de outono e de inverno, quando não havia folhas nas árvores, dava para enxergar até a Mão do Diabo, no alto do monte. Ruthie olhou para lá e avistou apenas uma ponta de rocha espiando através do cobertor de neve espessa. Então, por um átimo de segundo, vislumbrou um movimento: uma sombra que deslizava de um lado a outro das rochas e, depois, sumiu. Deve ter sido um truque da luz, disse a si mesma, desviando o olhar.

— Agora nós vamos brincar de um jogo novo — avisou Ruthie a sua irmã caçula. Os olhos de Fawn se arregalaram.

— Que tipo de jogo?

— Um jogo de procurar.

— Tipo esconde-esconde?

— Mais ou menos. Não vamos procurar uma pela outra, vamos procurar pistas.

— Aaaaaah, pistas! — Fawn soltou um gritinho. Depois ficou séria. — Que tipo de pistas?

— Vamos procurar qualquer coisa que seja fora do comum, qualquer coisa diferente do normal. Qualquer coisa que possa nos ajudar a descobrir onde Mamãe pode estar.

Fawn assentiu entusiasticamente. Segurou o braço de Mimi — um brinquedo feito pela mãe. O cabelo loiro da boneca agora estava emaranhado, o tecido de suas mãos e pés gasto e remendado em alguns lugares. A boneca tinha um sorriso cuidadosamente costurado que sempre pareceu meio assustador para Ruthie, lembrava uma cicatriz, ou lábios costurados para mantê-la em silêncio. Mimi estava sempre sussurrando coisas a Fawn, contando-lhe segredos. Quando Fawn era bem pequena, eles costumavam encontrá-la escondida no armário com a boneca no colo, entretida em uma conversa profunda.

Ruthie sorriu para a irmã.

— Você e Mimi estão prontas para começar?

— Deixa eu ver se Mimi está — respondeu a menina, segurando o rosto da boneca perto da sua orelha para ouvir. Fawn escutou por um minuto, assentindo, e depois abaixou a boneca. — Mimi disse que sim, mas ela quer saber se a gente pode brincar de esconde-esconde de verdade depois.

— A gente já não brincou de esconde-esconde o suficiente por um dia?

— Mimi acha que não — respondeu Fawn.

— Tudo bem, a gente pode brincar mais uma vez depois — prometeu Ruthie. — Ah, esqueci de te contar a melhor parte desse jogo de encontrar pistas: há prêmios. Um beijo de chocolate para cada pista encontrada.

— Do esconderijo secreto de Mamãe?

Ruthie assentiu. Mamãe guardava um saco de Hershey's Kisses escondido nos fundos do freezer, e nenhuma das meninas estava autorizada a tocá-los a não ser que Mamãe os oferecesse, em geral como suborno. Mamãe não gostava que elas comessem açúcar refinado, portanto chocolates eram sempre guloseimas especiais, principalmente para Fawn.

— Preparar, apontar, já! — gritou Ruthie, mas Fawn ficou imóvel.

— Não sei bem onde procurar — disse ela.

— Você é uma criança! Use sua imaginação! Se você quisesse esconder alguma coisa aqui dentro, aonde esconderia?

Fawn olhou ao redor.

— Embaixo da cama? — Sua voz saiu baixinha e tímida.

— Talvez — respondeu Ruthie. — Vamos olhar.

As duas caíram de joelhos para espiar embaixo da cama. Não havia nada ali a não ser o equivalente a anos de poeira.

Ruthie checou as tábuas do assoalho embaixo da cama, procurando alguma solta. Quando era bem pequena, tinha descoberto um ótimo esconderijo miudinho embaixo de uma tábua solta no seu quarto, bem embaixo da cama. Com o tempo, ela e Fawn descobriram diversos lugarezinhos como aquele pela casa: uma pequena portinhola escondida que se abria atrás do armário no qual a família guardava a louça; um canto do batente da porta da cozinha para a sala que, ao se abrir, revelava um nicho pequenino, perfeito para esconder algum tesouro minúsculo. Parecia provável que houvesse pelo menos um esconderijo secreto no quarto de Mamãe.

— Aqui devem ter morado crianças — disse Ruthie a Fawn certa vez. — Esses buracos escondidos não são coisa de adulto.

— Talvez a gente encontre alguma coisa que elas esqueceram aqui. Um brinquedo, um bilhete, sei lá! — respondera Fawn, animada. Mas, até hoje, todos os nichos escondidos que as duas haviam encontrado estavam vazios.

Ruthie puxou o colchão para cima e checou o espaço entre ele e a caixa de mola. Nada. Havia uma pilha de livros de bolso de mistério em cima da mesinha de cabeceira — sua mãe era uma grande fã de Ruth Rendell. Ela abriu a gaveta e só encontrou metade de um chocolate Hershey com amêndoas, uma lanterna e uma caneta.

Nunca houvera nenhuma mesa de cabeceira do lado do seu pai — ele não lia à noite. Seu pai achava que camas haviam sido feitas para dormir, portanto, não tinha nem mesinha de cabeceira nem abajur. Fazia suas leituras (na maioria obras de não ficção: tomos densos e deprimentes sobre aquecimento global ou os males da indústria farmacêutica; livros grossos e brilhantes sobre jardinagem e vida no campo; guias finos e antigos repletos de desenhos da fauna e da flora da Nova Inglaterra) numa grande poltrona de couro em seu escritório. Seu pai adorava ler, adorava a sensação e o cheiro dos livros — inclusive chegou a vender e comprar livros antigos antes de Ruthie nascer, antes de eles se mudarem para Vermont.

Ruthie não sabia muita coisa daquela época da vida de seus pais. Eles haviam se conhecido na faculdade, em Columbia. Sua mãe se formou em história da arte; seu pai estudava literatura. Era quase impossível imaginar como teriam sido seus pais nos tempos da faculdade; a própria ideia deles jovens, ousados e idealistas fazia a cabeça de Ruthie girar. Depois que se formaram, abriram um negócio de livros em Chicago. Vieram para o leste, para Vermont, depois de lerem o livro *The Good Life* de Scott e Helen Nearing, com a intenção de se tornarem o mais autossuficientes possível. Compraram a casa e as terras em volta por uma ninharia ("Praticamente nos deram de graça esse lugar", seus pais costumavam dizer), arrumaram galinhas e ovelhas, plantaram uma enorme horta no meio das rochas. Ruthie tinha pouco mais de 3 anos quando eles se mudaram para cá. Fawn nasceu nove anos depois, quando sua mãe tinha 43 anos, e seu pai, 46.

— Sério? — perguntou Ruthie quando seus pais anunciaram que ela em breve teria um irmãozinho ou uma irmãzinha. Ela sabia que eles estavam escondendo alguma coisa — os pais haviam andado de segredinho durante dias a fio —, mas nunca imaginou que pudesse ser aquilo. Quando era menor, sempre desejara ter um irmão ou uma irmã, mas agora não era meio tarde?

— Você não está feliz? — perguntou sua mãe.

— Claro — respondeu Ruthie então. — Só fiquei meio chocada.

A mãe de Ruthie assentiu.

— Eu sei, querida. Para ser sincera, nós também ficamos um pouco surpresos. Mas seu pai e eu sabemos que era para ser assim, que o lugar desse bebê é aqui conosco, na nossa família. Você será uma irmã maravilhosa, tenho certeza disso.

Até aquele seu novo truque de desaparecimento, a coisa mais interessante em relação à sua mãe era a decisão de ter tido um segundo filho tão tarde, o que fazia a coisa parecer mais um acidente do que uma escolha deliberada.

— Não gosto de ficar aqui sem ela — reclamou Fawn enquanto olhava impotente ao redor do quarto da mãe. Ela estava em cima da cama, procurando por entre as cobertas e os travesseiros. Ruthie corria as mãos pelas paredes de gesso áspero, procurando alguma passagem secreta, porém sem encontrar nada.

A verdade é que Ruthie sentia a mesma coisa, como se estivesse invadindo a tão amada privacidade da sua mãe.

— Tudo bem — disse ela. — Eu sei que é meio estranho, mas acho que Mamãe entenderia que só estamos fazendo isso porque precisamos. Porque queremos encontrá-la.

Ruthie foi até o armário. Fawn se levantou da cama e ficou olhando, balançando de leve o corpo para a frente e para trás, retorcendo o braço de trapo de Mimi entre as mãos.

Roscoe entrou hesitante, na ponta das patas, virando a cabeça de um lado para o outro, como se não soubesse muito bem o que esperar.

Aquele quarto era proibido até mesmo para o gato, porque sua mãe dizia ser ligeiramente alérgica e não queria dormir numa cama coberta de pelo de gato. Agora Roscoe começou a explorar o lugar com cuidado, a longa cauda peluda de pé, retorcendo-se. Saracoteou até a porta do armário, farejou-a indeciso. Imediatamente arqueou as costas e deu um pulo para trás, soltando um silvo alto. Depois saiu em disparada do quarto.

— Seu velho dramático! — gritou Ruthie às costas dele.

Ruthie foi até o armário, virou a maçaneta e puxou a porta. Nada aconteceu. Puxou com mais força, depois tentou empurrar. Mesmo assim, a porta não se mexeu.

Estranho. Ela recuou, observou a porta e notou então que duas tábuas haviam sido pregadas, uma em cima e outra embaixo, depois presas com parafusos na moldura do armário e na própria porta, impedindo que esta fosse aberta. Por que diabos alguém selaria uma porta de armário daquele jeito?

Ela teria de descer as escadas para apanhar uma chave de fenda — ou um pé de cabra no celeiro, quem sabe.

— Acho que encontrei alguma coisa. — A voz de Fawn estava trêmula. Ruthie saltou de leve, depois virou-se e viu que a irmã tinha afastado o tapete de tear do lado direito da cama e aberto um pequenino alçapão que havia no piso de pinho. Seu rosto estava pálido.

— O que é? — perguntou Ruthie, atravessando o quarto em três saltos.

Fawn não respondeu, simplesmente continuou olhando para baixo, com olhos arregalados e preocupados.

Ruthie olhou para o esconderijo descoberto por Fawn. Tinha mais ou menos 45 centímetros quadrados, e as tábuas de madeira haviam sido cortadas cuidadosamente e depois rearranjadas de modo a formar uma portinhola com dobradiças de metal antigo. Era raso, apenas cerca de 15 centímetros de profundidade. Ali, bem em cima, havia um pequeno revólver com cabo de madeira. Embaixo dele, uma caixa de sapatos. Ruthie piscou ao ver aquilo, sem acreditar. Seus pais eram hippies pacifistas; odiavam armas. Seu pai era capaz de entediar você até a medula com estatísticas em relação ao uso de armas — como era muito mais provável que a arma terminasse matando um membro da família do que um intruso, quantos crimes violentos estavam relacionados ao uso de armas.

Quando matavam uma galinha ou um peru, sua mãe transformava o ato em uma cerimônia elaborada, agradecendo à terra e à ave e incitando o espírito da ave a subir para um plano mais elevado.

— Não pode ser da Mamãe — disse Ruthie em voz alta, certa de que devia haver algum engano. Olhou para Fawn, que estava parada imóvel, com a boneca pendurada em sua mão, balançando como um pêndulo sobre o buraco aberto no chão.

— A gente devia esconder de novo. Deixar como está — disse Fawn.

Ruthie achava que a irmã tinha uma certa razão, mas elas precisavam procurar, não é? E se o que estava dentro da caixa contivesse alguma pista sobre o que poderia ter acontecido com sua mãe?

Ruthie ficou de joelhos e sentou-se na frente do buraco, em posição de oração. Esticou a mão para apanhar a arma e em seguida parou, com a mão pairando sobre ela.

— Não pegue isso, por favor — disse Fawn, com olhar alucinado. — É perigoso.

— Não é, a menos que alguém puxe o gatilho. Além do mais, talvez ela nem esteja carregada. — Ruthie apanhou o revólver e ficou surpresa com seu peso. Fawn colocou as mãos sobre os ouvidos e fechou os olhos com força. Ruthie segurou o revólver com desenvoltura pelo cano de metal, evitando tocar em qualquer ponto próximo ao gatilho. Com cautela, pousou-o no chão ao seu lado, tomando cuidado para que não apontasse nem para ela nem para Fawn. Enfiou a mão de novo no buraco e retirou a caixa. *Nike*, estava escrito na lateral.

Ruthie abriu a tampa da caixa de sapatos. Havia um saco Ziploc enfiado ali, contendo duas carteiras: uma de couro preta e pequena, e outra grande e bege de modelo feminino. Ruthie levantou o saco de plástico e subitamente sentiu medo de abri-lo. Um arrepio subiu de suas mãos até seus braços e ombros, acomodando-se depois em seu peito.

Aquilo era ridículo. Eram só carteiras.

Ruthie abriu o saco e tirou de lá a carteira menor. Ali havia uma licença de motorista de Connecticut e cartões de crédito pertencentes a um homem chamado Thomas O'Rourke. Ele tinha cabelo castanho, olhos castanho-claros, 1,82m e 77 quilos, e era doador de órgãos. Morava no número 231 da Kendall Lane, em Woodhaven, Connecticut.

A carteira feminina pertencia a Bridget O'Rourke. Não havia licença de motorista, mas ela continha um cartão de crédito da Sears, um MasterCard e um cartão do Salão de Beleza Perry's com um horário marcado. As duas carteiras tinham um pouco de dinheiro também. Bridget tinha alguns trocados num bolsinho com zíper, que também continha uma pulseirinha dourada com fecho quebrado. Ruthie retirou a pulseira — era pequena demais para pertencer a algum adulto. Voltou a colocá-la onde estava.

— Quem são eles? — perguntou Fawn.

— Não faço a menor ideia.

— Mas por que as carteiras deles estão aqui?

— Não sei, Fawn. O que você acha que eu sou, uma bola de cristal ambulante?

Fawn mordeu o lábio com mais força.

— Desculpa — disse Ruthie, sentindo-se uma merda. Agora, sem Mamãe, ela era tudo o que Fawn tinha.

Ela sabia que não havia sido exatamente a melhor irmã do mundo, nem mesmo no início. Ruthie foi obrigada a assistir ao parto de Fawn. A parteira lhe entregou um tambor — as batidas supostamente manteriam sua mãe concentrada no trabalho de parto. Ruthie tocou o tambor sem vontade, sentindo-se estranha e deslocada. Quando Fawn saiu, era uma coisa escandalosa e enrugada — nem de perto linda ou preciosa, apesar do que seus pais ou a parteira disseram. Ruthie achou que ela parecia uma larva.

À medida que Fawn foi ficando maiorzinha, Ruthie de vez em quando brincava com ela — de boneca, de se fantasiar ou de esconde-esconde —, mas somente porque seus pais a obrigavam, não por amor fraternal. Não é que ela não amasse sua irmã — ela amava —, mas a diferença de idade colocava as duas em mundos completamente diferentes.

— Tudo isso tá fazendo minha cabeça rodar, sabe? — explicou Ruthie. Olhou de novo para a carteira de motorista de Thomas O'Rourke. — Isso aqui é antigo. Venceu há, sei lá, uns 15 anos. — Ela guardou o documento de novo na carteira de couro, colocou as duas carteiras de volta no saco de plástico e depois cuidadosamente recolocou o saco dentro da caixa de sapato.

— Se Mamãe voltar, vamos fingir que a gente não encontrou nada disso, certo? Vai ser um segredo nosso.

Fawn deu a impressão de estar prestes a cair no choro.

— Ora, vamos — disse Ruthie, sorrindo como uma líder de torcida. — Não é assim tão difícil. Você consegue guardar um segredo, né? Eu sei que consegue. Você não quis nem me contar onde você e Mimi se esconderam...

— Você disse "se" — respondeu Fawn.

— Hã?

— Você disse: "Se Mamãe voltar". — O queixo dela tremia, e uma lágrima rolou pela sua bochecha esquerda.

Ruthie se levantou e abraçou sua irmã caçula, surpresa ao perceber que seus próprios olhos estavam se enchendo de lágrimas. Fawn parecia pequena e oca. Estava ardendo de tão quente. Ruthie a apertou com mais força, pigarreou e afastou o ímpeto de chorar. Precisava medir a temperatura de Fawn, dar-lhe um pouco de Tylenol se ela realmente estivesse com a febre que parecia estar. Coitadinha. Que droga de momento para ficar doente. Ruthie tentou se lembrar de tudo o que Mamãe fazia quando Fawn ficava doente: Tylenol, diversas xícaras de seu chá antitérmico à base de ervas, muitos cobertores e ler para ela uma historinha atrás da outra. Eram as mesmas coisas que ela fazia quando Ruthie era pequena.

— Eu quis dizer "quando" — Ruthie sussurrou suavemente no ouvido de Fawn. — *Quando* ela aparecer. Porque ela vai. — Fawn não retribuiu o abraço, simplesmente se deixou ficar, flácida, nos braços de Ruthie.

— E se não aparecer? E se ela... não *puder*, sei lá?

— Ela vai aparecer, Fawn. Ela *precisa* aparecer.

Ruthie se afastou e olhou para o rosto de Fawn.

— Você tá bem, Fawn? Tá com a garganta inflamada ou algo assim?

Mas os olhos vítreos de Fawn estavam focados no buraco secreto no chão.

— Acho que tem mais alguma coisa aí — disse ela.

Ruthie ficou de joelhos e enfiou a mão no buraco. As beiradas do compartimento se alongavam mais do que ela havia pensado. Enfiada no canto mais distante estava a borda quadrada de um livro. Ela o retirou.

Visitantes do Outro Lado
O Diário Secreto de Sara Harrison Shea

Era um livro de capa dura desgastado com sobrecapa desbotada de papel.

— Que estranho — disse Ruthie. — Por que esconder um livro? — Ela o apanhou e analisou a capa, depois começou a folhear as páginas. As palavras da primeira entrada do diário chamaram sua atenção: *Na primeira vez que eu vi um dormente, eu tinha 9 anos.*

Ruthie correu os olhos pelo restante da entrada.

— É sobre o quê? — perguntou Fawn.

— Parece que essa mulher aqui achava que existia uma maneira de trazer os mortos de volta — respondeu Ruthie. O livro era um pouco assustador, mas, seja como for, por que sua mãe o guardaria escondido?

— Ruthie — chamou Fawn. —, olhe a foto que tem atrás do livro.

Havia uma foto em preto e branco borrada com uma legenda embaixo: *Sara Harrison Shea na sua casa em West Hall, Vermont, 1907.*

Uma mulher com cabelos rebeldes e olhos assustadores posava em frente a uma casa de fazenda com tábuas brancas que Ruthie reconheceu imediatamente.

— Não pode ser. É a nossa casa! — exclamou Ruthie. — Essa mulher morou aqui, na nossa casa.

Katherine

Katherine acreditava que, quando o trabalho ia bem, as coisas simplesmente se encaixavam como que por mágica. Era função do artista se abrir, deixar-se guiar por seja lá qual fosse o próximo passo.

Hoje não era um dia em que as coisas estavam indo bem.

O trabalho na caixa nova não deslanchou com o pé direito. Ela sentia dificuldades em tomar qualquer tipo de decisão: será que deveria usar uma foto de Gary ou fazer um bonequinho dele sentado à mesa com a estranha de cabelo grisalho? E o que ela colocaria sobre a mesa? Parecia uma responsabilidade enorme, escolher a última refeição dele. De todas as cenas que ela recriara até então, aquela era a que mais dependia da sua imaginação.

Durante toda a manhã, sentira a presença de Gary com tanta força ao seu lado, que tinha certeza de que ele estivera olhando por cima de seu ombro, zombando dela. Podia sentir seu cheiro, quase sentir seu gosto no ar ao redor.

O que você acha que está fazendo?, perguntou ele, enquanto ela olhava como uma boba para a caixa de madeira vazia que havia acabado de construir.

— Tentando entender por que a última coisa que você me disse na vida foi uma mentira — respondeu ela em voz alta, num tom cheio de amargura.

O que a incomodava não era apenas aquela última mentira — era tudo o que havia acontecido nos dias anteriores. Gary obviamente andava escondendo algo de Katherine.

Duas semanas antes do acidente, eles tinham feito uma viagem de fim de semana para os Adirondacks. A viagem a enchera de esperança. Era meados de outubro, as folhas estavam no auge de sua cor, o ar estava renovado. Os dois foram de Harley e se hospedaram num chalé rústico no meio da floresta. Era a primeira vez que eles viajavam desde a morte de Austin, e se divertiram de verdade — pela primeira vez, não estavam completamente consumidos pelo luto e pela fúria.

Beberam uma garrafa de vinho ao lado da lareira, rindo das piadas um do outro (Katherine disse que o nariz do homem que administrava os chalés parecia um nabo, e Gary pegou a deixa e começou a associar comidas a todo mundo que os dois conheciam — o melhor de todos foi Hazel, irmã de Katherine, cuja cabeça parecia uma alcachofra, com direito a cabelo espetado e tudo o mais). Eles riram até a barriga doer, depois fizeram amor no chão. E Katherine pensara que, finalmente, tinham conseguido levantar a cabeça acima da água, que talvez não se afogassem. Encontrariam um jeito de seguir em frente, de formar uma nova vida juntos sem Austin. Talvez, quem sabe, tivessem outro filho um dia. Gary inclusive havia levantado essa hipótese naquela última noite, com o rosto afogueado pelo vinho:

— Você acha? — perguntou ele.

— Quem sabe — disse ela, sorrindo e chorando ao mesmo tempo. — Quem sabe.

Ela se sentira mais próxima de Gary do que nunca. Como se eles houvessem participado de uma tremenda jornada juntos, visto o lado mais absolutamente sombrio de cada um, mas aqui estavam, saindo do outro lado, de mãos dadas.

A caminho de casa, pararam num pequeno antiquário. Gary comprou uma caixa de arquivo de metal cheia de fotos velhas e ferrótipos para a sua coleção. Havia algumas cartas antigas e dobradas, páginas amareladas que estavam enfiadas entre as fotos, bem como dois envelopes. Quando ele abriu um dos envelopes, descobriu ali o anelzinho esquisito, que deu a Katherine enfiando-o em seu dedo e dizendo: "Aos novos começos." Ela o beijara então. Um daqueles beijos famintos, de entontecer, da época dos tempos de faculdade. E acreditou, ao revirar o anel em seu dedo, que eles iriam recomeçar.

Contudo, assim que voltaram da viagem, Katherine imediatamente sentiu que alguma coisa não estava certa. Gary começou a se afastar de novo, agora de um jeito bem pior. Voltava tarde, saía cedo, passava horas trancado em seu estúdio — o local de trabalho que ele havia fechado nos fundos do loft deles. Quando Katherine perguntava no que ele estava trabalhando, ele balançava a cabeça e dizia: "Nada."

Ela tentou se aproximar dele de todas as maneiras em que conseguia pensar: preparava seus pratos preferidos no jantar, sugeria que os dois fizessem outra viagem de moto antes de esfriar demais. Até tentou pedir-lhe que contasse uma história sobre as pessoas das fotos que ele andava restaurando.

— Não estou fazendo nenhuma restauração no momento — retrucara ele.

O que ele andava fazendo então, durante horas e horas, trancado em seu estúdio, com a música tão alta, que ela podia sentir sua pulsação nas tábuas do assoalho do apartamento?

Ela conservou o anelzinho que ele havia lhe dado e o encarava, desejando que a levasse de volta para a época que passaram no chalé. Entretanto, Gary continuava distante, cheio de segredos.

Temia que ele estivesse voltando para o lugar sombrio onde fora depois da morte de Austin. O lugar onde ele não só era um homem que Katherine não reconhecia, mas também um homem de quem ela tivera medo. Um homem frágil que bebia demais e que era propenso a explosões de violência física, nas quais destruía o equivalente a milhares de dólares em equipamentos fotográficos ou destroçava a televisão gigante da casa. Certa vez, mais ou menos dois meses depois da morte de Austin, Gary quebrou todas as taças de vinho da cozinha e usou um dos cacos para fazer um corte no próprio braço. Pelo lento fluxo de sangue que escorreu dali, Katherine soube que ele não tinha atingido nenhuma artéria importante, mas talvez ele não tivesse a mesma sorte caso tentasse aquilo novamente.

— Gary — dissera ela na ocasião, com o tom mais inalterado de voz que conseguiu, enquanto se aproximava devagar dele. — Largue isso, meu amor. Largue essa taça.

Ele a olhou como se não a reconhecesse, e a verdade é que ela também não o reconheceu naquele momento. Atrás de seus olhos, não havia nenhum sinal do Gary por quem ela havia se apaixonado e com quem se casara.

— Gary? — disse ela novamente, como se tentasse despertá-lo com gentileza de um sonho ruim.

Ele levantou o caco de vidro quebrado e deu um passo em sua direção. Ela saiu correndo do apartamento, aterrorizada.

Jamais esqueceu a expressão em seus olhos: negra e vazia, com órbitas ocas e sombrias.

Eles começaram a fazer terapia conjugal na semana seguinte. Houve desculpas chorosas, desesperadas, e a ira de ambos aos poucos foi se tornando mais rara, mais breve, mais controlada, até parar completamente. A raiva ilimitada foi substituída pela tristeza pura e simples. Gary voltou a ser ele mesmo novamente, uma versão enlutada de si mesmo, com certeza, mas reconhecível. Katherine acreditava que os dois superariam aquilo.

Entretanto, em outubro, depois que voltaram da viagem de fim de semana, parecia que todos os sinais de advertência tinham voltado. Gary estava permitindo que o monstro de seu sofrimento assumisse o controle mais uma vez. E ela não tinha certeza do quanto seria capaz de suportar.

Então, certa manhã, ele partiu para fazer uma sessão de fotos, e, na noite daquele dia, ela se viu com a cabeça enterrada no sofá, gritando nas almofadas, arranhando-as até que se rasgassem, porque dois policiais vieram bater à sua porta.

Sem saber como continuar o interior da caixa de *Sua Última Refeição*, ela decidiu começar a trabalhar em seu exterior. Deu à caixa uma fachada de tijolos, para que ficasse parecida com o Lou Lou's Café. Porém, quando estava prestes a pintar a placa acima da porta de entrada, não conseguiu encontrar nenhum de seus pincéis menores. Provavelmente ainda deviam estar guardados em alguma caixa, mas ela já havia desempacotado todas as caixas com a identificação MATERIAIS ARTÍSTICOS. Katherine suspirou, frustrada.

Viu a caixa de equipamentos gasta de Gary, vermelha e de metal, que ele usava para organizar seus materiais de limpeza e restauração das fotos antigas que colecionava. Devia haver algum pincel pequeno ali; ele muitas vezes fazia os retoques à mão. Hoje em dia, a maioria das pessoas faz todo o trabalho de restauração no computador, mas Gary era diferente.

Ela abriu a caixa e vasculhou seu interior: lata de ar comprimido, luvas de algodão branco, cotonetes, escovinhas e flanelas macias para limpeza, álcool, tintas e toners, e ali, no fundo, em um estojo plástico só para eles, os pincéis, incluindo exatamente aquele de que precisava.

Quando levantou o estojo, viu que embaixo dele estava um pequeno livro de capa dura. Que esquisito.

Visitantes do Outro Lado
O Diário Secreto de Sara Harrison Shea

Parecia alguma piada, um livro que Gary havia colocado ali apenas para que ela o encontrasse agora: *Foi isso o que me tornei, uma visitante.* Ela apanhou o livro e o abriu na página 12:

Desde então ando desesperada. De cama. A verdade é que não via motivos para continuar. Se tivesse forças para me levantar da cama, teria descido as escadas, encontrado a espingarda do meu marido e puxado o gatilho, segurando o cano entre os dentes. Eu me via fazendo exatamente isso. Visualizava tudo. Sonhava com a cena. Sentia meu corpo descendo, flutuando nas escadas, apanhando a espingarda, sentindo o gosto da pólvora.

Eu me matei vezes sem conta em meus sonhos.

Acordava chorando, cheia de tristeza por me encontrar ainda viva, presa em meu corpo destruído, em minha vida destruída. Sozinha...

Katherine deixou o estojo de pincéis e recuou da mesa de trabalho com o livrinho estranho agarrado às mãos. Atravessou a sala, apanhou os cigarros e o isqueiro na mesinha de centro, enrodilhou-se no sofá, voltou para o início do livro e continuou a leitura.

Ruthie

— Definitivamente está carregada — disse Buzz, segurando o revólver encontrado embaixo do piso do quarto da mãe de Ruthie. Manteve o dedo indicador longe do gatilho, apoiado no cano de metal. Os dois estavam sentados lado a lado na cama de sua mãe. Ruthie segurava uma long neck. Buzz tinha deixado a sua na mesinha de cabeceira, onde a garrafa ficou, abandonada e suando. Ruthie ficou com medo que deixasse uma marca na madeira, um sinal que denunciaria que eles haviam estado ali. Pousou a garrafa dele no chão e limpou o tampo da mesinha com a manga da camisa.

Eram dez da noite, e Fawn estava dormindo o sono dos anjos. Chagara a 39 graus de febre. Ruthie vinha lhe dando Tylenol a cada quatro horas para controlá-la, e inclusive preparou um dos chás de sua mãe com matricária e casca de salgueiro para a irmã beber. Depois que Fawn adormeceu, ela ligou para Buzz e pediu que ele viesse até sua casa. Ele trouxe consigo uma caixa de cerveja.

— Está vendo? Aqui — disse Buzz e estendeu-lhe o revólver para mostrar os mecanismos internos. — O tambor tem seis buracos. Seis tiros. É uma arma antiga, mas uma belezura, e está em bom estado. Sua mãe a conservou muito bem limpa e lubrificada.

— Tem certeza? — perguntou Ruthie, ainda sem conseguir acreditar que sua mãe sequer colocaria a mão em uma arma.

— Bom, alguém conservou. E esse é o quarto dela, não é? Não é tão incomum assim que uma mulher que mora sozinha com as filhas num lugar tão ermo queira ter alguma espécie de proteção. Meu pai vende mais armas pra mulheres do que pra homens.

Ruthie estremeceu, mas se aproximou para olhar melhor.

— E então, como ela funciona?

— Simples — respondeu Buzz, com os olhos iluminados. Ele estava adorando aquilo, a chance de ser especialista em alguma coisa. O pai de Buzz era dono da Na Mosca Munições e Arquearia, na Rota 6. Buzz fora criado ao lado de armas e caçava desde os 8 anos. — Esse é um revólver Colt de ação simples. Aqui fica a trava de segurança. Você tem de puxar ela pra trás. Depois, com o polegar, puxe o martelo até ele clicar. Aí, é só mirar e puxar o gatilho. O gatilho libera o martelo e o revólver dispara.

Buzz girou a arma na mão.

— Se você quiser, a gente pode dar uns tiros amanhã. Posso mostrar como se dispara.

Ruthie fez que não.

— Minha mãe iria me matar.

Ele assentiu e recolocou o revólver na caixa com cuidado, respeitosamente.

— Ainda não consigo acreditar que ela desapareceu assim, do nada — comentou ele, tirando o boné de beisebol e passando a mão pelo cabelo cortado rente com máquina.

— Eu sei — respondeu Ruthie. — Não é do feitio dela. Ela é meio estranha, mas é tão... certinha. Presa à rotina. Quase nunca vai à cidade e agora sumiu da face da Terra. Não faz o menor sentido.

— E aí, qual é o seu plano? Quero dizer, se ela não aparecer?

— Sei lá. — Ruthie deu um suspiro. — Vinha pensando em ligar para a polícia se ela não voltasse esta noite, mas aí a gente encontrou esses troços. Agora eu realmente não sei o que fazer. E se ela estiver envolvida em alguma coisa... tipo, ilegal?

Buzz assentiu.

— Acho que foi bom você não ter ligado pra polícia. Encontrar essa arma e as carteiras... é suspeito, dá o que pensar.

— É — concordou Ruthie com voz fraca. Parecia impossível que sua mãe de meia-idade, de modos suaves, amante de chás de ervas, pudesse estar envolvida em alguma atividade criminosa.

O que mais Ruthie não saberia? O que mais poderia ser revelado caso ela de fato ligasse para a polícia?

Buzz ficou quieto por um minuto.

— Talvez tenham sido os aliens.

— Puta que o pariu! — vociferou Ruthie. — Eu não tô *nem um pouco* a fim de ouvir falar em teorias de extraterrestres agora.

— Não, não, é sério. Abdução alienígena. Acontece o tempo todo. Eles sugam as pessoas usando um raio de atração, fazem experimentos com elas, coisa e tal, depois soltam a galera, às vezes a quilômetros de distância de onde foram abduzidas, com a memória totalmente apagada. E você sabe o que eu e Tracer vimos na floresta a menos de 2 quilômetros da sua casa.

Ruthie lembrou-se da floresta sombria, das rochas que saíam da terra como dentes e davam a impressão de que ela estava prestes a ser engolida.

— Por favor, Buzz. Seria legal ter um pouco de sanidade por aqui.

— Beleza. Mas posso só fazer uma observação meio óbvia? — perguntou Buzz.

Ela deu de ombros, mas não fez objeção.

— Bom, você já parou pra pensar em como vocês vivem aqui? Tipo, vocês estão meio que isoladas do mundo: quase nunca recebem visitas, seu número de telefone não está na lista, há placas de "não ultrapasse" em todo o lugar.

— Você sabe como é a minha mãe. É uma hippie maluca — falou Ruthie. — Meu pai era assim também. Foi por isso que eles se mudaram de Chicago pra cá quando eu tinha 3 anos. Eles não queriam ser parte do sistema. Queriam voltar a viver da terra, viver esse sonho utópico hippie feliz, com direito a galinhas, horta e pão integral.

— E se for mais do que isso? — perguntou Buzz.

— Como assim?

— Às vezes quando as pessoas não querem ser encontradas, existe um bom motivo.

Os dois ficaram quietos por um minuto.

— Vou ver como está a Fawn — disse ela. — Quando eu voltar, a gente tenta abrir o guarda-roupa.

Andou de mansinho até o quarto de Fawn. Sob a luzinha noturna suave da irmã, viu Fawn enrolada embaixo de uma colcha, com Roscoe ronronando satisfeito em cima dela. Mimi havia caído no chão.

— Ei, velhão. Cuidando de Fawn? — perguntou Ruthie, afagando o gato. — Bom garoto. — Esticou a mão para tocar a testa da irmã. Ainda estava quente, mas a febre tinha abaixado. Apanhou Mimi, enfiou-a ao lado de Fawn e puxou a coberta para cobrir bem as duas.

— Acho que a febre dela abaixou — avisou a Buzz quando voltou ao quarto da mãe.

— Que bom.

— É. Coitadinha. Que merda ela ter ficado doente justamente quando Mamãe não está aqui.

Buzz sorriu.

— Fawn tem você.

— É, beleza, mas é melhor Mamãe dar as caras logo. Não posso cuidar de uma criança. Você devia ter me visto tentando adivinhar quanto Tylenol eu precisava dar a ela! Eu não sabia nem quanto ela pesava, precisei perguntar.

Buzz segurou as mãos de Ruthie.

— Você está se saindo bem — falou. — Pare de ser tão dura consigo mesma.

— Se você diz... — retrucou ela. — Agora vamos ver esse armário.

Buzz segurou o pé-de-cabra que Ruthie tinha encontrado na garagem e se pôs a trabalhar. Ruthie recuou e ficou observando, subitamente nervosa com o que poderiam encontrar ali dentro. Em menos de cinco minutos, Buzz retirou tanto a tábua de cima como a de baixo.

— Quer ter as honras? — perguntou ele, recuando um passo da porta do armário.

Ruthie balançou a cabeça:

— Não, pode mandar ver.

— Beleza, então — disse ele. Mantendo o pé-de-cabra pesado na mão direita, só por precaução, Buzz girou a maçaneta e lentamente abriu a porta.

— Nada — declarou ele, enfiando a cabeça para olhar melhor. — Só um monte de roupas. — Recuou e foi se sentar na cama com sua cerveja, obviamente desapontado.

Ruthie foi até lá para espiar.

Buzz tinha razão: não havia nada de anormal ali dentro. Ruthie foi passando os cabides com roupas: as familiares camisas de flanela do pai, as blusas de gola rulê e os casacos de lã de sua mãe. Havia uma pilha de suéteres na prateleira de cima. Tamancos e tênis de corrida em fileiras bem-organizadas no chão, abaixo.

Sua mãe havia guardado a maioria das roupas do pai depois que ele morreu, quase como se estivesse esperando que ele voltasse. Depois de ter certeza de que Buzz não estava olhando, Ruthie enterrou o rosto em uma das camisas xadrez antigas do pai que estavam penduradas no armário, tentando sentir o cheiro dele. Só sentiu cheiro de cedro e poeira.

Não gostava de estar dentro daquele armário, nem mesmo com a porta aberta. Lugares pequenos e apertados sempre a assustaram. Em seus piores pesadelos, ela se via aprisionada em quartinhos minúsculos ou obrigada a se espremer por passagens estreitas nas quais seu corpo mal cabia. E sempre acabava presa e acordando aos berros, sem fôlego.

Mantendo a maior parte do corpo fora do armário agora, Ruthie vasculhou por entre as roupas, pensando em como era estranho que sua mãe tivesse selado aquele lugar. Ela não tinha usado esse cardigã verde na semana passada mesmo? Ruthie inspecionou todos os bolsos e olhou até mesmo dentro dos sapatos. Tudo o que conseguiu encontrar foram umas duas caixas de fósforo e metade de um pacotinho de balas Life Savers coberto daqueles pedacinhos de papel que se acumulam nos bolsos. Tirou todos os sapatos dali, deixou o chão livre e apalpou as beiradas das tábuas do assoalho, procurando algum outro compartimento secreto.

— Ainda acho que é bem esquisito, de arrepiar — disse Buzz, arriscando uma olhada de soslaio para o armário.

— Pois é. Por que tentar impedir alguém de entrar aí? Tudo que tem aí dentro são um monte de sapatos velhos e camisas de gola rulê alargadas.

Buzz balançou a cabeça.

— Não é isso o que está me incomodando. Pra mim parece mais é que ela tava tentando impedir alguma coisa de *sair*.

Ruthie deu uma risada forçada que saiu parecida com um apito e observou Buzz arrancar o rótulo da sua long neck.

Era estranho e de certa maneira empolgante que Buzz estivesse ali, na sua casa — no quarto da sua mãe, ainda por cima. Mamãe não punha muita fé no namoro com Buzz e deixou claro que acreditava que Ruthie podia arrumar coisa melhor do que um cara chapado que trabalhava no ferro-velho do tio.

— Quer dizer, eu sei que o menino é bonito — disse sua mãe certa vez —, mas ele não é quem eu imaginei para você.

— E *quem* você imaginou pra mim? — perguntou Ruthie então, irritada.

Sua mãe pensou por um instante.

— Alguém que não passa o tempo todo observando o céu atrás de discos voadores. Ele chama atenção demais fazendo isso. Vi um flyer na feirinha de fazendeiros, ele criou um grupo de observadores de óvnis ou algo do tipo. No flyer dizia que ele acha que a Mão do Diabo é uma espécie de *point* dos alienígenas.

Ruthie encolheu os ombros.

— Era só o que a gente precisava — disse sua mãe. — Buzz e seu bando de malucos alegres vagando pela nossa floresta.

— Não é *nossa* floresta — retrucou Ruthie.

— Mesmo assim — afirmou sua mãe, apertando os lábios. — Esse rapaz precisa de alguém que coloque um pouco de juízo em sua cabeça.

— Você não o conhece *mesmo* — respondera Ruthie, afastando-se depressa.

Buzz era a pessoa mais sensata e estável que ela conhecia. Sim, ele tinha algumas ideias estranhas, mas e daí? O rapaz era sólido como uma rocha. Ela entendia que sua mãe não confiasse em quem não conhecia, mas o que irritava Ruthie era sua mãe não confiar em seu julgamento.

Porém, agora, com ela ausente, tudo aquilo parecia besteira e soava meio infantil. Se sua mãe voltasse, Ruthie faria tudo diferente. Insistiria em convidar Buzz para jantar em casa, faria sua mãe perceber como ele era maravilhoso e singular quando você o conhecia melhor. Inclusive levaria a mãe para ver suas esculturas. Quem sabe? Talvez, com os contatos da mãe nas feiras de artesanato, ela até tivesse algumas ideias para Buzz vender sua arte e um dia inclusive fazer dela uma fonte de renda.

Foi para o lado de Buzz na cama. Apanhou o *Visitantes do Outro Lado* e virou o livro para olhar a foto de sua casa com Sara Harrison Shea.

— É muito bizarro o fato de ela ter morado aqui — comentou Buzz. — Quer dizer, eu sabia que ela era de West Hall, mas...

— Espere um pouco, você já tinha, tipo, ouvido falar dela?

Buzz ajeitou a postura.

— Óbvio. Sara Harrison Shea é *apenas* a pessoa mais famosa que já viveu em West Hall. Eu inclusive li o livro, mas isso foi bem antes de conhecer você. Acho que foi por isso que nem reconheci a casa. Que louco.

Buzz não tinha ido bem na escola: ele era do tipo que aprende com prática e, no ensino médio, sempre teve dificuldade em memorizar fatos e depois cuspi-los de volta nas provas. Ele se saía superbem com os assuntos práticos da tecnologia automotiva, mas era só dar a ele um teste surpresa na escola que ele se ferrava. Lia muito devagar, e Ruthie desconfiava que tivesse algum grau de dislexia, mas jamais tocou no assunto porque ele tinha muito receio que as pessoas o considerassem burro.

— Quer dizer que ela era famosa por causa desse livro?

— Bom, diria que sim. Em certos círculos, ela é bem conhecida.

Ruthie assentiu. Apesar de ler devagar, Buzz era bastante versado em assuntos relacionados ao sobrenatural e a teorias da conspiração. *É claro* que sabia tudo sobre a mulher assustadora que via os mortos.

— Quer dizer, gente que acredita em fantasmas e coisas assim? Ela era tipo uma médium ou coisa do gênero?

— Ela não era só espírita, não no sentido tradicional, pelo menos. Ela dizia que os mortos podiam voltar de verdade. Não como fantasmas, mas como corpos de carne e osso.

Ruthie sentiu um arrepio; olhou para a foto de Sara no verso do livro.

— Mas acho que ela se tornou mais conhecida pela forma como morreu — continuou Buzz. — E os diários que sua sobrinha publicou são lidos como uma maldita história real de um caso misterioso de assassinato.

— A introdução só diz que ela foi brutalmente assassinada — falou Ruthie.

— E como!

— O que aconteceu? — perguntou ela.

Buzz disse em tom zombeteiro:

— Tem certeza de que quer saber?

Ruthie assentiu, pois ele estava obviamente louco de vontade de contar. Além disso, o quão ruim poderia ser?

Ele respirou fundo.

— Certo. Ela foi encontrada no campo atrás da casa dela... — acho que eu devia dizer atrás da *sua* casa, na verdade. — Ele fez uma pausa por um segundo e observou Ruthie, sabendo que estava assustando-a, e curtindo cada instante daquilo.

"Tinha sido esfolada — continuou ele, com a voz mais assustadora *à la* Vincent Price que conseguiu produzir. — Tiraram sua pele como se ela fosse uma uva. E sabe qual é a parte mais esquisita? Dizem que sua pele jamais foi encontrada."

Ruthie se retorceu, lutou contra o impulso instintivo de soltar um *Eca!* de menininha.

— Não acredito — disse ela, sentando-se bem reta para terminar o último gole de sua cerveja. — Isso é tudo invenção!

— Não — retrucou Buzz, mostrando dois dedos erguidos —, palavra de escoteiro. Dizem que foi o marido dela, Martin, quem a matou. O médico da cidade, que também era irmão de Martin, o encontrou ao lado do corpo da mulher, com uma espingarda na mão, coberto de sangue dos pés à cabeça e meio enlouquecido. Ele se matou com um tiro bem na frente do irmão.

Os olhos de Buzz estavam arregalados e brilhantes. Ele estava tão empolgado quanto quando contava uma de suas histórias de alienígenas.

— Tem mais coisa. Meu avô disse que o pai dele contou que, depois que ela morreu, às vezes as pessoas viam Sara andando pela cidade tarde da noite.

— Tipo, o fantasma dela? — A opinião de Ruthie sobre fantasmas era igual à que tinha sobre óvnis.

— Não. Tipo uma pessoa de verdade, vestida com sua própria pele!

— Tá bom, agora você oficialmente passou dos limites. Isso é mais do que nojento. Sem falar que está na cara que é uma besteira sem tamanho!

— É verdade! Pode perguntar a qualquer um. Houve algumas mortes estranhas, e as pessoas jogaram a culpa em Sara — ou no que quer que estivesse andando por aí com a pele dela. Então todos da vila começaram a deixar presentes nas varandas para ela: comida e moedas, frascos de mel. Ela ia andando pela cidade coletando tudo tarde da noite. Toda lua cheia, a cidade inteira oferecia coisas a Sara. Algumas pessoas, gente da velha guarda como Sally Jensen da Bulrush Road, continuam fazendo isso.

Ruthie balançou a cabeça, sem acreditar:

— Que mentira!

— Eu vou provar. Na próxima lua cheia, você e eu vamos dar um passeio pela cidade. Vou te mostrar as oferendas que as pessoas deixam nas varandas e nas portas de casa.

— Então como é que eu nunca tinha ouvido falar nisso antes?

Ele encolheu os ombros, pousou a garrafa de cerveja vazia e se recostou na cama, com as mãos entrelaçadas por trás da cabeça.

— Acho que as pessoas simplesmente não tocam no assunto. Meu avô mesmo só falou nisso uma vez, quando já estava muito bêbado no Dia de Ação de Graças. E parecia verdadeiramente apavorado.

Ruthie balançou a cabeça, deitou-se na cama ao lado de Buzz e fechou os olhos. Tinha sido um dia longo e cansativo. Ela só precisava descansar um minuto.

De repente se viu de volta à Fitzgerald's, segurando a mão de sua mãe. A luz fluorescente piscava acima delas, diminuindo aos poucos.

— O que vai ser, Passarinho? — perguntou sua mãe, segurando sua mão um pouco forte demais. A padaria parecia se encolher ao redor delas, as paredes se fechando.

Ruthie olhou para as fileiras de bolos e biscoitos e apontou para o cupcake cor-de-rosa. O teto agora estava mais baixo.

Então olhou para cima e viu sua mãe sorrindo para ela. E era a estranha novamente — uma mulher alta e magra com óculos de armação de aro de tartaruga em forma de olhos de gato. A padaria não era muito maior do que um armário agora, e tudo tinha ficado muito escuro. A única fonte de luz era a vitrine de doces na qual estavam os cupcakes, que parecia cintilar e brilhar.

Ruthie sentiu o velho pânico familiar por estar em um lugar pequeno e apertado. Começou a respirar rápido demais, ofegando de boca aberta como um cachorro.

— Ótima escolha, Passarinho — disse a mulher, depois levou a mão para trás da cabeça e abriu um zíper. Todo o seu disfarce de mamãe caiu, deixando no lugar apenas um saco de carne sangrenta com um buraco no lugar da boca.

Ruthie tentou gritar, mas não conseguiu. Acordou sem fôlego, com o coração aos pulos.

Piscou com força. Ela e Buzz estavam deitados na cama de sua mãe, em cima das cobertas. Buzz roncava suavemente. A luz ainda estava acesa, fitando para baixo como um olho. Ela percebeu um movimento à sua direita — alguma coisa no armário. Virou-se; a sombra se moveu. O gato? Não, era grande demais para ser Roscoe. Ela se sentou, respirando fundo; no canto do armário ela viu o brilho de dois olhos.

Buzz acordou de um salto, com o corpo rígido.

— O que foi?

Ruthie apontou para o armário, com a mão trêmula.

— Tem alguma coisa ali — disse ela, com a garganta quase seca demais para falar. — Observando a gente.

Em dois segundos Buzz pousou os pés no chão e apanhou o pé-de-cabra. Foi rapidamente até o armário, revirou os cabides com roupas penduradas.

— Não tem nada aqui — disse ele, depois de um segundo.

Ruthie balançou a cabeça, rolou para fora da cama e se aproximou com cuidado do armário. Não havia nada além das fileiras familiares de calçados, das roupas de seus pais nos cabides. Porém havia algo de diferente. O ar no armário estava estranho — elétrico e gasto. E havia ainda um cheiro acre esquisito, chamuscado —, um odor que lhe era familiar, mas que ela não conseguia dizer onde havia sentido antes.

— Será que não foi só um sonho ruim? — perguntou Buzz, afagando o cabelo dela.

— É, talvez — falou Ruthie, fechando com força a porta do armário, desejando que fosse possível trancá-la.

1908

Visitantes do Outro Lado

O Diário Secreto de Sara Harrison Shea

15 de janeiro de 1908

    As coisas ficaram tão estranhas: sinto como se estivesse flutuando fora de meu corpo, observando a mim mesma e às pessoas ao meu redor com a mesma curiosidade ao assistir atores em um palco. Na nossa mesa da cozinha há pilhas e mais pilhas de comida trazida pelas mulheres: pão preto, feijão cozido, presunto defumado, tortas, sopa de batata, bolo de gengibre, *crisp* de maçã, bolo de frutas com rum. O cheiro da comida me enjoa. A única coisa em que consigo pensar é no quanto Gertie teria amado aquilo tudo: bolo de gengibre fresquinho com chantilly! Mas Gertie se foi, e a comida não para de chegar.
    Eu me vejo assentindo sem dizer nada, sacudindo as mãos das pessoas, aceitando seus abraços, comida e gestos gentis. Claudia Bemis limpou a casa de alto a baixo e manteve o bule de café cheio. Os homens dividiram as tarefas de acender o fogo, carregar feixes de lenha, tirar a neve do jardim.
    Lucius tem ficado ao lado de Martin. Os dois homens passaram boa parte do dia de ontem no celeiro juntos, construindo o caixão de Gertie.
    Nesses últimos dois dias tanta gente veio oferecer seus cumprimentos, dizer o quanto lamentam. Suas palavras são ocas. Vazias. Bolhas silenciosas que se levantam até a superfície da água.
    Gertie está com os anjos agora.
    Estamos rezando por vocês.

A professora da escola, Delilah Banks, veio me procurar.

— Gertie tinha as ideias mais interessantes — disse ela entre lágrimas.

— Não sou capaz de lhe dizer o quanto sentirei falta dela.

Um rosto coberto de lágrimas atrás do outro, um coro de vozes baixas e sombrias: *Sentimos tanto. Sentimos tanto, tanto.*

Não desejo a empatia deles — a única coisa que desejo é ter minha Gertie de volta e, se ninguém puder me dar isso, então, até onde me diz respeito, o mundo pode simplesmente ir embora e levar consigo suas lágrimas, suas tortas e seu bolo de gengibre.

O pobre velho Shep agora vive no pé da cadeira de Gertie na cozinha. Fica ali deitado o dia inteiro, parecendo esperançoso todas as vezes em que escuta alguém entrar, apenas para voltar a apoiar sua cabeça tristemente nas patas da frente quando vê que não é Gertie.

— Coitadinho — disse minha sobrinha, Amelia, ficando de joelhos para acariciar a cabeça do cão e lhe dar restos de comida. Amelia tem sido muito gentil. Insistiu em ficar conosco por alguns dias para ajudar em tudo. Tem 21 anos e é muito vistosa, tem força de vontade.

Na noite passada, ela me trouxe um pouco de conhaque quente para eu tomar antes de dormir e insistiu que eu bebesse a taça inteira.

— O Tio Lucius disse que vai lhe fazer bem — explicou.

Então apanhou minha escova e começou a desembaraçar os nós do meu cabelo. Desde que eu era pequena, ninguém escova o meu cabelo para mim.

— Posso lhe contar um segredo? — perguntou Amelia.

Fiz que sim.

— Os mortos jamais nos abandonam de fato — sussurrou ela para mim, os lábios tão próximos do meu ouvido que pude sentir o calor de sua respiração. — Há um grupo de senhoras em Montpelier que se encontram uma vez por mês e falam com aqueles que se foram. Já fui diversas vezes e ouvi os espíritos baterem na mesa. Você precisa vir comigo, Tia Sara — disse ela, com tom cada vez mais urgente. — Assim que se sentir preparada, nós duas iremos.

— Martin não aprovaria — retruquei.

— Então não vamos contar nada a ele — sussurrou ela.

*M*artin não tem oferecido nenhum conforto: ele é tímido, desastrado e estranho. Um dia, eu achei todas essas coisas docemente infantis e queridas; mas hoje me pego desejando que ele fosse um homem diferente, um homem mais seguro de si. Hoje desprezo o fato de ele jamais olhar ninguém no olho — como é possível confiar em um homem assim? Houve uma época, não muito tempo atrás, em que eu amava até mesmo sua coxeadura, porque de certa maneira me fazia lembrar de tudo o que ele já fizera por nossa família — seu impulso constante para nos manter aquecidas e alimentadas, para manter a fazenda funcionando não importando o que acontecesse. Agora odeio o modo como seu pé ruim raspa o chão tão ruidosamente; é o som da fraqueza e do fracasso. Sei que é errado, e me deixa mal, esse novo e furioso veneno dentro de mim, mas não consigo evitar.

Lá no fundo, entendo a verdadeira causa desses sentimentos: culpo Martin pelo que aconteceu com Gertie. Se ela não tivesse ido atrás dele na floresta naquela manhã, ainda estaria aqui ao meu lado.

— Vamos encontrar um jeito de superar isso — afirma ele para mim, apertando a minha mão, com sua mão fria e úmida como um peixe. Ele me dá um sorriso caloroso e carinhoso, mas por trás do sorriso eu vejo sua preocupação.

Não digo nada. Não conto que já não desejo superar nada. Que o que eu mais desejo é ir embora e me atirar no fundo daquele poço para poder estar ao lado de Gertie mais uma vez.

Nem mesmo o reverendo Ayers é capaz de oferecer alívio da dor.

Ele veio esta tarde para conversar sobre o funeral e o enterro de Gertie. Eu vinha adiando essa conversa, mas hoje Martin e Lucius avisaram que era hora, já tínhamos esperado demais.

Sentamos à mesa, xícaras de café esfriavam na nossa frente. O reverendo Ayers trouxe uma cesta de muffins feitos pela sua esposa, Mary. Falaram em enterrar Gertie no Cranberry Meadow com a família de Martin, mas não aceitei.

— Ela pertence a este lugar — falei. Martin assentiu, e Lucius abriu a boca para dizer alguma coisa, mas pensou duas vezes. E então ficou decidido que ela seria enterrada aqui no pequeno terreno de família atrás da casa, ao lado de seu irmão menor, dos meus pais e do meu irmão.

Quando o reverendo Ayers estava de saída, segurou minha mão.

— Você precisa se lembrar, Sara, de que Gertie está em um lugar melhor agora. Está com Nosso Senhor.

Cuspi em sua cara.

Fiz isso sem pensar, automaticamente, como se fosse tão natural para mim quanto tomar um gole d'água quando estou com sede.

Imagine. Eu cuspindo no rosto do reverendo Ayers! Conheço esse homem desde sempre — ele me batizou, celebrou meu casamento com Martin, enterrou nosso filho, Charles. Esforcei-me a vida inteira para acreditar em seus ensinamentos, em viver a palavra de Deus. Chega.

— Sara! — exclamou Lucius, parecendo alarmado ao sacar um lenço branco e limpo do bolso da frente das calças e entregá-lo ao reverendo.

O reverendo Ayers enxugou o rosto e se afastou de mim. Parecia... não irritado nem preocupado comigo, mas com medo do que eu poderia fazer em seguida.

— Se o Deus que você idolatra e para quem reza é o mesmo que levou minha Gertie até aquele poço, que a arrancou de mim, então não quero nada com Ele — falei. — Por favor, saia da minha casa e leve seu Deus maligno com você.

O pobre Martin ficou horrorizado e balbuciou desculpas em meu lugar.

— Sinto muitíssimo — disse ele, enquanto ele e Lucius acompanhavam o reverendo Ayers até a porta. — Ela está doente pela dor. Não está em seu juízo perfeito.

Não estou em meu juízo perfeito.

Mas estou com o mesmo juízo de sempre. A única diferença é que falta uma peça. Uma peça com o formato de Gertie, que foi arrancada do centro do meu ser.

E talvez, com essa nova dor, eu esteja enxergando as coisas com clareza pela primeira vez.

Entendo agora que Martin jamais conheceu a verdadeira Sara. Somente uma pessoa a conheceu — me viu de fato, com toda a beleza e toda a feiura. E é dessa pessoa que sinto falta agora.

Titia.

Durante muito tempo, fiz o melhor que pude para afastar todas as lembranças dela. Passei toda a minha vida adulta tentando me convencer de que ela teve o que mereceu; de que sua morte, por mais terrível que tenha sido, foi consequência de seus próprios atos. Porém, isso nunca foi no que eu de fato acreditei. A coisa em que mais penso é em como eu deveria ter feito algo para impedir. Se eu tivesse encontrado uma maneira de salvá-la, digo a mim mesma, talvez minha vida tivesse sido diferente. Talvez toda a tragédia e perda que sofri esteja de certa forma relacionada ao que fiz naquele determinado dia, aos 9 anos.

É engraçado que ela seja a pessoa de quem mais sinto falta em momentos como esse, quando meu coração está em frangalhos e não vejo sentido em seguir em frente.

Ela era a única pessoa que talvez soubesse o que me dizer agora, que talvez pudesse me oferecer um conforto verdadeiro. E eu sei, simplesmente sei, que ela iria rir quando eu lhe contasse que cuspi na cara do reverendo!

Ela jogaria a cabeça para trás e riria.

— *O* reverendo Ayers fala que só existe um Deus — contei a Titia certa vez. Fazia poucas semanas que eu tinha visto Hester Jameson na floresta e perguntado a Titia sobre os dormentes. — E que é errado rezar para qualquer outra coisa ou pessoa.

Titia riu, depois cuspiu sumo marrom de tabaco no chão. Estávamos sacolejando em sua velha carroça, carregada de peles de animais, seguindo numa viagem até um negociante em St. Johnsbury. Ela fazia aquela viagem quatro vezes por ano, e ele sempre lhe pagava um preço justo pelas peles. Era a primeira vez que Papai consentia em me deixar ir com ela naquela viagem de pernoite. Antes de partir, Titia havia salpicado um pouco de tabaco no chão ao redor da carroça e feito uma oração de viagem segura para os espíritos e as quatro direções.

— O jovem reverendo Ayers olha para um lago e só enxerga seu próprio reflexo; e isso é Deus para ele. Não vê as criaturas que vivem ali embaixo, as libélulas que pairam, o sapo no nenúfar flutuante. — O rosto de Titia estava cheio de pena e desprezo quando ela balançou a cabeça e cuspiu de novo sumo de tabaco. — Seu coração e sua mente estão fechados à verdadeira beleza do lago, o local onde reside toda a sua mágica.

Titia segurou as rédeas, guiou o cavalo até a estrada de terra estreita que estava repleta de sulcos das rodas de outras carroças. Às vezes eu duvidava que Titia precisasse das rédeas; ela parecia ser capaz de obrigar o cavalo a fazer o que ela quisesse apenas conversando com ele. Tinha a impressionante capacidade de se comunicar com quase qualquer animal; podia chamar passarinhos, trazer os peixes para perto de sua rede. Certa vez eu a vi convencer um lince a sair de seu esconderijo e ir direto para o seu laço.

Sacolejávamos lentamente. O ar estava quente e doce, cheio do canto dos pássaros. Estávamos a muitos quilômetros a leste da vila agora, rodeadas por morros verdejantes salpicados de ovelhas cor de creme que baliam satisfeitas enquanto comiam sua cota de grama fresca de primavera.

— Mas ele é um homem inteligente — retruquei. — Estudou durante anos. Ele lê a bíblia todos os dias.

— Existem tipos diferentes de inteligência, Sara.

Assenti, entendendo o que ela queria dizer. Titia era a pessoa mais inteligente que eu conhecia; as pessoas da cidade inteira a procuravam em seu chalezinho na floresta atrás de seus remédios e curas, feitiços para trazer amor e boas plantações. Mas ninguém falava sobre o assunto nem admitia que tinha pagado Titia por um xarope para curar a tosse de uma criança ou por um amuleto para atrair o desejo de seu amado.

— O reverendo Ayers disse que quando a gente morre nossas almas vão pro Céu, pra ficar com Deus.

— É nisso que você acredita? — perguntou Titia, com os olhos fixos na estrada difícil à frente.

— Não foi o que você me ensinou — respondi.

— E o que foi que eu lhe ensinei? — Ela se virou para mim, levantando as sobrancelhas.

Titia estava sempre fazendo aqueles pequenos testes comigo, e eu sabia que precisava escolher minhas palavras com cautela: se respondesse a coisa errada, ela poderia me ignorar durante horas, fingindo que eu não estava ali; poderia até mesmo não me dar minha parte do almoço ou do jantar. Eu tinha aprendido ainda bem pequena que desapontar Titia sempre tinha um preço, e era algo que eu me esforçava muito para evitar.

— Você sempre diz que a morte não é o final, e sim um começo. Que os mortos atravessam até o mundo dos espíritos, mas que continuam nos rodeando.

Titia assentiu, esperando por mais.

— Gosto dessa ideia — disse a ela. — Que eles estejam ao nosso redor, observando.

Titia sorriu para mim.

À nossa esquerda, havia um córrego estreito. Como era um dia claro, dava para ver a Corcova do Camelo à distância. À nossa direita, havia uma fileira bem organizada de macieiras em flor, o cheiro era forte e doce. Abelhas zumbiam de flor em flor, como bêbadas, sobrecarregadas de pólen.

Eu me aproximei de Titia ali na carroça; suas mãos sobre as rédeas eram as mãos mais fortes que eu já tinha visto. Eu me sentia segura e feliz, e tinha a sensação de estar exatamente onde era o meu lugar.

Mais tarde naquela noite, depois de vendermos as peles ao comerciante em St. Johnsbury, acampamos perto do rio numa clareira gramada embaixo de um salgueiro. Titia fez uma pequena cama para nós atrás da carroça, com pele de urso e cobertores. Acendeu uma fogueira e, quando o fogo enfraqueceu, cozinhamos em gravetos as trutas que ela havia acabado de apanhar, virando-as gentilmente sobre as brasas ardentes. Ela trouxe consigo uma panela esmaltada e a usou para preparar um chá adocicado cheio de ervas e raízes, que bebemos em canecas de alumínio. Depois do jantar, quando o fogo já estava reavivado, Titia chupou as espinhas do peixe até remover cada pedacinho de carne. Ela comeu praticamente todas as partes do peixe, até os olhos. As entranhas ela atirou para Chumbo de Espingarda, que se afastou um pouco do acampamento e voltou com seu próprio jantar, uma marmota que foi lenta demais ao voltar para sua toca.

A lua não estava no céu, a noite era preta como breu. Não conseguíamos enxergar nada além do círculo de luz lançado pelo fogo. O mundo além desse círculo havia se tornado simplesmente ruídos: o burburinho do rio, que parecera tão acolhedor à luz do dia mas agora fazia estranhos murmúrios assustadores; o coaxar ocasional de um sapo-boi; o pio distante de alguma coruja.

— Me conte meu futuro — implorei a Titia enquanto arrancava a grama comprida e macia que crescia ao meu redor.

Titia sorriu, espreguiçou-se como um gato.

— Esta noite não. A lua não está boa para essas coisas.

— Por favor — implorei, puxando o casaco dela como eu fazia quando ainda era bem pequena. Eu adorava aquele casaco. As flores coloridas pintadas embaixo, as contas e espinhos de porco-espinho costurados em padrões nos ombros e na frente.

— Muito bem — disse ela, atirando as espinhas de peixe no fogo e limpando as mãos engorduradas na saia. Enfiou a mão na bolsa que levava amarrada ao cinto e sacou uma pequena quantidade de um pó finamente moído.

— O que é isso?

— Shhh — disse Titia. Depois balbuciou alguma coisa que não escutei; outra prece, supus. Um desejo. Um encantamento.

Atirou o pó no fogo. O fogo estalou e sibilou, cintilou em tons de azul e verde. Os galhos baixos do salgueiro acima de nós pareceram refletir a luz e brilhar, e balançaram como minúsculos braços, querendo nos pegar. Ouvimos o som de um pássaro aterrissando nas águas, um pato ou garça.

Titia olhou fixo para as chamas, procurando algo.

Então — será que foi minha imaginação? — pareceu se encolher e olhar para o outro lado. Soltou uma respiração curta, como se o fogo tivesse lhe dado uma pancada.

— O que foi? — perguntei, inclinando-me em sua direção. — O que você viu?

— Nada — disse Titia, sem querer me encarar, mas eu a conhecia bem o suficiente para saber que ela estava mentindo. Titia havia visto algo terrível no meu futuro, algo sombrio o bastante para fazer com que desviasse o olhar.

— Me conte — pedi, pousando a mão em seu braço. — Por favor.

Ela se desvencilhou de minha mão, como se eu fosse um inseto inconveniente.

— Não há nada o que dizer — afirmou ela, ríspida.

— Por favor — repeti, segurando seu braço novamente, a mão tocando o couro macio de veado. — Eu sei que você viu alguma coisa.

Seus olhos ficaram sombrios, depois ela estendeu o braço e beliscou com força as costas da minha mão. Afastei-a depressa e recuei.

— Como eu disse, a lua não está boa para essas coisas. Talvez na próxima vez você me escute.

Titia olhou de novo para o fogo, que estava morrendo agora, todas as cores vivas haviam sumido. Eu me afastei ainda mais, abracei os joelhos e me aproximei do fogo. Minha mão doía no local onde ela a tinha beliscado e eu fiquei na dúvida se a pele havia se aberto ou não, mas sabia que era melhor não olhar. Melhor ignorar a dor, fingir que aquilo não tinha acontecido.

Depois de alguns instantes de silêncio incômodo, ela olhou para mim.

— O que eu posso lhe contar é: você é especial, Sara Harrison, mas isso você já sabe. Você tem algo dentro de si que a torna diferente dos outros. — Ela me olhou com tanta seriedade que meu peito ficou apertado. — Algo que brilha com força, que lhe dá os mesmos dons que eu tenho. Os dons da vidência, da magia. Isso a torna mais forte do que você acredita ser. E, ah, pequena Sara, deixe eu lhe contar o seguinte. — Ela sorriu, balançando o corpo para a frente, e atirou mais um graveto no fogo, que estalou ao queimá-lo. — Se um dia você crescer e tiver uma menina, o dom será passado em dobro para ela. Essa menina caminhará entre os mundos. Será tão poderosa quanto eu, talvez até mais. Eu vi no fogo.

*C*omo gostaria que Titia estivesse aqui agora, como sinto saudades dela! Existem milhares de perguntas que gostaria de fazer, mas primeiro gostaria de contar que ela acertou naquela noite, tanto tempo atrás, quando olhou no fogo: minha Gertie era especial. Vira coisas que os outros não tinham visto. Coisas como o cachorro azul e os prisioneiros do inverno. Ela caminhara entre os mundos.

Estou na minha cama agora. Agora há pouco, Lucius veio até aqui para me trazer meu copo noturno de rum. Também me entregou uma caixa de balas em forma de fita.

— Isso é presente de Abe Cushing — disse Lucius. Assenti, observei-o colocar a caixa sobre minha mesa de cabeceira. Abe é o dono do armazém. É um homem de poucas palavras, mas adorava Gertie; estava sempre lhe dando escondido caramelos e balas de limão quando íamos comprar açúcar e farinha, ou tecido e linha para um vestido novo.

Lucius me olhou de cima. Seus olhos estavam claros e brilhantes; sua camisa era impecavelmente branca, sem nenhum vinco. Como ele conseguia estar sempre tão arrumado?

— Onde está Amelia? — perguntei.

— Lá embaixo — respondeu ele. — Pensei em eu mesmo dar uma olhada em você esta noite. — Ele pousou a mão em minha testa, depois colocou dois dedos em meu pulso, para sentir minha pulsação. — Como está se sentindo?

Não respondi. O que ele esperava que eu dissesse?

— Martin está muito preocupado com você — falou. — Sua explosão hoje com o reverendo Ayers foi indesculpável.

Mordi o lábio, não disse nada.

— Sara — continuou ele, inclinando-se para a frente de modo que seu rosto ficasse bem diante do meu. — Eu entendo que está sofrendo. Todos nós estamos. Mas estou lhe pedindo que faça um esforço maior.

— Esforço? — perguntei, intrigada.

— Gertie se foi — disse ele. — Mas você e Martin precisam tocar a vida.

Então ele me deixou sozinha com o meu rum, que tomei em dois longos goles enquanto me acomodava novamente nos travesseiros; o peso da colcha sobre mim parecia impossivelmente grande.

"Gertie se foi", disse Lucius.

Mas em seguida ouço a voz de Amelia em minha cabeça: "Os mortos jamais nos abandonam de fato."

E me lembro do que Titia me ensinou há tanto tempo: que a morte não é um fim, mas um começo. Os mortos atravessam para o mundo dos espíritos e continuam ao nosso redor.

— Gertie — falo em voz alta. — Se você está aqui, por favor, me dê um sinal. — Depois espero. Fico deitada embaixo das cobertas e espero até doer. Espero por um sussurro, a sensação de dedos macios escrevendo letras na palma da minha mão, até mesmo algumas batidas numa mesa, como Amelia descreveu.

Mas não há nada.

Estou sozinha.

Visitantes do Outro Lado

O Diário Secreto de Sara Harrison Shea

23 de janeiro de 1908

    Enterramos Gertie há seis dias. No dia anterior, Martin ficou do nascer ao pôr do sol alimentando um fogo ardente para amolecer o solo o bastante para conseguir cavar o buraco para o pequeno caixão dela. Observei o fogo da janela da cozinha, o jeito como iluminava o rosto de Martin, as cinzas que as labaredas atiravam nas roupas e no cabelo dele. Era uma coisa terrível, aquele fogo. Como um farol que me informava que o fim chegara e que não havia nada a fazer para impedi-lo: Gertie estava morta e nós iríamos enterrá-la no chão. Martin parecia um demônio, o rosto brilhando em tons de vermelho e laranja, enquanto alimentava o fogo ali de pé. Estava com o rosto sem barbear, fino e vazio. Tive vontade de desviar os olhos, mas não fui capaz. Fiquei o dia inteiro à janela, observando o fogo arder, assistindo ao fogo consumir qualquer fiapo de esperança ou felicidade que eu ainda tinha dentro de mim.

    A maioria das pessoas da vila veio nos ver enterrar nossa filhinha no dia seguinte. O reverendo Ayers fez um espetáculo e tanto para elas, falando nos cordeirinhos de Deus e na bela glória de Seu Reino, mas eu só estava ouvindo em parte. Não conseguia fitá-lo nos olhos. Em vez disso, olhava para o caixão de pinho simples no qual haviam deitado a minha Gertie. Era uma tarde miseravelmente fria. Eu não conseguia parar de tremer.

Martin pôs o braço ao redor do meu corpo, mas eu o afastei. Tirei meu casaco e o usei para cobrir o caixão, pensando em como a pobre Gertie devia estar sentindo um frio terrível ali dentro.

Desde então ando desesperada. De cama. A verdade é que não via motivos para continuar a viver. Se tivesse forças para me levantar da cama, teria descido as escadas, encontrado a espingarda do meu marido e puxado o gatilho, segurando o cano entre os dentes. Eu me via fazendo exatamente isso. Visualizava tudo. Sonhava com a cena. Sentia meu corpo descendo, flutuando nas escadas, apanhando a espingarda, sentindo o gosto da pólvora.

Eu me matei vezes sem conta em meus sonhos.

Acordava chorando, cheia de tristeza por me encontrar ainda viva, presa em meu corpo destruído, em minha vida destruída. Sozinha neste quarto com suas paredes brancas amareladas de anos e anos de pó, fumaça e sujeira. Apenas eu e a cama de madeira com colchão de pena, o armário onde nossas roupas esfarrapadas ficam penduradas, a mesinha de cabeceira, a cômoda cheia com nossas roupas de baixo e a cadeira na qual Martin se senta todas as noites para tirar as botas. Quando Gertie estava viva, este quarto, a casa inteira, parecia brilhar e irradiar calor. Agora tudo é sombrio, feio, frio.

Passei a acreditar que não havia sentido em continuar sem minha pequena Gertie, minha doce menina-girino. Sempre que fechava os olhos, ela estava ali, caindo naquele poço, porém na minha cabeça a queda era eterna. Ela caía sem parar na escuridão até se transformar em uma pequenina poeira e depois... nada. E, quando eu abria os olhos, havia apenas o quarto vazio, a cama vazia, meu vazio, doído coração.

Parei de comer. Não tinha energia para me levantar da cama. Ficava simplesmente deitada ali, indo e vindo do sono, imaginando minha própria morte. Martin ia e vinha. Tentava me dar de comer com a colher, arrulhando para mim como se eu fosse um filhote de passarinho ferido. Quando isso não surtiu resultado, ele tentou gritar, colocar algum juízo em mim: "Que droga, mulher! Foi Gertie quem morreu! Não você. Você e eu precisamos continuar vivendo."

Lucius veio me ver diversas vezes. Trouxe um tônico que supostamente ajudaria a me fortalecer. Era espesso e amargo, e o único jeito que eu encontrava para conseguir tomá-lo era imaginando ser um veneno mortal.

Minha sobrinha, Amelia, tentou me animar. Veio alegre me ver no quarto, com um vestido novo e radiante, o cabelo em tranças arrumadas. Trouxe chá e biscoitos amanteigados especiais que vieram em uma lata lá da Inglaterra.

— Pedi que Abe Cushing os encomendasse especialmente para mim — disse ela, abrindo a lata e me oferecendo um biscoito. Apanhei um e mordisquei as bordas. Tinha gosto de serragem.

Enquanto Martin esteve no quarto conosco, Amelia comentou sobre as novidades da vila: houvera um incêndio na casa dos Wilson, Theodore Grant foi despedido do moinho por aparecer bêbado demais para trabalhar, Minnie Abare estava grávida do quinto filho (torcendo para que fosse uma menina, claro, pois já tinha quatro meninos).

Depois de alguns minutos, Martin nos deixou a sós.

— Os mortos jamais nos abandonam de fato — sussurrou ela, afagando meu cabelo. — Estive no grupo espírita em Montpelier — contou ela. — Gertie apareceu. Ela deu pancadas na mesa para nós, disse que está bem e que sente muito a sua falta. As mulheres do grupo querem que você participe. Elas se dispuseram a vir até aqui, em West Hall. Podemos nos encontrar na minha casa e você vai ver por si mesma. Poderá falar com Gertie novamente.

"Mentirosa", tive vontade de gritar. Porém, tudo o que podia fazer era fechar os olhos e vagar novamente para o sono.

Acordei, certa de que Gertie estava ao meu lado. Podia senti-la, sentir seu cheiro. Então abri os olhos e ela se foi.

Como essa vida se tornou cruel. Como se tornou fria, vazia e cruel.

Portanto rezei. Rezei para o Senhor a quem eu havia àquela altura renunciado para que me levasse. Para que me levasse e me unisse novamente a Gertie. Quando isso não funcionou, rezei para que o Diabo viesse libertar a minha alma.

Então, ontem de manhã, Martin veio e beijou minha testa com ternura.

— Vou caçar na floresta. Estive por lá mais cedo e vi algumas pegadas interessantes, de um grande cervo macho, pela aparência. Amelia virá para cá hoje à tarde. Vai lhe fazer o almoço e ficar ao seu lado até eu voltar. Estarei em casa antes de escurecer.

Não me dei ao trabalho de assentir, simplesmente rolei para o outro lado e voltei a dormir.

Sonhei que Martin estava caçando um cervo pela floresta; então o cervo, de algum jeito, havia entrado na nossa casa e vindo ficar ao pé da minha cama. Levantei a cabeça para olhar melhor e descobri que não era veado nenhum, e sim Titia.

Ela parecia mais velha, mais sábia, mas ainda usava seu casaco de pele de veado com os espinhos, as contas e as flores pintadas. Cheirava a couro, tabaco e a floresta úmida. Eu me senti imediatamente confortada, e acreditei, pela primeira vez em muitos dias, que as coisas ficariam bem. Titia estava de volta. E Titia era capaz de consertar qualquer coisa.

Ela começou a falar comigo. No início não consegui entender o que ela estava dizendo e pensei que estivesse falando na língua dos veados, o que é besteira, pois veados são animais silenciosos. O quarto estava escuro, cheio de sombras que se moviam e rodopiavam ao nosso redor. A cama parecia elevada, como se estivesse flutuando sobre as tábuas largas do assoalho de pinho, subindo cada vez mais, com Titia encarapitada no pé da cama como o mastro de um navio.

— De onde você veio? — perguntei.

— Do armário — respondeu ela, simplesmente. Fiquei aliviada por ela dizer palavras que eu conseguia entender.

— Minha Gertie se foi — contei, começando a chorar. — Minha filhinha.

Ela assentiu e me encarou por um longo tempo com seus olhos pretos como carvão.

— Você gostaria de vê-la uma última vez? — ofereceu Titia. — Gostaria de ter a chance de se despedir?

— Sim — afirmei, soluçando. — Só mais um momento com ela. Eu daria qualquer coisa.

— Então você está pronta. Está me ouvindo, Sara Harrison? Você está pronta.

A cama flutuou de volta para o chão. O quarto se iluminou. Titia se virou, voltou para o armário e fechou a porta atrás de si. Fechei os olhos e depois os abri. Estava acordada. O quarto cheirava ao ar depois de uma tempestade elétrica. A julgar pela luz, ainda era manhã. Não fazia muito tempo que Martin havia saído.

Fiquei ali deitada um minuto, pensando no sonho — no veado e em Titia. Lembrando o que ela me disse naquela tarde, tanto tempo atrás, quando lhe perguntei sobre os dormentes pela primeira vez:

Eu anotarei tudo o que conheço sobre os dormentes. Dobrarei os papéis, colocarei todos dentro de um envelope e selarei esse envelope com cera. Você vai escondê-lo, e um dia, quando estiver pronta, você o abrirá.

Saltei da cama e fui correndo pelo corredor até o quarto de Gertie, que tinha sido meu próprio quarto quando eu era criança. Eu me sentia fraca. Meu corpo parecia leve e flutuante como um dente-de-leão, mas zumbia com uma estranha e nova energia, um impulso que eu nunca havia sentido antes.

Eu não ia ao quarto dela desde aquele dia terrível e hesitei por um segundo antes de abrir a porta. Tudo estava exatamente como ela deixara: a cama por fazer, as cobertas emaranhadas por baixo das quais nós havíamos nos escondido juntas naquela manhã. Sua camisola estava atirada em cima da cama; a porta de seu armário estava aberta e havia um vestido faltando: o vestido que ela colocou para seguir o pai pelo jardim e pela floresta.

Cuidado, Papai, aqui vai o maior felino da selva.

O vestido que ela escolhera era seu preferido, azul com florezinhas brancas. Nós o costuramos juntas quando começaram as aulas, com um tecido que ela mesma escolheu no armazém. Ela me ajudou a cortar as partes e inclusive executou um pouco da costura, pisando no pedal da máquina e guiando o tecido.

Foi o vestido com o qual nós a enterramos.

No lado direito do quarto havia prateleiras com alguns brinquedos e livros, além de pequenos tesouros que ela colecionava: pedrinhas bonitas, a bela lupa que Amelia tinha lhe dado, umas poucas esculturas engraçadas de animais que ela fez com lama do rio, um jogo de *ball and jacks** que eu comprei para ela no armazém. (Martin havia me pedido para não gastar dinheiro com essas coisas, mas como eu podia evitar?)

---

*Jogo tradicional de origem desconhecida com cinco peças que são atiradas para o alto e apanhadas de diversas maneiras. Semelhante ao cinco marias. (N. da T.)

Fiquei sem fôlego por estar no quarto dela. Podia sentir seu cheiro, seu gosto no ar ao meu redor. Era quase demais para suportar. Então me lembrei por que tinha entrado ali.

Empurrei a pesada cama de madeira para o lado, encontrei a tábua solta onde o pé esquerdo da parte traseira da cama ficava apoiado. Enfiei os dedos na rachadura tão fundo que quebrei uma unha, mas logo consegui soltar a tábua.

Lá estava o envelope de Titia, no lugar exato onde eu o havia escondido quando tinha 9 anos, com o selo de cera intacto.

Enfiei o envelope dentro da minha camisola, empurrei a cama de volta para o lugar e voltei em seguida para o meu quarto. Fiz uma tenda com as cobertas, como eu e Gertie costumávamos fazer e, escondida, abri o envelope. Dentro dele havia diversas páginas cuidadosamente dobradas. Precisei segurar um dos lados do lençol para que entrasse luz suficiente para ler.

Lá estavam os garranchos familiares de Titia. Uma onda de lembranças me atravessou. Titia me ensinando a escrever cartas, a diferenciar um cogumelo venenoso de outro que era comestível. Eu a senti mais uma vez ao meu lado, senti seu cheiro de pinho, couro e tabaco; ouvi sua voz, macia e musical, enquanto ela sussurrava lições de vida em meu ouvido.

Minha querida Sara,
Prometi lhe contar tudo o que sei sobre os dormentes. Porém, antes de prosseguir, você precisa entender que este é um feitiço poderoso. Somente o faça se tiver certeza. Depois de feito, não existe retorno.
O dormente despertará e voltará para você. O tempo que isso leva é incerto. Às vezes eles retornam dentro de algumas horas, outras, em dias.
Depois de despertado, o dormente caminhará durante sete dias. Depois disso, sumirá para sempre deste mundo.

Sete dias, pensei comigo mesma, enquanto rodas sinistras começavam a girar. O que eu não daria para ter minha Gertie de volta por sete dias inteiros!

Martin

25 de janeiro de 1908

O barulho o acordou pouco depois da meia-noite: arranhões, passos rápidos. Seus olhos se abriram de repente e ele ficou deitado no escuro, ouvindo.

O luar pálido entrava pela janela do quarto coberta de gelo, emprestando a tudo um brilho azulado. Ele ficou olhando para o gesso do teto, ouvindo. O fogo já havia morrido e o quarto estava frio. Ele inspirou, depois expirou, sentindo como se o quarto estivesse respirando com ele.

De novo. Os arranhões. Unhas contra a madeira. Ele prendeu a respiração e ficou ouvindo.

Ratos? Não. Era grande demais para serem ratos. Parecia que algo maior tentava escavar para sair das paredes. Por trás do som de algo raspando, ele ouviu algo parecido com o ruflar de asas.

Lembrou-se da galinha que tinha encontrado na floresta pela manhã — mais uma de suas galinhas, morta. A diferença é que dessa vez não parecia trabalho de uma raposa. Ele encontrou a carcaça perto das rochas. O pescoço da galinha tinha sido quebrado, e seu peito, aberto, tivera o coração removido. Ele não conhecia nenhum animal que fizesse algo do tipo. Enterrou o corpo entre as rochas, tentou afastar aquilo da cabeça.

Agora, com o próprio coração aos pulos, tateou o lado da cama, esperando encontrar o corpo quente de Sara, mas a cama estava fria. Será que tinha ido ao quarto de Gertie de novo? Será que as duas estavam escondidas embaixo das cobertas, rindo?

Não. Gertie estava morta. Enterrada no solo.

Ele se lembrou de sua aparência quando a içaram para fora do poço. Parecia estar dormindo.

Lembrou-se da sensação de seu cabelo em seu bolso, enrodilhado suavemente como uma cobra.

— Sara? — chamou.

Andava doente de preocupação com Sara naqueles últimos dias. Ela havia parado de comer, não saía da cama, não se lavava nem se alimentava. Parecia ficar cada vez mais fraca e reagir menos a cada dia que se passava.

— Sinceramente, não há nada a fazer além de esperar — dissera Lucius. Os dois estavam na cozinha, de pé, falando em voz baixa. — Continue tentando lhe dar comida e água, o tônico, ofereça qualquer conforto que puder.

— Não paro de pensar em quando perdemos Charles — falou Martin. — Como ela ficou doente de luto. — Ele não queria dizer o que estava pensando, nem mesmo ao seu irmão: que dessa vez era pior. Dessa vez ele tinha medo de que ela jamais voltasse para ele.

Uma coisa era perder a pobre Gertie, mas se ele perdesse também Sara, sua vida estaria acabada.

— Não quero amedrontar você, Martin — falou Lucius. — Mas, se ela não reagir em breve, acho que talvez seja melhor enviá-la ao sanatório estadual em Waterbury.

Todo o corpo de Martin ficou rígido.

— Não é um lugar terrível — disse Lucius. — Eles têm uma fazenda. Os pacientes saem todos os dias. Eles a manteriam em segurança.

Martin fez que não.

— Ela vai melhorar — prometeu. — Eu vou ajudá-la a melhorar. Sou o marido dela. Posso manter minha própria esposa em segurança.

Mas, até onde ele podia ver, Sara piorava a cada hora que passava. E agora isso, era de madrugada e ela não estava ali.

— Sara? — chamou ele mais uma vez, ouvindo com atenção.

E de novo: os arranhões, batidas, adejares — dessa vez mais altos, mais frenéticos.

Ele se sentou, correu os olhos rapidamente pelo quarto na escuridão. Conseguiu identificar a beirada da cama, a cômoda à esquerda, e ali, no canto direito, um vulto encurvado, que se movia ligeiramente, pulsando.

Não.

Respirando. Estava respirando.

O grito ficou preso em sua garganta e saiu apenas como um silvo.

Ele olhou alucinadamente ao redor em busca de uma arma, de algo pesado, mas então o vulto se moveu e levantou a cabeça, e ele viu os cabelos compridos e arruivados de sua esposa brilharem ao luar fraco.

— Sara? — indagou num engasgo. — O que você está fazendo?

Ela estava sentada no chão diante do armário, usando sua camisola fina, seus pés descalços tão brancos quanto mármore em contraste com o chão escuro. Tremia.

Ela não se mexeu, não pareceu sequer ouvi-lo. A preocupação mordeu suas entranhas como uma ratazana horrenda.

— Volte para a cama, meu amor. Não está com frio?

Então ele tornou a ouvir. Os arranhões. Garras contra a madeira.

Vinha de dentro do armário.

— Sara — disse ele, pondo-se de pé em pernas trêmulas, o sangue latejando em sua cabeça, trovejando em seus ouvidos. O quarto pareceu se transformar ao seu redor, ficar mais comprido. A distância entre ele e Sara parecia impossivelmente grande. O luar banhou a porta do armário. Ele a viu mover-se de leve, a maçaneta girando devagar.

— Saia daí! — gritou ele.

Mas sua esposa continuou sentada, imóvel, com os olhos fixos na porta.

— É nossa Gertie — afirmou ela, calmamente. — Ela voltou para nós.

3 DE JANEIRO

Presente

Ruthie

O aquecedor da caminhonete de Buzz estava no máximo, mas mesmo assim eles tremiam ao passarem pelos subúrbios de Connecticut. O chão da caminhonete estava repleto de sacos do McDonald's, copos de café e garrafas vazias de Mountain Dew, a bebida preferida de Buzz quando cerveja não era uma opção. Fawn estava sentada entre os dois; embora não tivesse mais febre, continuava fraca e pálida. Eles a haviam enfiado em sua melhor parca e depois a enrolado em um cobertor de lã antes de saírem de casa, quatro horas atrás.

— Tem certeza de que aguenta uma viagem de carro, Cervo Pequenino? — perguntara Ruthie.

Fawn havia assentido ansiosamente e por isso Ruthie concordou, embora tivesse certeza absoluta de que tirar Fawn de casa num frio daqueles quando ela estava doente não era algo que Mamãe aprovaria.

Era apenas o segundo dia sem Mamãe, mas Ruthie já estava começando a perceber o milhão de coisas que sua mãe fazia todos os dias para manter a casa funcionando: cozinhar, limpar, lavar a roupa, alimentar o gato, limpar a neve da entrada da casa, trazer lenha e cortá-la, cuidar das galinhas, dar remédios e sucos para Fawn. Ruthie não entendia como sua mãe conseguia dar conta de tudo e ainda sem fazer muito esforço. Talvez ela não fosse a excêntrica desorganizada que Ruthie costumava pensar.

Buzz tinha pegado emprestado o GPS do pai, e eles estavam usando o aparelho para descobrir como chegar ao número 231 da Kendall Lane em Woodhaven, Connecticut, endereço que constava na carteira de motorista de Thomas O'Rourke.

Buzz havia tentado convencê-la a não irem até Connecticut, disse que eles deveriam fazer pelo menos uma pesquisa antes.

— Faz um milhão de anos, Ruthie — disse ele. — Quais são as chances de eles sequer morarem no mesmo endereço ainda? Meu laptop está aqui, me dá cinco minutos em qualquer lugar com Wi-Fi e eu verifico isso antes de a gente fazer todo esse caminho por nada.

Ruthie foi inflexível. Insistiu para eles simplesmente entrarem na caminhonete e irem.

— Faz *15 anos*. Talvez eles tenham se mudado, talvez não. Pode haver algum vizinho ou parente capaz de nos contar alguma coisa.

— É uma viagem daquelas pra dar em nada — retrucou Buzz.

— Olhe, as carteiras devem significar alguma coisa, o fato de minha mãe tê-las guardado todo esse tempo escondido, certo? Aquela carteira de motorista é minha única pista, e ela leva até Woodhaven em Connecticut. Preciso ir. Eu vou.

E assim eles estavam a caminho, Ruthie em silêncio e pensativa durante a maior parte da viagem. Ela sabia que Buzz achava que ela estava sendo ridícula, mas não conseguia evitar a sensação de que ir a Woodhaven era a coisa certa a se fazer, e não queria mais perder tempo.

— E aí, qual é o plano se a gente encontrar eles? — perguntou Buzz enquanto trafegava pelas ruas de Woodhaven.

— Vou perguntar se eles conhecem minha mãe e meu pai. Dependendo de como a coisa andar, vou mostrar as carteiras e perguntar se sabem por que minha mãe estava com elas.

— Como isso vai ajudar a gente a encontrar Mamãe? — perguntou Fawn.

— Não sei — confessou Ruthie, mexendo na tranca quebrada do porta-luvas. — Mas é melhor do que ficar parada esperando.

Ruthie tinha certeza de que nunca fora a Connecticut; aliás, ela raramente saía de Vermont. Estava observando a paisagem — outdoors, restaurantes de rede e megastores, filas de casas e condomínios idênticos — com um espanto estranhamente perturbador. Sua mandíbula doía de ranger os dentes, um terrível hábito nervoso que tinha desde que podia se lembrar.

As ruas onde haviam dirigido até agora estavam organizadas em um plano meticuloso. Todas as residências eram pequenas casas tradicionais e chácaras praticamente sem jardim, com pequenas cercas vivas demarcando os limites de propriedade. A neve jazia em blocos imundos nas laterais das ruas. Ela tentou imaginar como seria crescer num lugar como aquele, com os vizinhos tão próximos que dava para ver o interior de suas casas pelas janelas. Talvez seus pais tivessem razão em mantê-las afastadas do mundo em sua pequena fazenda em Vermont.

— Esta é a Kendall — declarou Buzz, como se Ruthie não fosse capaz de ler a placa sozinha. Ele ia a competições de tiro em toda a região nordeste do país com seu pai e se considerava um viajante do mundo, bastante experiente. — Deve estar no lado esquerdo. — Ele correu os olhos pelos números das casas. — Aqui é o 185. 203. Olhe, lá está o 229, então é a próxima. — A alegre voz feminina do GPS confirmou.

Buzz ligou o pisca alerta e estacionou na frente do número 231 da Kendall Lane — uma casa atarracada com revestimento de tábuas de vinil que estava rachado em alguns pontos. Havia uma piscina de plástico para crianças no jardim, cujos contornos mal eram visíveis por causa da neve recém-caída. Um velho Pontiac branco com a parte traseira amassada estava estacionado ao lado da casa. Quem morava ali não era rico de jeito nenhum. Mas Ruthie sabia como era viver raspando o tacho — comprando tudo de segunda mão, tendo um sofá coberto de mantas horrorosas para esconder suas manchas e buracos, sabendo que nunca haveria dinheiro para coisas como viajar para a Disney. Ou cursar uma universidade.

— Vocês dois me esperem aqui — disse Ruthie, apanhando a bolsa com as carteiras dos dois estranhos.

— Vou ficar de olho — prometeu Buzz.

— Eu também — falou Fawn, com o rostinho espiando de baixo do capuz de seu casaco cor-de-rosa e fofinho.

Ruthie caminhou pela trilha coberta de gelo e subiu os degraus da casa, depois apertou a campainha. Não ouviu soar. Aguardou, por precaução; depois empurrou a porta de tela e bateu firmemente na porta de madeira que havia por trás. Nela estava pendurada uma guirlanda de Feliz Páscoa — um coelhinho circundado por ovos de Páscoa em tons pastel desbotados — presa com fita adesiva no centro da porta. Ruthie bateu de novo. Uma mulher com cabelo loiro oxigenado e pele ruim a abriu.

— Sim? — O hall de entrada onde a mulher estava era minúsculo e escuro. Cheirava a cigarro. Ruthie torceu para que ela não a convidasse para entrar.

— Oi. — Ruthie deu seu maior sorriso. — Estou procurando Thomas e Bridget O'Rourke.

— Quem?

— Eles viviam aqui. Thomas O'Rourke? E Bridget O'Rourke?

A mulher olhou com expressão vazia para ela.

— Nunca ouvi falar. Desculpe. — E fechou a porta na cara de Ruthie. Sem se abalar, ela tentou os vizinhos. A maioria das pessoas não estava em casa ou não quis atender. Do outro lado do número 231 da Kendall Lane, um velho de roupão de banho disse a Ruthie que não conhecia ninguém chamado O'Rourke. Pelo menos ele foi educado.

— Beco sem saída — declarou Ruthie ao subir de novo na cabine da caminhonete. — A mulher que mora aí agora disse que não fazia a menor ideia do que eu estava falando, e o único vizinho antigo que estava em casa disse que não conhecia nenhum O'Rourke. Talvez a gente tenha mesmo feito toda essa viagem para nada.

— Para nada — repetiu Fawn, com a voz dentro do capuz.

Ruthie olhou com o canto do olho para Buzz.

Ele sorriu para ela.

— Está a fim de tentar do meu jeito?

Ruthie deu de ombros e afundou no assento.

Eles saíram daquele labirinto de casas que pareciam todas iguais e voltaram para a rua principal. Passaram por um corpo de bombeiros, um banco, uma pizzaria e um mercado. Logo a rua ficou repleta de shopping centers dos dois lados. Ruthie ficou impressionada com o movimento ali — carros entravam e saíam dos estacionamentos. Essa gente não deveria estar trabalhando?

Buzz estacionou num Starbucks, depois esticou o braço para apanhar sua bolsa carteiro.

— Por que a gente parou? — perguntou Fawn.

— Ele vai procurar os dois on-line. Como eu devia ter deixado ele fazer antes de a gente sair de casa de manhã.

— Provavelmente devia mesmo — disse Buzz, alegremente. — Mas nunca é tarde. Vamos, vamos tomar um café e chocolate quente.

— Dá mesmo pra fazer isso? — perguntou Fawn enquanto seguia Buzz e Ruthie, saindo da caminhonete. — Procurar uma pessoa assim?

— Claro — respondeu Ruthie. — Acho que dá pra encontrar praticamente qualquer coisa se você souber o que está fazendo.

— Uau — disse Fawn, com olhos arregalados. — Queria que a gente tivesse um computador.

Pela milionésima vez, Ruthie xingou os pais por não permitirem um computador em casa. Eles diziam que a tecnologia não era segura, que o Big Brother estava observando tudo, monitorando cada e-mail e busca na internet. Sua mãe também dizia que a internet sem fio e as torres de celular ferravam a eletricidade do nosso corpo e podiam provocar câncer. Ruthie precisava chegar mais cedo e sair mais tarde da escola para usar os computadores e fazer os trabalhos escolares.

Fawn estava na alfabetização e não tivera aula de computação ainda. Aquele era um terreno mágico e mítico para ela.

Ruthie pediu cafés para ela e Buzz e um chocolate quente para Fawn.

— Deixe esfriar antes de dar um gole, tá bom? — avisou Ruthie.

— Mamãe põe leite pra esfriar — disse Fawn. Ruthie assentiu e colocou um pouco de creme em pó, depois testou a temperatura para verificar se não estava quente demais antes de entregar o chocolate de volta para Fawn.

Eles se sentaram ao redor de uma mesa e Buzz ligou o laptop, que estava coberto de adesivos de organizações de óvnis e alienígenas. Digitou por um instante e soltou um xingamento para a tela. Fawn puxou a cadeira para olhar mais de perto.

— Você tem jogos aí? — perguntou ela.

— Um monte — respondeu Buzz.

— Pode me ensinar a jogar um? Por favor?

Buzz sorriu:

— Mais tarde. Prometo.

Fawn assentiu animada e tomou um gole de seu chocolate quente, sem tirar os olhos da tela. Buzz continuou digitando, os dedos batendo no teclado.

— Não há listagem deles em Woodhaven, mas recebi um milhão de resultados para Thomas e Bridget O'Rourke em todo o país: médicos, atores, e tudo mais. Encontrar os dois entre todos esses nomes seria como encontrar uma agulha num palheiro. — Ele tomou um gole de café, depois digitou mais um pouco. — Mas acontece por acaso que existem *dois* O'Rourkes aqui na cidade, William e Candace. Não sei se são parentes do nosso casal, mas consegui seus endereços e telefones. A essa altura, eu diria que são nossa melhor pista.

— Vamos nessa — disse Ruthie, esperançosa novamente.

— Achei que a gente ia jogar no computador — disse Fawn, com expressão séria.

— Quando voltarmos para Vermont — disse Buzz. — Agora a gente precisa conferir esses dois endereços.

— Porque talvez essas pessoas possam ajudar a gente a encontrar a Mamãe? — perguntou Fawn.

— É o que estamos torcendo — respondeu Ruthie. — Ponha seu casaco e pegue seu chocolate.

Buzz anotou os dois endereços e fechou o laptop, depois eles levaram suas bebidas para a caminhonete.

De volta à Main Street, aguardando no semáforo seguinte, Ruthie observou o conjunto de lojas e restaurantes num pequeno shopping center ao ar livre mais à frente: Bebidas Woodhaven, Donny's New York Style Pizza, Presentes Pink Flamingo. Na extremidade do shopping havia um estabelecimento fechado com as janelas cerradas com tábuas e uma placa de ALUGA-SE na frente.

Ela piscou, mordeu a língua para ter certeza de que estava acordada e não sonhando.

— Pare! — gritou Ruthie, gesticulando como uma maluca. — Pare aqui, na próxima entrada à esquerda.

Buzz virou à esquerda e entrou no estacionamento do shopping depressa demais — Ruthie caiu em cima de Fawn, Fawn inclinou-se contra Buzz. O café de Ruthie caiu todo sobre seu colo.

— Que diabos? — exclamou Buzz depois que parou a caminhonete, mas Ruthie já estava saltando da cabine e seguindo em direção à loja fechada, atraída pela placa vermelha desbotada: PADARIA FITZGERALD'S.

Ela prendeu a respiração ao se aproximar, andando em câmera lenta, subitamente sem saber se realmente desejava fazer aquilo. Arrastava os pés como uma sonâmbula, metade de seu cérebro perdido em um estado sonolento, a outra metade tentando entender o que ela estava enxergando: seria possível que aquele lugar realmente estivesse ali, existisse no mundo real?

Aproximou-se com cautela, o coração trovejando em seus ouvidos. Tábuas de madeira cobriam as janelas e a parte interna da porta de vidro estava tomada de jornais, fixados com fita adesiva. Entretanto, um dos quadrados havia caído, e Ruthie pressionou o rosto no vidro, com as mãos em concha ao redor dos olhos para conseguir enxergar sem reflexo.

Lá estava: a comprida vitrine que continha diversas fileiras de cupcakes, biscoitos e tortas, agora vazia, exceto pela lâmpada quebrada e alguns descansos de renda de papel deixados para trás. Até mesmo o piso xadrez em preto e branco era idêntico ao do sonho. Ela praticamente podia sentir a fragrância cálida de fermento de pão recém-assado, o gosto do açúcar em sua língua, a mão de sua mãe ao redor da sua.

O que vai ser, Passarinho?

— Não acredito! — Buzz tinha se aproximado por trás e a surpreendido, fazendo Ruthie dar um pulo de susto. — Esta é aquela padaria com a qual você sonha o tempo todo?

Ruthie balançou a cabeça.

— Não pode ser — gaguejou ela. — Talvez seja apenas uma coincidência? — Suas palavras pareciam vazias. Porém, alguma parte de seu cérebro, a parte que se segurava com carinho a tudo o que era racional e compreensível, não conseguia permitir que ela aceitasse a verdade.

— Coincidência uma ova! Quantas Padarias Fitzgerald's podem existir por aí? Por dentro parece a mesma?

— Não sei — disse ela, virando o rosto, a mentira fazendo sua garganta se apertar, a verdade deixando-a tonta e desorientada. — Venha, vamos conferir aqueles outros endereços.

Enquanto eles saíam do estacionamento, os olhos de Ruthie ficaram grudados na padaria fechada. Ela tentava encontrar alguma espécie de explicação, mas tudo o que lhe vinha à mente era o tipo de teoria maluca que Buzz poderia dar — um sonho com uma vida passada, uma ligação espiritual com alguma outra garota, coisas que ela não poderia jamais forçar-se a acreditar.

Apoiou a cabeça no vidro frio da janela da caminhonete e fechou os olhos, pensando.

Como seria possível sonhar com um lugar verdadeiro aonde você jamais tinha ido?

E se a padaria era mesmo real, isso significava que a mulher com os óculos em forma de olhos de gato também era?

Katherine

Katherine seguia apressada pelas calçadas escorregadias de neve, percebendo como suas botas urbanas com solado sem isolamento térmico eram completamente inadequadas. Devia ter ido de carro. Mas o trajeto não lhe parecera longo, e ela pensara que um pouco de exercício e ar fresco lhe fariam bem.

Estava a caminho da livraria. Depois de terminar a leitura de *Visitantes do Outro Lado* na noite passada, havia feito uma busca por Sara Harrison Shea na internet, mas não descobrira quase nada. Sua esperança era de que na livraria local houvesse algo a mais sobre ela ou escrito por ela.

Certamente não era apenas coincidência que Gary tinha um exemplar daquele livro escondido em suas coisas, ou que Sara era de West Hall, a mesma cidade que ele visitou no dia de sua morte.

E havia também o anel: o anel de Titia. Quando Katherine leu a descrição do anel de osso de Titia feita por Sara, sentada no sofá na noite anterior, seu coração se acelerou. Olhou para sua mão, para o anel que ela estava usando no próprio dedo, o anel que Gary lhe dera. Revirou-o, tocou os entalhes estranhos e não identificáveis. O anel de Titia. Seria mesmo possível?

Primeiro o livro escondido, depois o anel: ela não tinha certeza do que tudo aquilo poderia significar, mas esperava encontrar algumas respostas na livraria.

O apartamento de Katherine ficava na extremidade norte da Main Street, logo antes do entroncamento com a Route 6. A vizinhança consistia em casas vitorianas antigas que tinham sido convertidas em apartamentos e escritórios. Ela passou pelo consultório de um dentista, por diversos de advogados, por uma empresa de consultoria ambiental, por um *bed and breakfast* e uma casa funerária.

Mais adiante na Main Street, passou por uma loja de artigos esportivos cuja vitrine exibia sapatos para a neve, esquis e parcas. Havia uma placa antiga e desbotada na lateral do edifício, logo acima de uma vitrine com bicicletas: JAMESON'S SUPRIMENTOS E RAÇÕES.

Em seguida, chegou ao velho antiquário. Sem dúvida devia estar cheio do tipo de retratos em sépia de estranhos falecidos há tempos, que Gary tanto adorava. Era uma obsessão que ela nunca entendera.

"Cada foto é como um romance que eu jamais posso abrir", explicou Gary certa vez. "Posso segurá-lo na mão e apenas imaginar o que ele contém: a vida que essas pessoas podem ter vivido."

Às vezes, quando havia alguma pequena pista na foto — um nome, uma data, um lugar —, ele tentava pesquisar a respeito, e, quando eles se sentavam para jantar à noite, Gary contava animado a ela e Austin sobre Zachary Turner, um tanoeiro de Shrewsbury, Massachusetts, que morrera na Guerra de Secessão. Austin ouvia atentamente e perguntava coisas ao pai como se aquelas pessoas fossem gente que Gary de fato conhecia: "Ele tinha cachorro, papai? De que cor era o cavalo dele?" Gary inventava as respostas, e, até o fim do jantar, eles já haviam criado toda uma vida para aquele estranho morto há tempos: uma vida feliz cheia de cavalos, cachorros, e uma mulher e filhos que ele tanto amava.

Com os pés completamente encharcados agora, Katherine parou para olhar a vitrine do antiquário: um gramofone antigo, um trenó Flexible Flyer, uma corneta prateada. Um cachecol de pele de raposa estava enrolado em volta dos ombros de um manequim desgastado. A cara da raposa era encovada, pequena, com dentes miúdos e pontudos e dois olhos de vidro arranhado que encararam Katherine e pareceram imediatamente conhecer todos os seus segredos.

A livraria não podia estar a mais de 800 metros de distância, mas parecia imensuravelmente distante. O frio atingia sua face e suas mãos enfiadas em luvas finas. Seus olhos se enchiam de lágrimas, fazendo seus cílios ficarem cobertos de gelo. Ela se sentia como um explorador na Antártica: Ernest Shackleton, caminhando por uma paisagem vazia e congelada.

Chegou à ponte sobre o rio e parou para descansar, apoiando as mãos no corrimão da calçada. Olhou para a água marrom semicongelada nas bordas. Algo se movia ao longo da margem direita, logo abaixo da ponte, um vulto escuro e esguio. Devia ser um castor ou rato-almiscarado, ela não sabia a diferença. O animal atravessou a distância coberta de gelo, mergulhou na água e em seguida desapareceu.

Katherine deu as costas para o rio semicongelado e obrigou-se a seguir adiante. Atravessou a ponte com dificuldade e voltou a caminhar pela Main Street, agora com mãos e pés dormentes e todo o corpo como que esvaziado. Pensou no animalzinho marrom, com que suavidade e segurança ele entrara na água, praticamente sem causar nenhuma agitação na superfície. Ele estava completamente adaptado ao seu ambiente. Ela também tinha que encontrar uma maneira de se adaptar, de se movimentar com facilidade naquela nova paisagem. Começaria, decidiu ela, por uma ida à loja de artigos esportivos para comprar botas, casaco, chapéu e luvas apropriados.

Ela passou por um estúdio de ioga, uma sorveteria e uma floricultura fechada. Havia cartazes colados em todas as janelas, nos postes e nos murais de avisos, com a foto de uma garota local que havia desaparecido: Willa Luce, de 16 anos, foi vista pela última vez usando uma jaqueta de esqui branca e roxa. Saiu da casa de uma amiga no dia 5 de dezembro para percorrer o trajeto de 1 quilômetro até sua casa e jamais foi vista novamente. Katherine olhou para o rosto sorridente da garota: cabelo castanho curto, muitas sardas, o brilho de um aparelho ortodôntico nos dentes. Talvez ela fosse encontrada. Talvez não. Às vezes coisas ruins — terríveis, até — aconteciam.

Por fim, chegou à livraria. Os sinos da porta tilintaram alegremente. A loja era quente e cheirava a papel velho e madeira. Ela sentiu-se instantaneamente confortável. As tábuas gastas rangiam sob seus pés. Ela mexia os dedos, tentando recuperar a sensação.

Passou pelos displays da frente da loja com sugestões dos funcionários, best-sellers e lançamentos, e caminhou até o balcão, onde um homem de barba e colete de lã verde digitava em um computador. Entretanto, parou ao ver a seção de poesia. Ela e Gary costumavam ler poesia em voz alta um para o outro nas manhãs de preguiça: Rilke, Frank O'Hara,

Baudelaire. "Todos os grandes mortos", como Gary os chamava. Ele adorava poesia e havia inclusive escrito um poema curto como parte de seus votos de matrimônio:

> *Antes eu temia que fosses uma criação dos meus sonhos,*
> *depois eu acordava contigo ao meu lado e segurava tua mão,*
> *pálida estrela-do-mar contra os lençóis índigo,*
> *e pressionava os lábios contra ela,*
> *sentindo o gosto de água salgada, maçãs do amor, ameixas maduras.*
> *Se tu és um sonho, amor, então és um sonho*
> *Do qual jamais desejo despertar.*

Katherine. A voz de Gary novamente, logo atrás dela. Ela virou-se, pensando que se fosse rápida o bastante talvez conseguisse ainda vê-lo, mas não havia nada. Nem mesmo uma sombra.

Havia uma fotografia antiga na parede. Ela se aproximou e percebeu que era uma foto do West Hall Inn, com a data 1889 embaixo, um enorme edifício de tijolos com janelas venezianas brancas e um toldo. Parecia estranhamente familiar.

— Todo esse quarteirão um dia foi a estalagem — explicou o livreiro de barba quando notou que ela estava olhando a foto. — Aqui, onde fica a livraria, era o salão de jantar e o bar. As janelas são todas originais — disse ele, apontando para a frente da loja —, mas receio que o restante mudou tanto que hoje beira o irreconhecível. — Katherine olhou do local que ele estava apontando para a foto e percebeu que os mesmos detalhes se encontravam ali.

— Se eu puder ajudar em qualquer coisa, é só me dar um toque. — disse o homem.

— Na verdade, o senhor pode, sim — retrucou ela. Sacou da bolsa seu exemplar de *Visitantes do Outro Lado*.

"Vocês têm mais alguma coisa dela? Ou sobre ela?"

Ele balançou a cabeça.

— Receio que seja só isso. Embora digam que existem páginas desaparecidas do diário em algum lugar por aí. — Seu olho brilhou ligeiramente. — Ela é uma espécie de lenda local, e, como toda boa lenda, não dá pra acreditar em metade do que se ouve falar.

— Então ela morava aqui em West Hall?
— Com certeza.
— Ela ainda tem familiares por aqui?

Ele coçou a cabeça, parecendo um pouco intrigado com a intensidade crescente com que Katherine falava. Ela estava usando casaco e botas de qualidade, mas as mãos estavam manchadas de tinta e, agora ela percebeu, esquecera de pentear o cabelo. Se não tomasse cuidado, logo se espalhariam boatos na cidadezinha sobre a mulher maluca que acabara de se mudar para lá.

— Nenhum. Todos os Harrisons e Sheas morreram ou se mudaram anos atrás.

— Não existe mais nenhum outro livro sobre ela, mesmo?

Ele balançou a cabeça com empatia.

— É surpreendente, eu sei. Quero dizer, a história dessa mulher tem todos os elementos de um *blockbuster*: coração partido, mistério, mortos-vivos, assassinato terrível, mas as únicas pessoas que vêm perguntar alguma coisa são alunos universitários, gente que estuda ocultismo e um ou outro maluco atraído pelo caso por causa de todos os seus detalhes nojentos. — Ele a encarou como se estivesse tentando decidir em que categoria ela se encaixava.

— Então o que mais você pode me dizer a respeito dela? — perguntou Katherine.

— O que exatamente você gostaria de saber? — A expressão dele era estranha, como se estivesse lhe fazendo uma pergunta que escondia algo.

Ela refletiu por um minuto. O que *realmente* gostaria de saber? Por que se dera ao trabalho de sair no frio para descobrir coisas sobre uma mulher de quem, até ontem, ela nunca tinha ouvido falar?

Tinha a mesma sensação quando estava trabalhando em alguma obra de arte e de repente descobria o pedaço que faltava para amarrar todas as partes: uma coceira na nuca, uma sensação maluca de eletricidade que se espalhava pelo corpo inteiro. Não entendia o papel de nada, nem de Sara Harrison Shea, nem do anel que Gary lhe dera ou do livro que ele havia escondido, mas sabia que aquilo era importante, que ela precisava se lançar de corpo e alma para ver aonde poderia chegar.

— No livro diz que há páginas desaparecidas, que ela estava escrevendo um pouco antes de sua morte. Essas páginas foram encontradas?

Ele fez que não.

— Na verdade, talvez nem tenham existido. A sobrinha de Sara, Amelia Larkin, argumentava que havia páginas desaparecidas, mas jamais conseguiu encontrá-las. Ela supostamente teria vasculhado a casa de alto a baixo procurando-as.

Ele tirou os óculos e limpou-os ligeiramente.

— Claro que existe todo tipo de boato sobre essas páginas desaparecidas e o que havia nelas. Algumas pessoas afirmam já terem visto essas tais páginas, e que elas foram leiloadas em segredo por mais de 1 milhão de dólares na década de 1980.

Katherine riu.

— Por que diabos alguém pagaria 1 milhão de dólares por algumas páginas de um diário?

O livreiro deu um sorriso dissimulado.

— Você leu o livro, não leu? Todo esse negócio sobre despertar os dormentes? Há quem acredite que Sara Harrison Shea deixou instruções bastante específicas sobre como trazer os mortos de volta à vida.

— Nossa.

— Eu sei. Loucura. Mas acho que as pessoas acreditam no que querem acreditar, não acha? Enfim, se ela tinha mesmo esse conhecimento, certamente não lhe fez nenhum bem. Acho que talvez não seja possível realizar o feitiço em si mesmo.

— Quer dizer então que o marido a assassinou?

— Bom, isso é discutível — respondeu ele.

— Discutível? — perguntou Katherine, aproximando-se do balcão.

— Jamais houve um julgamento. Não houve nem ao menos uma investigação de fato. Tudo o que temos são poucos fatos sólidos; as histórias de gente da época passadas aos seus descendentes. Não existe nenhum processo judicial, é tudo história oral. O que sabemos é que o irmão de Martin, o médico da cidade, Lucius Shea, chegou para uma visita marcada naquela noite. Sara não andava bem e estava sob os cuidados dele. Quando Lucius chegou, encontrou a porta escancarada, mas não havia sinal nem de Sara nem de Martin. Ele rodeou a casa e encontrou os dois no campo. Sara estava... — Ele hesitou, olhou as tábuas do assoalho de madeira pintada.

Katherine olhou-o sem entender.

— Continue — pediu ela. — Não sou impressionável.

Ele respirou fundo.

— Sua pele tinha sido removida. Martin estava ao seu lado, coberto de sangue, segurando uma espingarda e murmurando coisas incoerentes. Sabe qual foi a última coisa que ele disse? Disse ao seu irmão que não tinha sido ele: que tinha sido Gertie.

Katherine sentiu a boca abrir, depois fechou-a.

— A filha? Mas ela estava morta, não é verdade?

— Sim. Absolutamente verdade. *A menos que...* — ele fez uma pausa dramática —, a menos que você acredite no resto da história que Sara conta em seu diário, sobre ter trazido Gertie de volta à vida. — Ele se inclinou para a frente, parecendo um garotinho empolgado contando uma história de assombração. Observou Katherine e inspecionou seu rosto, procurando sinais de que ela pudesse estar acreditando em uma coisa daquelas.

"Infelizmente, Martin se matou antes que qualquer pessoa pudesse fazer mais perguntas."

A cabeça de Katherine estava girando.

— E o que *você* acha?

O homem inclinou o corpo para trás e riu:

— Eu? Sou apenas um livreiro fascinado pela história local. É provável que Martin tenha matado a esposa. Mas muitas pessoas da época, e pessoas de hoje também, acreditam em outra história.

— O que elas dizem?

— Elas acham que existe alguma coisa na floresta que fica nos limites da cidade, algo maligno, algo que não tem explicação. Houve muitas histórias ao longo dos anos, gente desaparecida, gente que diz ter visto luzes estranhas ou ouvido sons de choro, histórias de um vulto pálido que vaga pela floresta. Quando era pequeno, eu mesmo pensei ter visto algo certa vez: um rosto me espiando de uma rachadura entre as rochas. Mas, quando cheguei mais perto, o rosto sumiu. — Ele arregalou os olhos de um jeito teatral e deu uma risadinha. — Já consegui assustar você?

Katherine balançou a cabeça.

— Bem, então me deixe acrescentar outra camada à história. Muitas coisas estranhas aconteceram na cidade pouco depois do assassinato de Sara.

— Que tipo de coisas?

— Um rebanho inteiro de gado de Clarence Bemis, o vizinho mais próximo dos Shea, foi morto: ele acordou um dia e encontrou todas as gargantas cortadas. O maior novilho tinha sido destrinchado e seu coração fora removido. Além disso, o irmão de Martin, Lucius? Derramou um galão de querosene em si mesmo em certa manhã de domingo, andou até o centro da Main Street e acendeu um fósforo.

— Não compreendo o que...

— As pessoas dizem que viram uma mulher sair de fininho pela porta dos fundos da casa dele logo antes de ele sair e atear fogo em si mesmo. Quem a viu jura que era Sara Harrison Shea.

Katherine estremeceu sem querer.

— Houve muitas mortes naquele ano. Acidentes e doenças estranhas. Crianças que caíram embaixo das rodas das carroças. Um incêndio destruiu o armazém e matou o dono e sua família. E as pessoas juravam que viram Sara, ou alguém que se parecia muito com ela. — Ele sorriu para Katherine. — Essa é a história de West Hall em uma casca de noz: muitas lendas e contos de assombração, pouquíssimos fatos concretos.

Katherine ficou em silêncio por um minuto. Olhou para um display cheio de brochuras grandes perto do caixa. *Ontem e Hoje: West Hall, Vermont, em Fotos.*

— Este livro é sobre a história da cidade? — perguntou ela, apanhando um exemplar.

— Isso foi compilado pela Sociedade Histórica, mas é basicamente uma reunião de fotos. Você não vai encontrar nada sobre Sara aí.

— Vou levar mesmo assim — disse ela, pensando que era apenas o certo a se fazer, comprar alguma coisa, depois de gastar tanto o tempo do homem. Ele a cobrou e ela pagou.

— Obrigado — agradeceu ele, estendendo-lhe uma sacola de papel com o livro dentro.

— Não, eu é que agradeço. De verdade. Você me ajudou muito.

— Não foi nada — falou ele, voltando para o seu computador.

Ela se virou para ir embora, mas parou.

— Você não acredita em nada disso, não é? Nas coisas que Sara escreveu em seu diário?

Ele sorriu, cruzou as mãos.

— Acho que as pessoas veem o que querem ver. A história de Sara é bastante impressionante... tudo aquilo pelo qual ela passou. Mas pare para pensar um instante: se você perdesse uma pessoa que amava, não daria praticamente qualquer coisa para ter a chance de vê-la novamente?

Os sinos da porta tilintaram quando Katherine saiu da livraria e rumou para casa, com o casaco abotoado até em cima e a echarpe fina tão apertada em seu pescoço que estava quase estrangulando-a.

— Eu estava mesmo torcendo para encontrar você de novo!

Katherine deu um pulo.

Era a ruiva Lou Lou, do café ao lado; ela havia saído correndo de lá e agora bloqueava a passagem de Katherine na calçada, fazendo tilintarem suas joias de prata e turquesa.

— E então, quando olhei pela janela, aqui estava você! Eu me lembrei! — disse ela, abraçando o próprio corpo. Tinha saído sem casaco.

— Lembrou-se?

— Sim, de onde vi aquela mulher de trança antes. Como eu disse, nunca esqueço um rosto. Ela é a mulher dos ovos!

— A... mulher dos ovos? — repetiu Katherine.

— Sim. Não sei como ela se chama, mas ela está na feirinha de fazendeiros toda semana. Vende uns ovos azuis e verdes. Galinhas de Páscoa — é assim que ela chama as galinhas que põem esses ovos. Ela vende outras coisas também, coisas que ela mesma tricota: sapatinhos de bebê, meias, chapéus. Uma vez eu comprei um cachecol dela. Amanhã é sábado; se você for à feirinha de fazendeiros, vai encontrá-la por lá. Não tem como errar, mesmo. Ela está sempre vestida com algum suéter ou xale que ela mesma tricotou com umas combinações de cores malucas e berrantes. Se você não a vir, é só perguntar: todo mundo conhece a mulher dos ovos.

Lou Lou entrou de novo em seu café, deixando Katherine ali parada, estupefata.

A mulher dos ovos. Gary se encontrou com a mulher dos ovos. Embora esse não fosse o verdadeiro nome dela, era uma maneira de identificá-la, e aquela mulher já começava a tomar forma na imaginação de Katherine.

Ela se virou e praticamente saiu correndo pela calçada, escorregando, enquanto voltava para casa.

Uma boneca. Faria uma bonequinha daquela mulher, uma mulher dos ovos em miniatura: uma mulher mais velha com uma trança de cabelos grisalhos vestida com um suéter colorido tricotado à mão. Faria um minúsculo suéter com lã de boa qualidade. Ela tinha uma caixa com lã e agulhas de crochê guardadas em algum lugar.

A caixa *Sua Última Refeição* estava começando a surgir, e a mente de Katherine zumbia, seus dedos coçavam. Ela destrancou a porta do seu apartamento, jogou a bolsa e a sacola de papel da livraria sobre a mesinha de centro, tirou o casaco e as luvas, foi direto para sua mesa de trabalho e começou a cortar os pedaços de arame que formariam o esqueleto da pequenina boneca de papel machê. Depois que terminasse a mulher dos ovos, faria um bonequinho de Gary e colocaria os dois sentados frente a frente em uma mesa no Lou Lou's Café.

E talvez, quem sabe, se ela se abaixasse diante da caixa, colocasse o ouvido na porta aberta e ouvisse com atenção, poderia descobrir o que os dois haviam conversado naquele dia — entenderia o que trouxera Gary até West Hall.

Ruthie

Não havia ninguém na casa de William O'Rourke. Ruthie escreveu um bilhete dizendo que estava procurando por Thomas e Bridget e deixou o número do celular de Buzz. Enfiou o bilhete na caixa de correio e voltou para a caminhonete.

Nenhum dos três abriu a boca enquanto seguiam as direções do GPS para chegar à casa de Candace. Estavam em outra região da cidade agora, onde as casas eram maiores e mais distantes umas das outras. As ruas tinham nomes mais pomposos: Old Stagecoach Road, Westminster Avenue. Havia placas indicando que havia vigilância pela vizinhança, placas lembrando que ali se devia dirigir mais devagar e ficar atento a crianças na rua. Luzes de Natal de bom gosto ainda decoravam diversas das casas, e aqui e ali havia bonecos de neve alegres nos enormes jardins.

Candace O'Rourke morava em um casarão colonial com janelas venezianas pretas.

— Bela casa — comentou Buzz ao estacionar em frente. Ruthie saltou da caminhonete e apertou a campainha, que tocou uma melodia breve. A casa estava em silêncio. Ela tornou a apertar a campainha.

Justamente quando Ruthie estava prestes a desistir e voltar para a caminhonete, uma mulher de aparência esgotada com roupas de ginástica preta e cor-de-rosa abriu a pesada porta de madeira. Seu cabelo loiro tinha um corte estiloso, mas estava amassado em um dos lados. Ruthie imaginou que devia ter acordado a mulher de um cochilo vespertino.

— Sim? — disse a mulher, piscando sonolenta para Ruthie.

O hall de entrada atrás dela era iluminado e amplo, com paredes brancas e chão de pisos de terracota. À esquerda havia uma fileira bem organizada de ganchos prateados para pendurar casacos, com um banco abaixo deles.

— Desculpe incomodar, mas você é Candace O'Rourke?

— Sim — respondeu ela, parecendo cautelosa.

— Hã, eu sei que é muito pouco provável que você saiba de algo, mas estou procurando outros O'Rourke. Thomas e Bridget? Eles moravam na Kendall Lane.

Os olhos da mulher se estreitaram.

— E você é...? — perguntou ela, recuando um passo.

— Meu nome é Ruthie. Ruthie Washburne.

Candace olhou Ruthie por um instante; depois foi como se subitamente acordasse e todo o seu corpo voltasse à vida.

— Mas é claro! — exclamou ela, sorrindo como se estivesse revendo uma amiga havia tempos perdida. — Claro que é. E aposto que sei exatamente por que você veio até aqui.

— Por que eu vim até aqui? — repetiu Ruthie.

— Por que não me conta, querida? Com suas próprias palavras.

Confusa, Ruthie continuou, sem jeito.

— Meus pais, eles, hã, devem ter sido amigos de Thomas e Bridget. Encontrei umas coisas antigas dos dois no meio dos pertences de meus pais, e pensei que...

— Entre — pediu a mulher. — Por favor.

Ruthie entrou, e a mulher fechou a porta. Ali dentro estava quente e ela podia sentir um leve cheiro de mofo.

Ela conduziu Ruthie pelo hall da entrada até uma sala ampla e aberta, com sofá e duas poltronas de couro. A árvore de Natal em um canto, que ia quase até o teto, estava coberta de belíssimos enfeites azuis e prateados. Ruthie nunca tinha visto uma árvore de Natal tão linda. Na casa dela, eles sempre cortavam e traziam uma árvore da floresta: sempre-vivas raquíticas enfeitadas com uma salada russa de enfeites artesanais, além de correntes de pipoca e de papel.

Candace O'Rourke sentou-se no enorme sofá de couro e fez um gesto para Ruthie fazer o mesmo. Ruthie teve a sensação de ter entrado em um catálogo de móveis ou numa revista de decoração: tudo naquela sala era perfeito. Ali morava uma criança — a criança mais sortuda e bacana do mundo. Fawn enlouqueceria se visse todos aqueles brinquedos: um cavalinho de madeira à moda antiga, uma cozinha de madeira completa com panelas e frigideiras de metal de verdade, até mesmo um teatrinho de fantoches de madeira estava montado num canto. Tudo parecia limpo, organizado, em ordem. Irreal.

— Quer tomar alguma coisa? — ofereceu Candace. — Ou comer algo?
— Não, obrigada.
— Tem biscoitos.
— Não, obrigada.
Candace se levantou.
— Vou trazer os biscoitos. E talvez um chá. Quer chá?
— Não, é sério, estou bem. Não quero nada.
— Volto num minuto, então.

Ruthie se sentou na beirada do sofá, ouvindo os passos de Candace ecoando pelo corredor. Esperou um minuto, depois se levantou e olhou ao redor. Foi primeiro até a árvore de Natal e descobriu, ao observar melhor, que não era tão perfeita, no fim das contas: vários galhos haviam caído e a árvore estava tão seca quanto um osso. Muitos dos enfeites estavam quebrados e tinham sido consertados com fita adesiva e elásticos de borracha. E a própria árvore, percebia Ruthie agora, estava fora do eixo e inclinava-se pesadamente para a esquerda. A estrela que certa vez esteve no alto estava emaranhada num galho abaixo, como um passarinho caído do ninho.

Ver a árvore de perto trouxe a Ruthie uma sensação incômoda. Então ela olhou para a cozinha de brinquedo e viu que, numa panelinha sobre o fogão, havia uma laranja de verdade, enrugada e coberta de mofo.

Caminhou até o teatrinho de fantoches e olhou atrás: encontrou uma pilha emaranhada de fantoches quebrados — um rei sem coroa, um sapo sem cabeça e uma princesa nua cujo rosto tinha sido pintado de azul com canetinha mágica e cuja barriga fora atravessada por um lápis, que mais parecia uma lança amarela.

Ruthie se virou e saiu da sala. Caminhou em direção ao corredor, afastando-se da porta de entrada e seguindo para onde acreditava estar a cozinha. Ouviu o som de portas de armário se abrindo e fechando. Ao longo das paredes do corredor havia inúmeros ganchos para pendurar quadros, mas nenhum quadro pendurado.

Por fim, chegou à cozinha, onde Candace estava em frente a um enorme fogão a gás. Os balcões da cozinha eram de granito, os armários, de madeira escura polida e brilhante, mas alguma coisa estava errada. Não havia nada sobre os balcões — nem pão, nem fruteira, nem cafeteira ou torradeira. Os armários que Candace deixara abertos estavam quase vazios: alguns cream-crackers, uma lata de atum, uma caixa de Crystal Light.

— Sei que tem biscoitos em algum lugar por aqui. Fig Newtons. São os preferidos do Luke.

— Luke?

— Meu filho — disse ela, passando a mão pelo cabelo desgrenhado.

Ruthie pensou no fantoche com um lápis enfiado na barriga e não teve certeza se queria conhecer a criança responsável por aquilo.

— Ele está com o pai — continuou Candace, ainda brincando com o cabelo: enrolou uma mecha no indicador e depois a puxou. — Nós nos separamos, entende, e agora Randall tem a guarda integral de Luke. Ele... bem, deixa para lá. Vamos nos sentar, sim?

Elas se sentaram diante da enorme mesa de madeira, que estava coberta com uma camada de poeira.

— Você disse que seus pais eram amigos de Tom e Bridget?

— É. — Ruthie brincou com o fecho da sua bolsa, enfiou a mão ali para pegar as carteiras. — Quer dizer que você os conhece, né? — O coração de Ruthie começou a bater mais rápido. — Será que você pode me ajudar? Sei que parece loucura, mas minha mãe, ela meio que... desapareceu.

— Desapareceu? — Candace balançou o corpo para a frente.

Ruthie assentiu vigorosamente.

— Sim. E quando a gente estava revirando as coisas dela para tentar descobrir o que poderia ter acontecido, encontramos isso. — Ela sacou as carteiras, entregando-as a Candace.

Candace apanhou as carteiras e as abriu com as mãos trêmulas. Seus olhos se encheram de lágrimas.

— Desculpe. É que faz tanto tempo. Tom era... ou é... meu irmão. Ele e a esposa, Bridget, sumiram há 16 anos. Junto com a filha deles.
— Filha? — Ruthie sentiu um aperto na garganta.
— Espere um pouco. Só um minuto.
Candace saiu apressada da cozinha, as solas de seus tênis de corrida guincharam no piso frio.
A sensação de incômodo que tomava conta de Ruthie aumentou. Uma voz no fundo da sua mente silvou um aviso: *Saia daqui. Correndo.*
Estava começando a se levantar, hesitante, quando Candace voltou com uma foto num porta-retrato dourado.
— Esses são eles — disse ela, estendendo a foto emoldurada para Ruthie.
Ruthie olhou para o agora familiar rosto de Thomas, idêntico ao da foto da carteira de motorista. O ar pareceu ficar rarefeito e estranho. A cozinha parecia começar a se encolher, a ficar escura. Ruthie respirou fundo mais uma vez ao olhar a foto.
Ao lado de Thomas estava a mulher de cabelo cacheado e óculos com armação de aro de tartaruga em formato de olho de gato.
A mulher da Fitzgerald's.
O que vai ser, Passarinho?
No meio do casal, uma menininha de cabelos e olhos escuros segurando a mão da mãe. Usava um vestido de veludo vinho e uma tiara da mesma cor. Em seu pulso havia uma pulseirinha de ouro. Seu cabelo estava bem-arrumado, suas bochechas eram rosadas e seu sorriso dizia que era a menina mais feliz do mundo.
Ruthie não conseguia respirar.
— Preciso ir — sussurrou ela, afastando-se com as pernas bambas, e saiu correndo pela cozinha até o corredor com seus ganchos de quadros vazios, em direção à porta de madeira da entrada.
— Espere — gritou Candace, atrás dela. — Você não pode ir embora ainda!
Mas Ruthie já tinha saído e estava correndo em direção à caminhonete. Pulou na cabine e fechou a porta com toda força.
— Pisa fundo — falou, ofegando.
— O que aconteceu? Ela sabia de alguma coisa? — perguntou Buzz.

— Essa mulher é doida. Não pode ajudar a gente.

Ela observou pelo espelho retrovisor enquanto Candace se aproximava da trilha da entrada de sua casa e perseguia o carro correndo, agitando os braços e gritando:

— Tem uma coisa que você precisa saber!

Ruthie

— O que exatamente você tá procurando? — perguntou Buzz.

— Nem eu mesma sei ao certo — respondeu Ruthie.

Eram pouco depois de oito da noite e eles estavam novamente em casa. Ruthie estava tirando tudo das prateleiras, estantes e gavetas enquanto Fawn e Buzz observavam da mesa da cozinha, onde tinham se acomodado com o laptop dele. Buzz estava ensinando Fawn a jogar um jogo de caça aos alienígenas. Fawn aprendia depressa e usava as setinhas para guiar sua nave espacial pela galáxia, atirando raios laser com a tecla SHIFT.

— Opa! Não, Fawn, os extraterrestres verdes são bonzinhos. Não atire neles. São nossos aliados. Agora apareceu um vermelho, acaba com ele!

Ruthie deu um sorriso caloroso para Buzz. "Obrigada", disse ela com movimentos labiais, e Buzz sorriu de volta. Ela estava sendo sincera: ele tinha tirado o dia de folga para levá-la até Connecticut, e agora aqui estava, ainda com elas, entretendo Fawn.

Ruthie encontrou o álbum de fotos da família e diversas caixas de sapatos cheias de fotografias e colocou tudo em cima da mesa.

— Aperte F6 pra ir pro hiperespaço — disse Buzz.

— O que é hiperespaço? — perguntou Fawn.

— É onde você pode viajar bem rápido. Dá pra ultrapassar praticamente qualquer coisa.

Ruthie folheou o álbum, que começava com fotos de Fawn bebê, depois seguiu adiante: os primeiros passos de Fawn, seu primeiro triciclo, seu primeiro dente de leite que caiu. Mamãe e Papai estavam ali também, junto com Ruthie, mas obviamente a estrela do show era Fawn. Ela folheou de volta para a primeira página, onde havia uma foto dos pais segurando Fawn recém-nascida. O rosto dela era vermelho e amassado, e seus enormes olhos sábios de coruja estavam abertos, absorvendo tudo ao redor. E ali, num canto, estava Ruthie: uma adolescente de 12 anos com cara feia e um dos famosos cortes de cabelo ruins da sua mãe.

As únicas pessoas nas fotos eram eles quatro. Seus pais não tinham parentes vivos, portanto não havia nenhuma casa da vovó para onde ir no feriado de Ação de Graças, nenhum primo com quem brigar no Natal.

Ruthie tirou tudo o que havia nas caixas de sapatos.

— Tá procurando fotos dos O'Rourkes? — perguntou Buzz, desviando os olhos do computador. Fawn mantinha os dela grudados na tela, enquanto seus dedos apertavam as teclas.

Ruthie não respondeu. Olhou foto por foto, sacando muitas delas dos envelopes de farmácia dos quais elas nunca haviam sido retiradas, passando de uma foto desfocada para outra e por fotos mal-enquadradas nas quais as cabeças das meninas tinham sido cortadas. Lá estavam as duas na frente de árvores de Natal disformes, brincando na neve, cavando no jardim, segurando galinhas. E algumas de Ruthie menorzinha: numa ela estava com 10 anos e usava um boné de beisebol em sua primeira viagem de acampamento com os pais. Em outra, posava aos 14 com um suéter igual ao da mãe. As duas pareciam tão estranhas uma ao lado da outra: Ruthie alta e magra com cabelos e olhos escuros, e a mãe baixinha e gorducha com olhos azul-claros e cabelos grisalhos desgrenhados. Em outra tinha 8 anos e estava com o kit de química que tanto pedira para ganhar de Natal. Seu pai aparecia ao seu lado nessa foto, mostrando-lhe a imagem de uma tabela periódica, explicando como tudo no planeta, tudo no universo — inclusive pessoas, estrelas-do-mar, cimento, bicicletas e planetas distantes — era formado por uma combinação daqueles elementos.

— É impressionante quando a gente pensa a respeito, né, Ruthie? — perguntara ele na época.

Ruthie tinha achado vagamente perturbadora a ideia de que as pessoas não passavam de blocos de montar ou peças de quebra-cabeça habilmente construídas — mesmo aos 8 anos, queria que a coisa fosse mais do que apenas isso.

Ruthie voltou para a foto mais antiga que conseguiu encontrar de si mesma: ela de pé na entrada de casa, segurando um ursinho de pelúcia verde. Supôs que devia ter uns 3 anos naquela foto. Foi tirada na primavera. Ainda havia resquícios de neve na grama, mas Ruthie viu alguns crocos brotando. Usava um vestido com aparência de engomado e um casaquinho, o cabelo estava preso em duas marias-chiquinhas bem-arrumadas.

Lembrou-se de repente daquele urso: Piney Boy. Ele ia com ela para toda parte. O que teria acontecido com aquele ursinho velho? A maioria de seus bichos de pelúcia havia sido repassada para Fawn, mas há séculos ela não via Piney Boy. De repente, sentiu tanta saudade daquele urso bobo que seus olhos se encheram de água.

— Buzz? — chamou ela, pigarreando e esfregando os olhos com força. — Você diria que existem mais fotos suas ou da sua irmã?

Ele pareceu intrigado com aquela pergunta.

— Hã, de Sophie, com certeza. Ela foi a primeira a nascer, né. Meus pais tiravam fotos de tudo o que ela fazia — tipo, *tudo mesmo*, inclusive o primeiro cocô no peniço. Quando eu nasci, coisas como o primeiro cocô já não eram mais tão empolgantes. Tem fotos minhas, lógico, mas nem metade do que eles tiraram da Sophie.

Ruthie assentiu: era exatamente o que ela estava pensando.

— Cadê suas fotos de bebê? — perguntou Fawn, com olhos mais parecidos com os de uma coruja do que nunca, enquanto observava sua irmã por cima da tela aberta do computador.

— Não tem nenhuma — confessou Ruthie.

Fawn mordeu o lábio.

— Oh — disse, num suspiro desapontado. Voltou a olhar a tela, mas não parecia mais estar jogando.

— Talvez elas só estejam guardadas em outro lugar — sugeriu Buzz.

Ruthie balançou a cabeça.

— Nunca vi nenhuma. De vez em quando, principalmente quando eu era pequena, eu perguntava sobre essas fotos, e Mamãe sempre respondia: "Ah, estão por aí, em algum lugar", mas eu nunca vi nenhuma. Esta foto minha com o urso é a mais antiga que consegui encontrar. Acho que devo ter uns 3 anos nela.

Ruthie olhou de novo para a foto. Ela estava sorrindo satisfeita para a câmera, com o braço direito ao redor do ursinho. Seu casaco e vestido pareciam limpos e novos. Sentiu vontade de voltar no tempo, de se sentar com aquela garotinha e conversar sobre a sua história: *Do que você se lembra?*, perguntaria. *Onde você andava antes?*

Fechou os olhos, tentou se lembrar de memórias mais antigas, mas não conseguiu encontrar nada de novo. Lembrou-se de andar de bicicleta na entrada da casa, de ser perseguida por um dos perus, de ir de caminhonete com o pai até o lixão da cidade nas manhãs de sábado. De avisarem para ela ficar longe da floresta, pois coisas terríveis aconteciam com menininhas que se perdiam por lá.

E lá estava de novo a lembrança de seu pai encontrando-a em algum lugar, carregando-a de volta para casa — descendo o morro correndo —, do rosto dela, molhado de lágrimas, pressionado contra a lã áspera do casaco dele. *Foi só um sonho ruim*, tinha dito ele para Ruthie depois, enquanto sua mãe a acalmava com uma xícara de chá herbal. *Você está a salvo agora*.

Ela olhou de novo para as fotos: lá estavam ela e a mãe, usando suéteres iguais, lá estava ela com seu kit de química enquanto seu pai lhe mostrava a tabela periódica.

Mentirosos.

— Alô?

— Oi, Ruthie. É Candace O'Rourke.

Ruthie já tinha colocado Fawn na cama, e Buzz havia saído para comprar umas cervejas. Assim que o carro se afastou, o telefone começou a tocar. Ela atendeu depressa, com medo de que os toques acordassem Fawn.

— Você veio até a minha casa hoje — continuou Candace, enquanto Ruthie permanecia quieta, atônita. — Trouxe as carteiras.

Como se Ruthie precisasse ser lembrada disso. Saiu de casa com cuidado, fechando a porta com cautela. Com o telefone sem fio em uma das mãos, desceu os degraus da frente da casa e foi até a trilha da entrada.

— Como conseguiu esse número? — perguntou Ruthie. O número de telefone da sua casa não estava na lista, era impossível de ser encontrado.

— Desculpe se fiz alguma coisa que assustou você — disse Candace, jovialmente. — É que fiquei tão chocada de ver as carteiras, de ouvir sua história... Estou muito feliz por você ter atendido o telefone; há tantas coisas que não tive chance de te perguntar.

A noite estava fria e clara, as estrelas brilhavam intensamente. Ruthie olhou para cima e viu Órion, lembrou-se do pai ensinando-a a seguir a linha de estrelas que formava o Cinturão de Órion para encontrar a estrela Aldebarã, que era o olho de Taurus, o touro. Touro era o signo de seu pai, e, embora ela jamais confessasse isso a ninguém, às vezes ela o imaginava ali em cima, olhando para ela.

Identificou a Ursa Maior e a Menor, a gélida Via Láctea espalhando-se pelo meio do céu.

— Alice continua desaparecida? — perguntou Candace.

— Alice? — gaguejou Ruthie, com a cabeça a mil.

— Sua mãe, querida. — Ela falava devagar, como se Ruthie fosse uma criança pequena. — Você disse que ela desapareceu.

— Mas... mas eu não disse o nome dela.

— Ela continua desaparecida? — Candace parecia quase esperançosa, animada com aquela possibilidade.

— Vou desligar agora — avisou Ruthie, completamente em pânico. — Desculpe por ter incomodado você hoje. Acho que cometi um erro.

— Ah, não foi erro nenhum — afirmou Candace. — Por favor, não desligue. Posso te contar algumas coisas.

— Que coisas? — Ruthie observou sua respiração sair em grandes nuvens de vapor quando ela falava.

— Coisas como Hannah — respondeu Candace, num tom provocante, incitando Ruthie a entrar no jogo. — Minha menina preciosa. Não há nem um só dia que eu não pense nela. Sei que pode parecer loucura, mas nunca acreditei que ela estivesse morta. Algumas vezes eu quase podia senti-la por perto, esperando ser encontrada. Faz sentido?

— Sim — rebateu Ruthie, enquanto se inclinava para trás e olhava as estrelas, sentindo-se subitamente tonta. Com a cabeça girando, segurando o telefone com força, ela pensou em elementos químicos, cupcakes com cobertura cor-de-rosa, ursinhos verdes; pensou em como tudo estava conectado. Talvez as coisas não fossem assim tão fortuitas. — Sim.

E, então, desligou o telefone.

1908

Visitantes do Outro Lado

O Diário Secreto de Sara Harrison Shea

25 de janeiro de 1908

Gertie sempre gostou tanto desse guarda-roupa. Como gostava de se esconder aí dentro, de saltar de repente para me surpreender! Certa vez, eu a encontrei toda encolhida no canto dos fundos, cochilando sobre uma pilha de roupas para consertar.
— O que você está fazendo aí, meu amor? — perguntei.
— Sou um urso dentro de uma caverna quentinha — respondeu ela. — Estou hiper-nando.

— Gertie? — chamei hoje de manhã. — Você está aí dentro?
Fiquei na frente do armário e bati suavemente na porta.
Ainda estava de camisola, meus pés descalços e frios sobre o liso chão de madeira. O sol tinha acabado de surgir de trás do monte, iluminando com suavidade o quarto através da janela. Eu me vi de relance no espelho em cima da cômoda. Parecia uma mulher maluca: pálida, magra, com círculos escuros ao redor dos olhos, nós nos cabelos, a camisola manchada e esfarrapada.
Prendi a respiração, esperando.
Então Gertie bateu na madeira em resposta!

Virei a maçaneta, puxei a porta, mas ela segurou do outro lado, com uma força surpreendente.

— Por favor, saia, me deixe ver você.

A porta nem se mexia. Havia apenas um barulhinho de algo andando a passos rápidos dentro do armário.

— Está tudo bem. Papai saiu. Foi para o alto do morro caçar.

Eu sabia que ela não sairia se ele estivesse por perto. Na noite passada, embora soubesse que ela estava ali, obedeci Martin e voltei para a cama. Entretanto, não consegui dormir. Fiquei deitada de lado, com os olhos fixos no armário. Vi a porta se abrir um centímetro, o brilho de um olho espiando pela fresta. Acenei para ela no escuro.

"Olá", dizia meu aceno. "Olá, olá! Seja bem-vinda novamente, minha querida e doce menininha!"

Martin se levantou e se arrumou bem cedo.

— Ainda nem amanheceu — falei quando o vi.

— Vou procurar aquele cervo macho. Suas pegadas estão pela floresta inteira. Se conseguir apanhá-lo, teremos carne pelo resto do inverno. Vou fazer as tarefas de casa e depois ir para a floresta; mais tarde preciso resolver uns assuntos na cidade. Volto para o jantar.

— Quer tomar café da manhã? — perguntei, saindo da cama. Achei que isso iria agradá-lo: me ver de pé, oferecendo-me para cozinhar.

Ele fez que não e disse:

— Vou embrulhar uns pãezinhos e carne salgada de porco. — Desceu as escadas mancando, acendeu o fogo, deixou o cachorro sair, pegou comida e apanhou a espingarda. Por fim, a porta da casa se abriu e depois se fechou.

Pela janela, observei Martin atravessando o jardim. Assim que ele saiu de vista, corri para o armário.

Como fiquei aliviada ao ter a certeza de que não havia sido um sonho! Puxei a porta mais uma vez, mas ela segurou com força.

— Tudo bem, querida — falei, recuando. — Vamos fazer desse jeito então. — Eu me acomodei no chão. — Você dá uma batida para "sim" e duas para "não".

Mas o que perguntar? Havia tantas coisas que eu ansiava saber: do que ela se lembrava, se podia se lembrar de ter caído, se a dor havia sido intensa.

Perguntas de sim e não, lembrei a mim mesma.

— Você está bem? Está... machucada?

Nenhuma resposta.

Respirei fundo. Tentei de novo, decidindo não mencionar nada sobre o acidente ou seu último dia de vida. Haveria tempo para isso tudo mais tarde.

— Posso lhe trazer alguma coisa? Você está... está com fome?

Ela bateu uma vez, depressa e com força.

— Sim, claro, desculpe, minha querida. Vou lhe trazer algo para comer.

Desci as escadas correndo, apanhei depressa um pãozinho, geleia e uma fatia de queijo da despensa. Aqueci o leite e coloquei uma colher de mel, exatamente como ela gostava. Meu coração pulou de alegria por estar preparando comida para ela mais uma vez. Subi correndo as escadas, com medo de encontrar o armário vazio, de ter sonhado com aquilo tudo.

— Voltei — anunciei para a porta fechada. — Vou colocar a comida aqui em frente à porta. Quer que eu saia enquanto você come?

Uma batida.

Mas, ah, que alegria aquela batida me trouxe!

Deixei a comida em frente à porta do armário.

— Estarei esperando aqui no corredor — avisei, enquanto andava para trás.

Saí do quarto e fechei a porta. Então prendi a respiração e esperei. Arranquei a pele ao redor das minhas unhas, espremendo as gotinhas de sangue.

Eu me lembrei de todas as vezes em que eu e Gertie tínhamos brincado de esconde-esconde pela casa e pelo jardim, de como eu esperava de modo idêntico, com os olhos fechados, enquanto contava até vinte em voz alta e depois gritava: "Pronta ou não, lá vou eu!"

E, quando a encontrava, abraçava-a e ela ria, dizendo:

— Não sou a campeã de todos os tempos no esconde-esconde, mamãe?

— Sim, querida. A campeã de todos os tempos.

Às vezes a brincadeira começava sem aviso, mesmo quando estávamos na vila. A gente ia fazer compras no armazém e, quando eu me virava, certa de que ela estaria bem atrás de mim, percebia que havia sumido. Eu vagava pelos corredores estreitos enquanto o piso de madeira rangia aos meus pés, procurando. Olhava entre as prateleiras de farinha, sal, farinha de milho e fermento. Às vezes eu a encontrava escondida entre rolos de tecido, atrás do barril de melaço perto do balcão, ou num canto ao lado do fogão a carvão, ao redor do qual os idosos se reuniam para aquecer as mãos e bater papo. Procurava o armazém inteiro, chamando o nome de Gertie, enquanto os outros clientes davam risadinhas — os fazendeiros com suas jardineiras, as mulheres que haviam passado ali para comprar botões e linha ou uma caixa de sabão em pó —, entravam todos na brincadeira, às vezes me ajudando a procurar, às vezes ajudando Gertie a proteger seu esconderijo, ficando bem na frente dele. Abe Cushing certa vez deixou que ela se escondesse atrás do balcão, embaixo da caixa registradora, e lhe deu doces dos frascos que mantinha em cima do balcão — balinhas de alcaçuz, caramelos, pirulitos —, enquanto ela esperava para ser encontrada.

Mas este era um jogo novo entre nós. E eu ainda não sabia muito bem as regras.

Os minutos se passaram. Fiquei imóvel como uma pedra, ouvindo.

Primeiro, ouvi o ranger das dobradiças da porta do armário se abrindo, o som do prato sendo arrastado para dentro. Tive de reunir toda a minha força de vontade para não abrir a porta e dar de cara com ela. Como desejava olhá-la mais uma vez, provar a mim mesma que ela era real!

Por um instante houve silêncio, que logo foi seguido pelo som de vidro se estilhaçando. Entrei correndo no quarto novamente, bem a tempo de ver a porta do armário se fechar com toda a força. O prato tinha sido atirado longe, seu conteúdo estava completamente espalhado pelo chão. O copo de leite havia se estilhaçado.

— Desculpe, Gertie, sinto muito — disse, pressionando a mão na porta. — Mas podemos tentar de novo. Encontraremos algo de que você goste. Vou assar uns biscoitos de melaço. Você iria gostar disso, não é?

Uma batida fraca.

Eu me sentei de novo no chão, comida rejeitada ao meu redor. O leite derramado encharcou meu vestido.

— Estou tão feliz por você estar de volta. Você está aqui, não está?

Uma batida.

Pousei a mão na porta do armário e acariciei a madeira.

— E você vai ficar? Vai ficar o máximo que puder?

Uma batida.

Eu sabia o que Martin diria se eu lhe contasse — o que qualquer pessoa em seu juízo correto diria —, mas não me importava. Não me importava se estava ficando maluca, se tudo aquilo era apenas fruto da minha imaginação.

Minha Gertie estava de volta. Nada mais tinha importância.

Martin

25 de janeiro de 1908

Depois de terminar as tarefas no celeiro, Martin passou a manhã caçando na floresta, seguindo os enormes rastros que pareciam seguir em círculos, para provocá-lo. As marcas de cascos tinham uns bons 10 centímetros — era um bicho grande. Não avistou o cervo nem uma só vez, entretanto. Podia quase sentir seu cheiro, um odor almiscarado intenso carregado pelo vento. Porém, o cervo permanecia fora de seu alcance. Durante todo o tempo em que ficou na floresta, esteve preocupado com Sara e sua nova crença de que Gertie estaria escondida no armário. Ao meio-dia, ele voltou para o celeiro para selar a égua. Olhou rapidamente para a casa, fixando os olhos um instante na janela do quarto deles. Pensou em dar uma olhada para ver como Sara estava, mas decidiu que não, com certeza devia estar dormindo. Não podia perturbá-la. Montou a égua e cavalgou até a vila para se encontrar com Lucius.

Eram quase 5 quilômetros até a vila, mas o dia estava agradável. Haviam compactado a neve nas estradas com o rolo compressor, o que facilitava o trajeto para a égua. A estrada era estreita, com mata dos dois lados, e esquilos e passarinhos gritavam do alto dos galhos. Uma carruagem passou e o condutor acenou para ele. Martin acenou de volta, sem saber direito quem era o homem: estava coberto com chapéu e cachecol, e Martin não o reconheceu. Passou pela casa dos Turners, dos Flints, pela ferraria de Lester Jewett. Chegou até o parque da cidade, onde o gazebo estava coberto por uma pilha de neve alta. Manteve-se à esquerda e continuou seguindo pela

Main Street. À esquerda, do outro lado do parque, ficava o West Hall Inn, estalagem administrada por Carl Gonyea e sua esposa Sally. Havia um bar no primeiro andar que era frequentado por alguns dos homens da cidade à noite. Fazia muito tempo que Martin não tinha dinheiro para isso.

Depois da estalagem ficava a loja de ração e suprimentos Jameson's. Ao lado, o ateliê de costura de Cora Jameson, com um manequim velho na vitrine completamente espetado com alfinetes. Reformas, dizia a placa. roupas sob medida. Havia um vestido de veludo com barra de renda e pequeninos botões de madrepérola, cujas mangas sem braços pareciam desejar apanhar algo fora de seu alcance. O ateliê da Cora quase nunca estava aberto, pois a velha senhora sofria de "indisposições". Todos sabiam que sua única indisposição era o gosto por uísque.

Do outro lado da loja de ração ficava o armazém. William Fleury saiu de lá, seguido pelo filho Jack. Os dois homens estavam com os braços cheios: rolos de papel alcatroado, caixas de pregos.

— Boa tarde, Martin! — gritou William. Martin saltou do cavalo.

— Olá, William, Jack. Estou vendo que vocês têm aí algum projeto de construção.

William fez que sim.

— O vento derrubou um dos carvalhos velhos ontem à noite, que caiu num dos lados do celeiro.

— Que azar — disse Martin. — Passo na sua casa mais tarde para ver se consigo lhe dar uma mão.

William balançou a cabeça.

— Não precisa. Os filhos dos Bemis se ofereceram para ajudar. Vamos consertar tudo num piscar de olhos. Como vai a Sara? — Os olhos de William estavam cheios de preocupação.

O que as pessoas da vila estariam dizendo? Martin podia imaginar a cadeia de eventos: o reverendo Ayers dizendo à esposa, Mary, que Sara havia cuspido em seu rosto; Mary em seguida contando o caso às senhoras de seu círculo de costura; depois, os boatos se espalhando como uma conversa de pássaros.

— Ela está bem, obrigado — afirmou Martin. — Muito bem. — A imagem dela na noite passada, sentada no chão, na frente do armário, voltou-lhe à cabeça.

É nossa Gertie. Ela voltou para nós.
Mordeu a parte interna da bochecha, afastou a imagem.
William assentiu.

— Bom ver você, Martin — disse ele. — Se cuide, então. — William e Jack carregaram sua carroça, enquanto Martin seguiu caminhando pela rua, conduzindo a égua.

— Martin! — gritou uma mulher. Ele se virou e viu Amelia, que acabava de sair da estalagem. Ela usava um casaco de peles, suas bochechas estavam coradas e iluminadas, os olhos brilhantes.

"Tio Martin — falou ela, beijando de leve o rosto dele. — Eu estava almoçando com algumas senhoras na estalagem quando vi o senhor passar. Como vai a Tia Sara?"

— Melhor — disse ele. — Ela se ofereceu para preparar o café da manhã para mim hoje.

— Ah, isso é maravilhoso! — exclamou Amelia. — Em breve eu farei uma visita. Hoje ou amanhã. Talvez eu a leve para passear um pouco, tomar um chá na minha casa. O que o senhor acha?

Martin assentiu.

— Acho que ela gostaria muito. Seria bom para ela sair um pouco de casa. Vou avisar que você fará uma visita.

— Sim! Que seja amanhã. Diga que irei amanhã. Vou trazê-la à minha casa para almoçar.

Martin concordou, ligeiramente acanhado. Almoçar era algo que as senhoras abastadas da vila faziam. Senhoras com chapéus elaborados e lenços de renda, que não tinham de ordenhar vacas ou assar pão.

— Estaremos esperando você amanhã, então — disse ele, inclinando de leve a cabeça. Amelia virou as costas e entrou novamente na estalagem para encontrar suas amigas.

Lucius tinha um consultório em sua casa na Main Street. Era uma casa recém-pintada de branco com janelas venezianas pretas; uma passarela de tijolos conduzia à porta de entrada, onde havia uma placa pendurada: lucius shea, m.d. Martin entrou, pendurou o casaco no gancho e olhou de relance para a sala de estar, que havia sido convertida no consultório de Lucius. A porta estava aberta, e Lucius escrevia à sua mesa. Não havia nenhum paciente ali, ninguém aguardando nas cadeiras do hall.

— Olá, irmão — cumprimentou Martin.

Lucius olhou para ele e sorriu.

— Martin! Entre!

Era uma saleta simples com um armário de portas de vidro cheio de suprimentos: remédios, algodão, frascos e garrafinhas, ataduras, fórceps, abaixadores de língua feitos de madeira. Uma mesa de exame de madeira escura ocupava o centro da sala. Havia prateleiras repletas de livros de medicina e outros frascos e garrafinhas; embaixo delas, gaveteiros. No canto direito da sala, ficava a grande mesa de bordo na qual Lucius trabalhava. Seu cabelo estava desalinhado, os olhos vermelhos.

— Você parece cansado — disse Martin, sentando-se.

— Noite longa. Bessie Ellison finalmente deu à luz. O bebê estava sentado, foi bem complicado. Mas agora os dois estão bem.

— Você devia descansar um pouco.

Lucius assentiu.

— Como está Sara? — perguntou.

Martin olhou para suas mãos, os dedos entrelaçados com força.

— Estou preocupado, Lucius — confessou. — Bastante preocupado.

— Me conte — pediu Lucius, inclinando-se para a frente, para apoiar os cotovelos na mesa.

— Ontem à noite, acordei e percebi que Sara havia saído da cama. Ela estava sentada no chão, na frente do armário. Ela disse que... — Ele parou, esfregou o rosto com as palmas abertas. — Ela disse que Gertie estava no armário.

Lucius respirou fundo e depois soltou o ar lentamente.

— E o que você fez?

— Disse para ela voltar para a cama.

Lucius ficou quieto por um instante. Acariciou seu bigode bem-aparado.

— Já considerou melhor o sanatório estadual?

— Ela já passou por isso antes. Quando Charles morreu. E se recuperou.

— Eu sei — concordou Lucius. — E esperemos que agora ela também melhore. Mas precisamos de um plano para o caso de ela não se recuperar, de se envolver ainda mais nessas fantasias mórbidas. É possível que ela piore, Martin. E é possível que, se perder completamente o contato com a realidade, ela se torne perigosa. — Lucius se levantou, foi até as gavetas de madeira e abriu uma delas. — Vou lhe entregar uns comprimidos. Quero que moa um deles todas as noites e coloque no chá dela. Vai ajudá-la a dormir, acalmar seus sonhos. Passarei em breve para vê-la. Nesse meio-tempo, se ela piorar, venha até mim.

Martin assentiu.

— Estou falando sério, Martin. Não acredite que consegue lidar com isso sozinho. Não acredite que é seu dever.

Martin chegou em casa e encontrou Sara na cozinha. Havia um ensopado borbulhando no fogo, pãezinhos recém-saídos do forno e o odor de algo doce: ela havia assado biscoitos de melaço.

— É bom ver você de pé — disse ele à esposa, beijando seu rosto. — O jantar parece maravilhoso.

Vê-la de pé cozinhando — as faces coradas e um sorriso no rosto — parecia nada menos do que um milagre. Ele desejou que Lucius estivesse ali para ver.

Ficara tão preocupado com ela na noite passada! Teve certeza, naqueles momentos sombrios, de que Sara havia escapado completamente dele.

Porém, algo estivera *de fato* naquele armário, não é verdade? Algo andava a passos rápidos, tentando sair.

Ratos. Um esquilo, talvez.

Mas ele não tinha visto a maçaneta girar?

Foi um truque de luz, pensou consigo mesmo.

Afastou tudo aquilo de sua mente. Não tinha importância. Sara estava de volta agora. Recuperada. Tudo ficaria bem.

— Encontrei Amelia na vila. Ela vem visitar você amanhã. Quer levá-la para almoçar na casa dela.

— Encantador — disse Sara. — Simplesmente encantador.

Martin sentou-se à mesa, colocou um guardanapo sobre o colo e observou enquanto Sara o servia, colocando o ensopado em uma tigela e depois trazendo os pãezinhos e a manteiga para a mesa.

Havia algo de estranho nos movimentos dela: estavam rápidos e quebrados, semelhantes aos de um fantoche. Ela parecia incrivelmente animada, como costumava ficar nos feriados. Sentou-se e começou a beliscar um pãozinho, deixando migalhas caírem em seu prato.

— Me conte como era a aparência da nossa Gertie — pediu ela, com os olhos brilhando à luz do lampião.

A pele de Martin se arrepiou.

— Você sabe qual era a aparência dela — respondeu.

— Não estou falando de *antes*. Estou falando de quando vocês a encontraram no fundo daquele poço.

Eles não haviam permitido que ela visse o corpo de Gertie, sabendo que ela estava fragilizada demais, que aquilo a quebraria em mil pedaços, impossíveis de serem reunidos novamente.

— Eu quero ver minha filhinha! — gritara ela, mas Martin lembrava-se de como ela havia se apegado ao bebê Charles e portanto balançou a cabeça.

— Não, Sara — dissera ele, com a voz o mais firme que pôde. — Melhor você não ver.

— Mas eu preciso ver minha filha mais uma vez! Pelo amor de Deus, Martin, você precisa entender — implorara ela.

— Sara — falara Lucius, segurando a mão dela com firmeza. — Queremos que você se lembre de Gertie como ela era. Não dessa maneira. Você precisa confiar em nós. É para seu próprio bem.

Agora Martin mantinha os olhos na sua tigela de ensopado, como se a imagem de Gertie estivesse presa ali.

— Ela tinha uma aparência serena. Como Lucius falou.

Martin enfiou outra colherada de ensopado na boca e engoliu.

— Ela tinha algum... ferimento?

Martin olhou fundo nos olhos de Sara.

— Claro que ela tinha ferimentos, Sara. Ela caiu de 15 metros de altura dentro de um poço.

Ele fechou os olhos, imaginou Gertie ali embaixo, virada de lado, como se tivesse simplesmente caído no sono.

Sara assentiu, balançando a cabeça rápido demais.

— Mas Lucius a examinou, não é? Ele encontrou alguma coisa... incomum? Ferimentos que talvez não tivessem acontecido na queda?

Martin olhou para ela durante um longo tempo.

— O que você está querendo saber, Sara?

Ela inspirou fundo, ergueu a cabeça com altivez.

— Acredito que é possível que Gertie não tenha caído naquele poço.

— Mas Sara, como então você explica...

— Acredito que talvez ela tenha sido assassinada.

Martin deixou cair a colher, que tocou o chão com um ruído metálico.

— Você não pode estar falando sério — disse ele, depois de recuperar a compostura.

— Muito sério, Martin.

— E com base em que...

Sara sorriu calmamente.

— Gertie me contou — afirmou ela.

Todo o ar escapou do peito de Martin, e a cozinha de repente ficou escura. Sara parecia distante e pequena. Ali estava ela, do outro lado da mesa de pinho, com uma tigela intocada de ensopado à sua frente. O lampião a óleo piscava no centro da mesa; o fogo no fogão antigo de ferro forjado estalava. A janela acima da pia da cozinha estava coberta de gelo, a noite lá fora era mais escura do que o breu. Ele não conseguia enxergar nem um resquício de estrela.

O rosto de Sara, branco como a lua, parecia diminuir ainda mais. Ele estendeu a mão para ela, as pontas de seus dedos roçando a beirada da mesa.

Era como se ele estivesse caindo, aos tropeções, girando, rodopiando, caindo, caindo, até o fundo daquele poço.

Visitantes do Outro Lado

O Diário Secreto de Sara Harrison Shea

26 de janeiro de 1908

Esta manhã, esperei até que Martin saísse de casa e em seguida corri para o armário. Bati na porta — toc, toc, toc —, mas não houve resposta.
— Gertie? — chamei. — É a Mamãe. — Devagar, girei a maçaneta, tão fria em minha mão. A porta se abriu. À meia-luz da manhã, vi que ela havia ido embora.
Afastei meus vestidos de lã grossa, as camisas de Martin, mas não havia sinal dela. Nenhuma prova de que ela jamais estivera ali.
O armário parecia tão vazio!
— Gertie? — chamei novamente. — Para onde você foi?
Procurei pela casa toda, no celeiro, nos campos e na floresta. Gertie, entretanto, sempre foi tão boa em se esconder, em conseguir se enfiar nos lugares mais improváveis e minúsculos, que poderia estar em qualquer parte.
Talvez isso seja uma brincadeira, disse a mim mesma. Esconde-esconde. Continuei procurando pelos cantos, abrindo portas, olhando embaixo dos móveis, esperando que ela saltasse para me surpreender.
Buuu.
Estava retirando tudo o que havia no armário do vestíbulo da entrada da casa quando Amelia chegou, no fim da manhã.

— Tia Sara — disse ela, beijando meu rosto e olhando para a pilha de casacos e sapatos que eu havia retirado dali. — Que maravilha ver a senhora de pé. Está limpando a casa?

— Receio ter perdido uma coisa — respondi.

— Às vezes as coisas aparecem quando a gente para de procurar por elas — falou Amelia, os olhos dançando, cheios de luz. — A senhora não acha?

— Suponho que sim.

— Agora, venha almoçar comigo! Tenho uma surpresa para a senhora, algo maravilhoso. Vou ajudá-la a guardar isso tudo e partiremos em seguida.

— Não sei... — retruquei. E se minha Gertie aparecesse enquanto eu estivesse fora de casa?

— Será apenas por duas horinhas. Acho que lhe fará muitíssimo bem. Tio Martin também acha. Mas a senhora precisa me prometer que não contará para ele sobre a surpresa; acho que ele ficaria bastante chateado comigo!

— Tudo bem, então — concordei, relutante em sair, mas curiosa quanto à surpresa.

O trajeto até a vila foi agradável. O dia estava ensolarado, e Amelia tinha uma nova carruagem encantadora, com assentos vermelhos de couro. Amelia ficou em cima de mim, querendo que eu abotoasse o casaco até o pescoço, cobrindo-me com um cobertor como se eu fosse uma inválida. Conversava animadamente sobre isso ou aquilo — fofocas de menina em que eu não prestava a menor atenção. Meus olhos estavam fixos na floresta que rodeava a estrada, procurando algum movimento nas sombras, algum resquício da minha pequena Gertie.

— Está me escutando, Tia Sara?

— Ah, sim — menti. — É tudo maravilhoso.

Ela me olhou de um jeito estranho, e pensei que eu deveria me esforçar mais.

*A*melia se casou na primavera passada com Tad Larkin, o filho do dono do moinho de West Hall (uma das famílias mais ricas da cidade). Os dois moram em um casarão no fim da Main Street.

Quando chegamos, fomos recebidas por quatro outras senhoras, estranhas para mim. Eram todas muito simpáticas e animadas. Fiquei bastante desconcertada. Havia uma Srta. Knapp e uma Sra. Cobb, de Montpelier, a Sra. Gillespie, de Barre, e uma senhora bastante idosa com rosto de pássaro — Sra. Willard —, mas ninguém me disse de onde ela vinha. Todas as mulheres usavam belos vestidos e chapéus enfeitados com rendas e plumas.

— Amelia nos falou tanto a seu respeito! — gorjearam todas enquanto me conduziam pelo saguão, com sua mobília ornada e quadros a óleo nas paredes, até a sala de jantar, onde havia uma mesa posta com toalha de linho bem-passada e um almoço refinado: sanduichinhos cortados em triângulos, salada de batatas, beterraba em conserva. Os lugares estavam postos com porcelanas, copos de cristal cheios de algo borbulhante. O papel de parede era azul-escuro com florezinhas que pareciam piscar e cintilar.

— Falou? — Eu me sentei e comecei a me servir à medida que a comida era passada para mim, imaginando o que Amelia tinha em mente: como poderia imaginar que eu estaria disposta a socializar daquela maneira? O que eu desejava mais do que qualquer coisa era implorar para que me levassem de volta para casa, para continuar procurando Gertie.

— Sim — disse a mais jovem delas, Srta. Knapp, que não devia ter mais de 18 anos.

Apanhei um sanduíche de salada de galinha e mordisquei um dos seus cantos. Minha boca estava seca e mastigar era difícil. Pousei o sanduíche no prato, apanhei o garfo e tentei comer um pouco da beterraba; o gosto era intenso e metálico como sangue. Senti os olhares de todas as mulheres sobre mim. Era simplesmente insuportável.

— Mas ela não foi a única que nos disse coisas a seu respeito — comentou a Sra. Cobb, servindo o chá. Era uma mulher rechonchuda de rosto vermelho. — Não é verdade, senhoras? — Ela praticamente gargalhou. Era como se todas estivessem compartilhando a mesma piada.

Elas assentiram, animadas.

— Receio não ter entendido — confessei, apoiando o garfo no prato de porcelana. Aquilo fez um ruído terrível. Minhas mãos começaram a tremer.

Foi a idosa, Sra. Willard, quem respondeu. Estava sentada à minha frente, me observando com atenção.

— Nós temos um recado para você.

— Um recado? — perguntei, limpando os lábios de leve com um guardanapo engomado. — De quem?

— Da sua filha — afirmou a Sra. Willard, os olhos escuros sustentando meu olhar. — Gertie.

— Vocês... vocês a *viram*? — perguntei. Era para lá que minha Gertie tinha ido? Para encontrar essas senhoras? Mas por quê?

A Sra. Cobb deu uma risadinha e suas bochechas ficaram ainda mais rosadas.

— Bom Deus, não! — disse ela. — Os espíritos não se manifestam dessa maneira para nós.

— Como eles se manifestam, então? — indaguei.

— De diversas formas — respondeu Amelia. — Nós nos reunimos uma vez por mês e pedimos aos espíritos presentes para se juntarem a nós. Às vezes solicitamos a presença de um espírito específico.

— Mas como eles se comunicam com vocês? — perguntei.

— Batendo na mesa. Podem responder perguntas desta forma: uma batida para sim, duas para não.

Senti um aperto forte na garganta ao me lembrar de ter conversado ontem mesmo com minha amada Gertie dessa maneira.

— Às vezes eles se comunicam através da Sra. Willard — explicou Amelia. — Ela é médium, sabe. Muito poderosa.

— Médium? — Olhei para aquela senhora, que não havia tirado os olhos de mim.

— Os mortos conversam comigo. Ouço suas vozes desde que eu era bem pequena — explicou ela. Seus olhos eram tão escuros, tão estranhamente hipnóticos que, quando eu olhava para eles durante muito tempo, começava a me sentir tonta.

Com a boca seca, apanhei o copo de cristal e tomei um gole de um enjoativo vinho doce.

— O recado que Gertie tem para lhe dar é o seguinte — disse a Sra. Willard. — Ela manda dizer que o cachorro azul lhe diz oi.

Sufoquei um grito de espanto, levando a mão à boca.

A Sra. Willard assentiu, compreendendo minha reação, e prosseguiu.

— Ela também manda dizer que o que você está fazendo não é certo. Ela não gosta nem um pouco. — Seu olhar ficou intenso, quase bravo.

Pousei a taça descuidadamente, e ela tombou sobre a mesa. Eu me levantei para enxugar o vinho caído na toalha com o meu guardanapo e cambaleei, tonta, depois me apoiei na beirada da mesa. A sala parecia escura e sufocante.

— Tia Sara, você está bem? — perguntou Amelia.

— Posso tomar um copo d'água? — perguntei.

— Sim. Por favor, sente-se. Nossa, seu rosto ficou branco. — Amelia correu para apanhar água, umedeceu um guardanapo e começou a molhar minha testa.

— Receio não estar passando bem — sussurrei para ela. — Poderia por gentileza me levar para casa?

— Claro — disse Amelia, ajudando-me a levantar e pedindo desculpas às senhoras.

Lá fora, inspirei o ar frio em golfadas até minha mente se aclarar. O sol estava no alto do céu e tornava o mundo impossivelmente iluminado. Amelia me ajudou a entrar na carruagem e me cobriu com o cobertor.

— Desculpe — disse ela. — Talvez tenha sido demais para a senhora.

— Talvez — concordei.

As outras convidadas do almoço se reuniram à porta aberta, acenando suas despedidas, com as testas franzidas de preocupação. Enquanto nos afastávamos pela Main Street, vi outros rostos me observando também. Abe Cushing espiou pela janela do armazém e levantou a mão em um aceno. Sally Gonyea, que estava limpando as mesas no salão de jantar da estalagem, parou para nos observar passar, com o rosto sombrio. E, do outro lado da rua, Erwin Jameson nos observou da janela da loja de rações. Quando percebeu que eu o vi, virou o rosto, fingindo se ocupar com alguma coisa perto da janela.

Sei o que todos eles estavam pensando: "Lá vai a pobre Sara Shea. Ela não está mais em seu juízo perfeito."

*Q*uando voltamos para casa, Amelia insistiu em me colocar na cama e se ofereceu para buscar Martin.

— Não precisa — disse a ela. — Vou descansar um pouco, só isso. Estou me sentindo bem melhor, acredite.

Assim que ela saiu, saltei da cama e vasculhei a casa novamente, agora com mais frenesi do que nunca.

As palavras da Sra. Willard continuavam em meus ouvidos: *O que você está fazendo não é certo. Ela não gosta nem um pouco.*

O que eu havia feito de errado? Como poderia ter assustado a minha Gertie?

Sem saber direito o que fazer, vesti o casaco e caminhei pela floresta até o velho poço, mas não encontrei sinal dela. Era uma visão terrível, olhar para a escuridão no fundo daquele círculo de pedras, como espiar pela garganta de um gigante faminto.

Durante todo o tempo em que estive no alto do morro, senti como se estivesse sendo observada. Como se as árvores e as pedras tivessem olhos. Como se os galhos fossem pequeninos dedos arranhando meu rosto, esperando para me agarrar.

— Gertie? — chamei, do centro de uma pequena clareira logo atrás da Mão do Diabo. — Onde está você?

As grandes rochas que formavam a mão lançaram sombras sobre a neve — sombras compridas e finas que transformavam os dedos em garras. E ali estava eu, no meio delas, presa em seu forte aperto.

Ouvi o som de galhos se quebrando. Passos atrás de mim. Prendi a respiração e me virei, com os braços abertos para segurá-la, para abraçá-la com força.

— Gertie?

Martin entrou na clareira. Seus olhos tinham uma expressão preocupada, esquisita. Ele estava carregando sua espingarda.

— Gertie se foi, Sara. Você simplesmente precisa aceitar isso. — Ele começou a caminhar lentamente em minha direção, como se eu fosse um animal que ele estivesse com medo de assustar.

— Você me seguiu? — perguntei, incapaz de afastar o veneno da minha voz. Como ousava ele?

— Estou preocupado com você, Sara. Você não tem andado bem. Não tem sido... você mesma.

Eu ri.

— Não tenho sido eu mesma? — Tentei me lembrar da Sara que havia sido semanas atrás, quando Gertie estava viva. É verdade, eu me tornara uma pessoa diferente. O mundo mudara. Meus olhos estavam abertos agora.

— Vamos voltar para casa, vou colocar você na cama. Vou pedir para Lucius vir esta noite para dar uma olhada em você.

Ele passou o braço ao redor do meu corpo e eu estremeci de repulsa. Repulsa ante o toque de meu próprio marido. Ele me segurou com força e me conduziu pela floresta, como se eu fosse um cavalo que não quisesse cooperar.

Não dissemos uma palavra enquanto passávamos pela Mão do Diabo, descíamos o morro, atravessávamos as árvores e o pomar, o campo, e voltávamos para casa. Ele me conduziu pelas escadas até o nosso quarto.

— Sei que você não tem dormido bem à noite. Um bom descanso vai lhe fazer bem — afirmou Martin, segurando meu braço com força. — Talvez o passeio à vila para almoçar com Amelia tenha sido demais para você.

Quando entramos no quarto, nós vimos.

Martin congelou, com os dedos afundando na pele do meu braço. Sufoquei um grito, infantil e medroso.

A porta do armário estava aberta. Havia pilhas de roupas atiradas por todo o quarto, como se uma gigantesca tempestade tivesse passado por ali. Uma inspeção mais cuidadosa mostrou que eram todas de Martin, e cada uma das peças havia sido rasgada, arruinada. Os olhos de Martin se arregalaram, furiosos, sem acreditar. Observei-o se abaixar para apanhar a manga de sua camisa mais formal, segurá-la com tanta força que sua mão tremia.

— Por que você faria uma coisa dessas, Sara?

E vi o que eu me tornara para ele: uma louca, capaz de atos de destruição furiosa.

— Não fui eu — gritei. Meus olhos vasculharam o armário, mas vi que estava vazio.

Eu me virei para a cama e pensei em olhar ali embaixo. Lá, entre os restos do macacão destroçado de Martin, havia um bilhete rabiscado em uma caligrafia de criança:

Pergunte a Ele o Que Ele interrou no campo.

Apanhei o bilhete com suavidade, como se fosse uma borboleta machucada. Martin o arrancou da minha mão e leu, o rosto branco como neve.

— O anel — gaguejou ele, olhando para mim por cima do papel. — Exatamente como você me mandou fazer.

Mas havia um ligeiro tique que eu já tinha visto antes. A mesma contração reconhecível dos músculos ao redor de seu olho esquerdo de quando ele prometeu, após o Natal, que havia enterrado o anel de volta no campo. E ali estava novamente aquele pequeno espasmo involuntário que me dizia que ele estava mentindo.

4 DE JANEIRO

Presente

Katherine

Ninguém sabia onde estava a mulher dos ovos.

Katherine deu várias voltas pelo ginásio da escola, mas não viu ninguém vendendo ovos. O chão de madeira estava coberto de tapetes de borracha para proteger a superfície das botas molhadas. O ginásio estava horrivelmente cheio, o som de gente falando era um zumbido ensurdecedor em seus ouvidos. Pessoas vestidas com camadas e mais camadas de roupas coloridas esbarravam em Katherine e cumprimentavam-se aos gritos, abraços e risadas. Toda uma comunidade se congraçava, e ela lá, a estranha com o casaco de cashmere escuro, movimentando-se como uma sombra entre eles. Circulou a feirinha por trás de uma família — marido, esposa, dois filhos, um dos quais parecia ter uns 8 anos, a idade que Austin teria se estivesse vivo. O garoto implorava que o pai lhe desse um donut de cidra, e o pai lhe comprou um, mas em seguida partiu-o ao meio e fez o menino dividir o doce com o irmão menor. O menino fez uma careta sensacional e enfiou sua metade do donut na boca de uma única e gloriosa vez, deixando migalhas rolarem pelo seu queixo.

O olhar de Katherine foi atraído pela parede de pinturas no canto esquerdo do ginásio, perto das portas duplas dos fundos. As imagens tinham sido feitas com cores vivas e eram divertidas, porém assustadoras ao mesmo tempo. Havia um casal dançando no teto de um celeiro enquanto uma lua com rosto de lobo os observava do alto. Outra imagem mostrava um homem com chifres de veado em um barco a remo, olhando melancolicamente para a margem. Ela se virou e continuou andando pelo ginásio.

Um grupo de adolescentes estava reunido em frente às portas dos fundos, dividindo um algodão-doce e dando risadas; todos pareciam idênticos em suas botas de cano alto e jaquetas de esqui em tons vivos. Ela passou por um artesão de bonecos de madeira, a mesa de um apiário local vendendo mel e hidromel, pilhas de raízes e abóboras, *coolers* cheios de linguiça caseira, uma estante com pãezinhos doces e salgados, e uma mesa de unitários-universalistas vendendo rifa para uma colcha.

Os vendedores com quem Katherine conversou não pareciam saber coisa alguma sobre a mulher de trança, a não ser que era a mulher dos ovos e que tricotava belas meias quentinhas. Katherine parou para perguntar a uma mulher num canto, que estava fiando lã marrom espessa em uma roca.

— Ah, você está falando da Alice? Não sei onde ela pode estar. Ela vem toda semana. Nunca perde uma feirinha.

— Você por acaso não saberia o sobrenome dela, não é? — perguntou Katherine.

A mulher balançou a cabeça.

— Desculpe, não sei. Brenda Pierce, a gerente da feirinha, deve saber, mas ela foi para a Flórida ficar com o pai, que vai fazer uma cirurgia cardíaca de peito aberto. Volte na semana que vem. Tenho certeza de que Alice estará aqui. Nunca ouvi falar de ela ter faltado a uma feirinha.

— Alice — disse Katherine, já de volta ao seu apartamento, segurando a bonequinha que havia feito no dia anterior com arame e papel machê. — Posso não ter encontrado você, mas pelo menos agora eu sei seu nome.

Ela dera à bonequinha de 10 centímetros de altura uma longa trança grisalha (feita de linha para bordado) e a vestira com uma pequenina calça jeans. Além disso, a boneca agora usava um suéter de crochê de cores vivas que Katherine havia feito com lã amarela e turquesa.

Katherine sentou Alice na caixa e foi apanhar algo para comer na cozinha.

Alice, Alice. Pergunte a Alice. Alice, que desceu pela toca do coelho. Onde você está, Alice?

Ela teria de esperar. Teria de voltar à feirinha na semana que vem: com certeza a mulher dos ovos já estaria de volta. Caso contrário, ela conversaria com a gerente da feirinha e conseguiria o sobrenome de Alice, quem sabe até, se tivesse sorte, seu número de telefone.

Esquentou uma sopa e preparou uma xícara de café. Lá fora, o céu de fim de tarde escurecia, e a neve estava começando a cair com mais constância.

Depois de terminar sua refeição espartana, Katherine remexeu a bolsa atrás de cigarros, sacou um e o acendeu. Notou a sacola de papel embaixo da bolsa: o livro que havia comprado no dia anterior.

Ela o retirou da sacola e o abriu. A primeira página mostrava um mapa de West Hall em 1850. A página oposta mostrava West Hall nos dias atuais. Havia mais algumas ruas, igrejas e escolas novas, mas, na verdade, Katherine se surpreendeu ao perceber o quão pouco as coisas realmente haviam mudado. O parque da cidade estava onde sempre esteve, com seu gazebo no centro.

Gary teria adorado aquilo, os mapas e fotos reunidos para mostrar a história da cidade.

Ela folheou as páginas e encontrou fotos da Jameson's Suprimentos e Rações, do Armazém Cushing's e da estalagem West Hall Inn com suas janelas de vitrais. Ao lado de todas essa fotos havia outras dos mesmos edifícios nos dias de hoje: a loja de artigos esportivos, o antiquário, Lou Lou's Café, a livraria. Era estranho como cada um desses prédios permanecia reconhecível, embora as placas no exterior tivessem mudado, as ruas estivessem asfaltadas e houvesse agora calçadas e banquinhos onde antes houvera postes para amarrar cavalos.

Katherine tragou o cigarro e continuou a folhear o livro. Ali estava um grupo de cavalos puxando um gigantesco rolo compressor a fim de compactar a neve nas estradas, e, ao lado, uma foto dos dias atuais mostrando o estacionamento da cidade com duas gigantescas máquinas cor-de-laranja para limpar a neve das ruas. Havia duas fotos que mostravam gerações distintas da mesma família coletando seiva de bordo, uma usando baldes de alumínio, a outra milhas de tubos de plástico. Em seguida vinha um grupo sujo de camaradas em frente a uma serralheria que, hoje, era uma galeria de artesanato; depois, uma foto em tons de sépia mostrando fileiras de crianças com rostos sérios em frente a uma escola de uma única sala, e ao lado, uma foto da escola atual, a West Hall Union, um prédio baixo de tijolos construído em 1979.

Ela virou a página e topou com uma foto mostrando um grupo de rapazes e moças sentados sobre um cobertor xadrez, com gigantescas formações rochosas atrás deles: cinco rochas erguendo-se do chão. *Piquenique na Mão do Diabo, junho de 1898*, dizia a legenda em caligrafia cursiva. Ao lado, uma foto das mesmas rochas, porém com a floresta atrás delas mais alta e densa agora, e sem ninguém fazendo piquenique: *Mão do Diabo, dias de hoje*.

Folheou até a página seguinte. Uma casa de fazenda branca com uma comprida trilha na frente, um celeiro atrás e campos cultivados à esquerda. No canto, mais uma legenda em letra cursiva: *Casa e fazenda dos Harrison Shea. Beacon Hill Road, 1905*.

Katherine pousou o cigarro em um cinzeiro e enfiou a mão novamente na bolsa para apanhar o exemplar de Gary de *Visitantes do Outro Lado*. Ela virou o livro para comparar a casa de fazenda na frente da qual Sara posara com a casa mostrada na foto do livro: eram iguais.

Olhou de novo para o livro de fotografias, agora para a página oposta: *Casa dos Harrison Shea, dias de hoje*. A casa parecia quase idêntica: as mesmas janelas venezianas pretas, a mesma chaminé de tijolos e degraus da entrada. O celeiro continuava de pé, mas os campos tinham sido tomados, a floresta agora estava mais próxima. À esquerda da trilha de carros, no jardim da frente, uma mulher e duas meninas cuidavam de uma grande horta. A foto fora tirada de uma estrada e era difícil perceber muitos detalhes, mas a mulher, abaixada, tinha uma trança grisalha comprida e usava um xale de cores vivas.

O coração de Katherine batia com toda a força. Estaria sua mente lhe pregando truques? Ela piscou e olhou para sua mesa de trabalho, onde a bonequinha de Alice estava sentada esperando numa versão em miniatura do Lou Lou's Café. Depois ela se virou novamente para olhar a foto do livro, esforçando-se para enxergar melhor, em parte torcendo para que a mulher de trança não estivesse ali, que ela a tivesse imaginado. No entanto, lá estava ela, encurvada ao lado de uma garotinha de macacão e de uma menina mais alta de cabelos escuros. Seria possível que aquela mulher entre as duas, de cabeça baixa, fosse Alice, a mulher dos ovos?

— Beacon Hill Road — pronunciou ela em voz alta, folheando o livro de novo para as primeiras páginas, onde ficavam os mapas. Lá estava. Era só seguir a Main Street para o oeste, sair da cidade, virar à direita na Lower Road, que passava por cima do riacho, e depois a próxima à direita seria a Beacon Hill. No mapa de 1850, havia apenas uma casa de fazenda desenhada, mas sem legendas, mais ou menos na metade da Beacon Hill Road antes de ela se intersectar com a Mountain Road. Ao norte daquela única casa na Beacon Hill Road havia um morro, e no alto do morro as palavras *Mão do Diabo*.

Ela conferiu o mapa atual e percebeu que a Beacon Hill Road continuava onde sempre estivera, e que, no morro atrás dela, ficava a Mão do Diabo. A Mountain Road era hoje a Route 6, claro.

As associações que estava fazendo talvez fossem insensatas, mas já era alguma coisa. E, fora esperar até a semana que vem para tentar novamente a feirinha de fazendeiros, ela não tinha mais nenhuma ideia de como rastrear a tal mulher dos ovos.

Ela olhou pela janela da sala; estava completamente escuro agora. Como ela iria saber sequer se era a casa certa? Não seria melhor esperar até de manhã, fazer aquilo à luz do dia?

Não, decidiu, apanhando a bolsa e as chaves. Era perfeito, na verdade. Ela iria até lá e, se encontrasse a casa certa, bateria na porta, diria que tinha se perdido no mau tempo ou que tivera um problema com seu carro. Descobriria o que pudesse dessa maneira. Talvez não fosse a casa da Alice, e sim de outra mulher com trança grisalha comprida.

Só havia um jeito de descobrir.

Ela se levantou e foi até o armário pegar seu casaco.

Ruthie

Era uma manhã como outra qualquer, o que deixava Ruthie à beira de um ataque: tudo parecia normal a não ser pela ausência de sua mãe, um vulto sobre tudo, como um filme nebuloso, emprestando ao dia inteiro uma qualidade borrada e irreal e uma espécie de gosto residual amargo de sacarina.

Era sábado, e embora Ruthie tivesse pensado em ir à feirinha de fazendeiros vender ovos no lugar da mãe, decidiu que lidar com todas as perguntas que lhe fariam não valeria os cento e poucos dólares que ganharia. Buzz estava trabalhando no ferro-velho do tio e só sairia tarde do trabalho.

As garotas passaram a manhã zanzando pela casa, espiando ansiosamente pelas janelas, Ruthie torcendo para o telefone tocar. Ela lavou a louça. Varreu o chão. Alimentou as galinhas e apanhou os ovos. Manteve o fogo aceso no fogão a carvão. Fez todas as coisas que sua mãe faria, e fez todas do jeito mais *à la* mamãe de que foi capaz. Fawn seguia Ruthie de cômodo a cômodo, sem permitir que a irmã mais velha saísse de vista. Chegava a ponto de ficar parada na porta do banheiro quando Ruthie ia fazer xixi.

— Eu não vou a lugar nenhum, sabe — dizia Ruthie para ela.

Fawn dava de ombros, mas continuava a seguir cada movimento de Ruthie como uma sombra.

Pelo menos uma dúzia de vezes Ruthie decidiu que ligaria para a polícia, mas, em todas elas, no último minuto se impedia de levar a ideia às vias de fato. E se seus pais estivessem *mesmo* envolvidos no desaparecimento dos O'Rourke? E se aquela mulher maluca de Connecticut já tivesse ligado para a polícia, contando que Ruthie aparecera na porta de sua casa? Além disso, ela teria de contar sobre a arma, certo? Com certeza não devia ter licença nem ser legalizada. E Fawn... eles definitivamente levariam Fawn embora, não é? Jamais deixariam Fawn naquela casa com armas ilegais e ninguém além de Ruthie para tomar conta dela. E ela ainda se apegava à ideia de que sua mãe em breve apareceria do nada com alguma explicação perfeitamente plausível: "Desculpe ter preocupado vocês, mas..." E, meu Deus, como ficaria furiosa se Ruthie tivesse cedido e ligado para a polícia!

Amanhã de manhã, Ruthie prometeu a si mesma. Se sua mãe não voltasse até lá, ela ligaria para a polícia certamente. Seria a primeira coisa que faria.

Elas prepararam um ensopado com carne que estava no freezer do porão — Ruthie tinha ficado aliviada ao ver que ali dentro havia carne suficiente para elas se alimentarem durante meses. Havia também uma farta quantidade de batatas e cebolas na despensa subterrânea.

Só que elas não poderiam continuar vivendo assim durante *meses*, não é mesmo? À medida que o dia passava, Ruthie se permitiu imaginar o que realmente seria delas caso Mamãe nunca mais voltasse. Havia quase 200 dólares na lata de café guardada no porão. Não era muito, mas elas não precisariam de muito. A casa não estava mais hipotecada: a única coisa que elas tinham de pagar era pela comida, os artigos de primeira necessidade, gasolina da caminhonete, ração para as galinhas. Ruthie sabia que conseguiria tocar o negócio dos ovos sozinha. Sempre se ressentira do trabalho que era obrigada a fazer na imensa horta da família, mas sabia que era possível extrair bastante comida dali — ela e Fawn sabiam como fazer reviver as sementes na primavera, como construir treliças para as ervilhas, quando colher o alho. Mamãe ensinara às duas filhas como fazer pão e enlatar feijão e tomates. Ruthie poderia também arrumar um emprego de meio expediente na cidade. Daria para ela e Fawn se virarem. Se fosse necessário, elas dariam um jeito.

Mas não seria necessário, certo? Com certeza em breve tudo aquilo acabaria.

O ensopado borbulhava nas bocas de trás do fogão a lenha, espalhando pela casa um cheiro delicioso e reconfortante que fez Ruthie sentir ainda mais falta da mãe.

No meio da tarde, a febre de Fawn voltou. Ruthie lhe deu mais Tylenol e acomodou a irmã no sofá com suas bonecas e seus livrinhos de colorir.

— Como está se sentindo, Pequena Corça?

— Bem — respondeu Fawn, com o rosto corado, o cabelo úmido. Seus olhos estavam com um aspecto esquisito, vítreo.

— Não faça esforço, está bem? Nada de ir lá fora. Tente beber bastante líquido também.

— Hã-hã — disse Fawn, dando uma colherada de remédio imaginário para Mimi, que também estava com febre.

— Mimi também precisa descansar — sugeriu Ruthie, fazendo uma caminha para a boneca com um travesseiro e usando um pano de prato como cobertor. Isso agradou Fawn, que insistia que Mimi precisava de um travesseiro também. Então Ruthie usou uma bola da lã mais felpuda de sua mãe para lhe fazer um.

Lá fora, o vento assobiava através das árvores, atirando a neve em grandes lufadas. Ruthie se enrodilhou no grande divã embaixo de um dos xales coloridos da mãe e leu *Visitantes do Outro Lado*. O livro de Sara dava um medo danado. Ruthie não parava de olhar por cima do ombro, certa de estar vendo movimentos nas sombras. O que mais a incomodava era a ideia da pequena dormente Gertie dentro do que hoje era o armário de sua mãe. O mesmo armário que Alice havia cerrado.

Perto do fim do livro, Sara revelou a origem dos buracos de esconderijo que Fawn e Ruthie haviam encontrado:

Quando criança, descobri e criei dúzias de esconderijos soltando tábuas e tijolos, formando compartimentos secretos atrás das paredes. Alguns desses esconderijos, eu tenho certeza, ninguém seria capaz de encontrar.

Ruthie olhou para a irmã. Ela estava no sofá, enfaixando a perna de sua boneca. Coitada de Mimi, primeiro uma febre, depois uma perna quebrada.

— Eu falei pra você não ir pra floresta — sussurrou Fawn para Mimi. — Coisas ruins acontecem com menininhas que vão pra floresta.

Fawn olhou para cima e viu que Ruthie a estava observando.

— Quer brincar comigo? — Os olhos de Fawn refletiam a luz do fogo emitida pela portinhola de vidro do fogão a carvão.

— Claro — respondeu Ruthie, pousando o livro. — Do que você quer brincar?

— De esconde-esconde.

— Será que a gente não pode brincar de outra coisa? De boneca, de baralho, sei lá?

Fawn balançou a cabeça, depois levantou Mimi, que balançou a cabeça também, os olhos de botão arranhado fitando Ruthie diretamente.

— Mimi só aceita se for esconde-esconde. Ela encontrou um novo esconderijo preferido.

— Mas, da última vez, não consegui encontrar você.

— Então quem sabe você não precisa se esforçar mais? — disse Fawn, sorrindo endiabrada.

— Certo — disse Ruthie —, mas se eu disser que desisto, você precisa sair na hora. Combinado?

— Combinado — concordou Fawn.

Ruthie cobriu os olhos e contou em voz alta.

— Um, dois, três... — gritou ela, prestando atenção, tentando ouvir para que lado seguiam os passos da irmã. Pelo hall da entrada.

Pensou em Sara e Gertie brincando de esconde-esconde naquela mesma casa. Em como a pequena Gertie era boa em se esconder. E Sara deve ter sido boa nisso, também. Pelo menos em esconder papéis ela era.

— Dez, onze, doze...

Ouviu a porta do armário do hall se abrir e depois se fechar. Mas Fawn fazia coisas desse tipo para enganá-la, para levá-la na direção errada. Era uma menina inteligente. Inteligente demais, às vezes.

— Dezoito, dezenove, vinte. Preparada ou não, lá vou eu!

Levantou-se do sofá e ouviu com atenção. O fogo estalava. O gato desceu correndo as escadas, para ver que barulho todo era aquele.

— Para onde ela foi, Roscoe? Você a viu?

O gato roçou o corpo na perna de Ruthie, fez *"rrrr-rrl?"*.

Truque ou não, ela foi dar uma espiada no armário do hall. Abriu a porta, afastou os casacos e as jaquetas, apalpou a pilha bagunçada de botas e sapatos no chão.

— Hmmm, no armário do hall você não está — falou em voz alta. Virou-se e olhou pela janela da porta de entrada. Estava escuro. Ela acendeu a luz, viu que estava nevando bastante. Ruthie não tinha ouvido o boletim do tempo. Saber a previsão meteorológica sempre havia sido tarefa da mãe. Ruthie contava com ela todas as manhãs para saber o quão frio seria o dia, se choveria, se nevaria.

— Onde, ai ai, onde será que está o meu cordeirinho perdido? — perguntou ela, caminhando pela sala, pelo escritório, depois pela cozinha. Foi até o banheiro do andar de baixo e acendeu a luz. Os azulejos cor-de-rosa brilharam quando Ruthie afastou a cortina do chuveiro para encontrar a velha banheira com pés em forma de garra vazia, exceto pelo xampu de camomila da mãe e um solitário patinho amarelo de borracha.

— Aqui não está — disse, voltando a subir as escadas, já cansada da brincadeira. Daria uma rápida olhada lá em cima e depois desistiria.

Procurou sem muito ânimo no seu quarto, no quarto de Fawn, no banheiro do andar de cima, sempre avisando qual a sua localização, perguntando-se em voz alta onde Fawn poderia estar. Por fim, entrou no quarto de sua mãe, embora duvidasse que Fawn fosse se esconder ali. Fawn não estava embaixo da cama. O único outro lugar para se esconder ali era dentro do armário. Ficou diante da porta, hesitante. Então bateu ridiculamente na porta. Nenhuma batida de volta. Abriu a porta e ficou feliz ao perceber que o armário estava vazio.

— Fawn? — chamou ela em voz alta. — Eu desisto!

Ouviu com atenção. Nada. Foi de quarto em quarto novamente, chamando em voz alta, depois desceu as escadas mais uma vez.

Lá estava ele de novo: aquele pânico familiar. Fawn tinha sumido. Realmente sumido, dessa vez. Ruthie jamais devia ter concordado em brincar de esconde-esconde com ela. Não naquela casa, onde Sara Harrison Shea havia chamado sua filhinha de volta da morte.

— Fawn! — gritou, num tom mais tenso agora. — Se você não sair agora mesmo, nunca mais vou brincar de esconde-esconde com você!

Ela estava no escritório do pai. O pai sempre o mantivera muito arrumado, a velha mesa de mogno limpa, as botas cuidadosamente guardadas nas prateleiras, nada no chão a não ser um tapete de tear manual. Agora que o lugar era domínio de sua mãe, o caos imperava. Havia pilhas de papéis, livros, padrões de tricô, catálogos de galinhas e correspondência em cima da mesa e no chão; *ecobags* cheias de lã e projetos de tricô em diversos estágios de finalização. Ruthie sentou-se na cadeira. Enfiou a mão em uma das sacolas e retirou o chapéu que sua mãe estava tricotando quando a vira pela última vez.

Era o dia de Ano-Novo, e ela estava sentada no sofá tricotando um chapéu com agulhas circulares, usando lã felpuda de cores vivas: fúcsia, amarelo-limão e azul néon.

— Para onde você vai? — perguntara, quando viu Ruthie caminhar pelo hall e vestir sua parca. Ela não parara de tricotar, as agulhas continuaram clicando uma na outra enquanto seus olhos se fixavam em Ruthie.

— Buzz tá vindo me buscar. Nós vamos sair com uns amigos.

As agulhas continuaram se movendo, um ponto atrás do outro.

— Volte no horário combinado — pediu sua mãe, tornando a voltar os olhos para o tricô.

Ruthie não havia respondido. Não tinha nem mesmo se despedido. Simplesmente abriu a porta, saiu para a noite fria e desceu a trilha da casa até a estrada, para esperar por Buzz.

Uma mão tocou seu ombro. Ela a viu pelo canto do olho: uma mãozinha imunda, minúscula e parecida com uma barbatana.

Encolheu o corpo e se virou depressa, mas então viu que era apenas Mimi, a boneca. Fawn riu e abraçou Mimi contra o peito.

— Caramba, Fawn! Não tem graça. Você devia ter saído quando eu chamei você — falou Ruthie com rispidez. — As regras são essas. Agora me diga: onde você estava?

— Escondida — respondeu Fawn.

— Quero saber *onde* — insistiu Ruthie. Era a segunda vez que Fawn fazia aquilo, e Ruthie não ia mais deixar que ela mantivesse em segredo seu novo esconderijo.

— De jeito nenhum! — retrucou Fawn.

— Eu juro, Fawn, que se você não me mostrar onde é, nunca mais brinco de esconde-esconde com você.

Fawn ficou encarando a irmã por um momento, tentando avaliar o quanto ela estava sendo sincera. Sussurrou algo no ouvido de Mimi, depois segurou a boca da boneca contra sua orelha, para ouvir.

— Tá bom — disse ela. — A gente vai te mostrar.

Fawn seguiu da sala de estar até o hall de entrada e depois abriu a porta do armário.

— Mas eu olhei aí! — gritou Ruthie.

Fawn afastou as parcas e os casacos pendurados e tirou as botas de inverno.

— Aqui — disse ela, mostrando as tábuas de madeira que formavam a parede dos fundos do armário. Havia quatro, e pareciam bastante rígidas. — Esta daqui sai — explicou, enfiando os dedos na abertura da tábua que ficava no canto inferior, à esquerda, e balançando até ela se soltar.

— Puta merda! — exclamou Ruthie. — Como eu não sabia disso?

Havia aberto a porta daquele armário praticamente todos os dias de sua vida, para apanhar jaquetas, sapatos, guarda-chuvas. Por quantos outros esconderijos secretos ela passava diariamente sem perceber?

— É bem fundo — disse Fawn, enfiando a cabeça no buraco profundo e escuro.

— Deixe eu ver. — Quando Ruthie entrou no armário, sua claustrofobia atacou imediatamente. As palmas de suas mãos começaram a suar, e seu coração, a bater mais depressa. Sua mente berrava: *Saia daí, agora!*

Ridículo, pensou consigo mesma. Era apenas um armário. O mesmo armário onde ela pendurava seu casaco todos os dias.

— Vamos pegar uma lanterna — sugeriu Ruthie. Fawn assentiu e correu até a cozinha, satisfeita de ter recebido uma missão importante. Ruthie ouviu a irmã abrir uma gaveta, remexer as coisas ali dentro e depois voltar correndo para o hall.

— Aqui — disse, lançando um raio de luz bem nos olhos de Ruthie.

— Desligue isso — mandou Ruthie, piscando. — Passe pra cá. — Apanhou a lanterna e mirou na escuridão. — Ei, tem alguma coisa aí dentro, escondida lá atrás.

Era difícil enxergar muita coisa no escuro, mas ali, no canto esquerdo dos fundos do compartimento secreto, estava uma espécie de pacote.

— Hã? — indagou Fawn, tentando enxergar melhor.

— Você pode ir ver o que é?

— Claro — respondeu Fawn, engatinhando pelo buraco para apanhar o pacote. Ruthie, subitamente com medo, teve vontade de lhe dizer para não ir, para esperar um minuto. Sabe-se lá o que Fawn poderia encontrar? Depois que a irmã encontrou as carteiras e a arma no andar de cima, qualquer coisa parecia possível.

— É uma mochila — gritou Fawn e entregou-a para Ruthie.

Ruthie apanhou uma das alças da mochila e a puxou para fora, aliviada por estar de volta ao hall agora. A mochila era preta e mais pesada do que ela esperava, com vários bolsos e zíperes na parte externa. Nenhuma das duas garotas a reconheceu.

Fawn mordeu o lábio.

— O que você acha que tem dentro?

— Só tem um jeito de descobrir — disse Ruthie. Levou a mochila até a sala de estar, pousou-a na mesinha de centro e ficou olhando-a fixamente por um minuto, com os dedos sobre o zíper. Sua mente voou para todos os tipos de lugares terríveis enquanto ela imaginava o que poderia estar ali dentro: cocaína, mais armas, filmes *snuff**, partes de corpos humanos.

Sacudiu-se como um cachorro molhado, tentando afastar todos aqueles pensamentos.

Era apenas uma mochila.

Respirou fundo e abriu o zíper. Fawn virou o rosto para o outro lado.

— É equipamento de fotografia — relatou Ruthie, aliviada. A mochila estava dividida em pequenos compartimentos acolchoados. Ela começou a retirar coisas dali de dentro: uma Nikon SLR digital, três lentes, um fotômetro, um aparelho de flash, uma bateria extra e um tripé dobrável. Ela já havia usado os equipamentos de câmera e vídeo de Buzz o suficiente para saber que aquele material era de boa qualidade e caro.

As únicas câmeras que ela já tinha visto os pais usando eram do tipo descartáveis, que você levava para revelar as fotos na farmácia.

Fawn se afastou, arrastando sua boneca.

— Acho que veio da floresta — sussurrou Fawn para Mimi.

— O que foi, minha Pequena Corça? — perguntou Ruthie.

— Nada. Só tô falando com a Mimi.

Ruthie apanhou a Nikon, apertou o ON e olhou para a tela. Nada aconteceu. Virou a câmera, procurando algum outro botão, pensando

---

* Filmes caseiros mostrando mortes e assassinatos reais e distribuídos ilegalmente. (N. *da* T.)

que talvez pudesse haver alguma manha: teria de pedir a Buzz para dar uma olhada na câmera amanhã.

— Ruthie? — chamou Fawn, com o rosto pressionado na janela da sala de estar.

— Sim?

— Tem alguém aí fora. Vindo pra cá.

Ruthie

— Está chegando mais perto.

O tom de Fawn era estranhamente calmo e casual enquanto ela observava pela janela; como se elas recebessem visitas o tempo todo.

Ruthie correu para o lado da irmã à janela, torcendo com todas as forças para que fosse sua mãe. Imaginou a mãe entrando pela porta, sacudindo a neve e abraçando as duas meninas. "Vocês não ficaram preocupadas, ficaram?" Ruthie quase podia sentir os braços dela ao seu redor, o cheiro de lã molhada do xale de sua mãe.

Passou um braço em volta de Fawn e esforçou-se para ver melhor, para além do reflexo espelhado dela mesma e da irmã aninhadas juntas.

Estava escuro agora, mas Ruthie conseguiu identificar uma silhueta atravessando o jardim coberto de neve. Seja lá quem fosse, estava usando um casaco pesado com capuz e vinha ligeiramente encurvado, talvez por estar caminhando contra o vento frio, ou pelo esforço de andar na neve alta. Um cachecol envolvia seu rosto, o que dava ao estranho a aparência de não ter rosto, de estar definido pelo tecido, como o Homem Invisível. Seria sua mãe? Não. Ruthie tinha certeza de que reconheceria o jeito de andar da mãe. Aquela pessoa dava passos curtos, quase cautelosos. Sua mãe fazia tudo, inclusive andar, com uma certeza determinada e espalhafatosa que Ruthie era capaz de identificar a quilômetros de distância.

— Quem é? — perguntou Fawn.

Ruthie balançou a cabeça.

— E de onde ele veio? — perguntou sua irmãzinha.

Não havia nenhum sinal de carro. E aquela pessoa não estava vindo da trilha — estava atravessando o jardim. Deixava atrás de si, na neve, um rastro incerto, que parecia vir da floresta.

— Não sei — murmurou Ruthie.

Fawn olhou para a irmã, esperando ansiosamente que ela dissesse o que deveriam fazer. Ruthie sentiu uma necessidade sufocante de proteger sua irmã, que a atingiu com toda a força no esterno: *Salve Fawn. Não deixe esse homem chegar perto dela.*

O estranho havia alcançado a porta da casa. A primeira batida fez o coração de Ruthie parar por um segundo. Era uma batida alta e determinada, do tipo "eu não vou desistir e ir embora".

— Quer que eu atenda? — perguntou Fawn. Ela estava mais próxima da porta.

— Não. — Ruthie mordeu o lábio. *Pense.* O que deveria fazer? Seus pais sempre as ensinaram a jamais abrir a porta para estranhos. Mas agora seus pais não estavam mais por perto: o pai tinha morrido, a mãe, desaparecido. E se aquele estranho tivesse alguma informação ou pista de onde sua mãe fora?

Mas por que ele tinha vindo da floresta?

— A gente vai fingir que ele não existe e pronto? — indagou Fawn, abaixando-se, do jeito que seus pais haviam ensinado as duas a fazerem, caso um estranho aparecesse. Ignorar. Abaixar-se para que a pessoa não pudesse vê-las. Uma hora o estranho acabaria indo embora.

E por que, exatamente, seus pais haviam encorajado as duas filhas a se esconderem?

"Se vocês virem alguém que não conhecem saindo da floresta, entrem em casa, tranquem a porta e se escondam", dizia sempre a sua mãe, como um disco quebrado.

Nunca abra a porta. Mesmo que pareça alguém legal, alguém inofensivo, mantenha a porta trancada e se esconda.

Era como se sua mãe estivesse esperando a chegada de alguém durante todo aquele tempo: alguém perigoso e mau.

Mas a verdade é que eles receberam poucas visitas ao longo dos anos: um ou outro mórmon ou testemunha de Jeová, funcionários do censo, um homem checando fatos para Secretaria de Finanças e Propriedades da cidade.

Ruthie checou o relógio de pulso: eram quase seis horas da tarde de sábado. Nenhum funcionário de empresa alguma estaria ali àquela hora, não com aquele tempo e não sem carro.

Lembrou-se de *Visitantes do Outro Lado*, da ideia de que os mortos podiam ser despertados. Absurdo, não?

Talvez aquele homem batendo na porta da casa delas fosse isso: um dormente saído da floresta. Talvez fosse o fantasma de Martin Shea, procurando sua esposa e sua filha.

Pare com isso, Ruthie pensou consigo mesma. *Não existem coisas como fantasmas ou dormentes.*

— Será que ele está perdido? — sussurrou Fawn.

O homem bateu de novo, com mais força. E gritou:

— Ô de casa!

Só que não era voz de homem. Era a voz de uma mulher.

— Ruthie? É Candace O'Rourke.

— Ai, *merda*! — disse Ruthie, entre os dentes.

— Eu atendo? — perguntou Fawn, indo em direção à porta e pousando a mão no ferrolho.

— Não — sussurrou Ruthie com rispidez. Como Candace havia encontrado sua casa?

— Acho que tenho uma ideia sobre o que aconteceu com sua mãe. Vim ajudar você a encontrá-la.

Antes que Ruthie pudesse impedi-la, Fawn abriu o ferrolho e escancarou a porta.

Uma rajada de vento frio atingiu as duas no rosto.

— Oi, Ruthie — cumprimentou Candace, tirando o capuz e desenrolando o cachecol do rosto. Suas bochechas tinham um tom rosa vivo. — É tão bom ver você de novo. Posso entrar? — Por trás do vento, Ruthie podia sentir o cheiro de perfume caro, cigarro e bebida. Sem esperar pela resposta, Candace atravessou a soleira e adentrou na casa.

Olhou para Fawn, que tinha se afastado depressa.

— Olá, você — cumprimentou Candace, com um enorme sorriso. — Qual é *seu* nome?

Fawn não respondeu. Segurou Mimi com força, depois tornou a se afastar no hall.

— Ah, ela é *tímida!* — exclamou Candace, se divertindo.

Ruthie encolheu os ombros. *Ou acabou de se dar conta de que deixou uma maluca entrar na nossa casa*, pensou.

— Está congelando lá fora — disse Candace, tremendo para dar ênfase. Olhou ao redor do hall de entrada. — Nenhum sinal da sua mãe ainda?

Ruthie continuou parada, sem responder.

— Vi uma caminhonete no celeiro. É o único veículo da sua família?

Ruthie estava decidida a não contar nada àquela mulher até conseguir obter ela mesma algumas respostas.

— De onde você veio? — perguntou Ruthie. — Como encontrou a gente?

Candace apenas sorriu e abriu o zíper de seu casaco.

Ruthie tentou mais uma vez:

— Você disse que tinha uma ideia sobre o que aconteceu com minha mãe?

Candace deu um sorriso estilo "tudo a seu tempo" e deu mais alguns passos para dentro da casa, passando reto por Ruthie.

— Que bonito — elogiou, indo direto até o fogão a carvão da sala e retirando as luvas para aquecer as mãos. — Muito aconchegante. — Ela olhou em torno da sala. Ruthie tentou imaginar como aquilo tudo deveria parecer a alguém como Candace: o assoalho rústico de tábuas de madeira, os tapetes desbotados, o sofá e a mesinha de centro desgastados.

— Olhe, seja lá como nos encontrou, essa realmente não é uma boa hora — falou Ruthie, seguindo-a até a sala de estar.

Candace havia arrastado neve em suas botas e deixara grandes poças de água no chão de pinho. Uma das regras da casa era tirar os sapatos no hall de entrada. A mãe de Ruthie teria um ataque se estivesse ali.

— Olá de novo — disse Candace, quando Fawn a espiou de um canto. — Se não quer me dizer seu nome, tudo bem. Mas e sua bonequinha, ela deve ter um nome, não é mesmo?

Fawn apenas continuou encarando a mulher. Suas faces estavam coradas por causa da febre, e fazia dias que ela estava vestida com o mesmo macacão vermelho sujo. O cabelo estava cheio de nós. Ruthie percebeu que ela estava parecendo uma menina selvagem, uma garotinha criada por lobos.

— Tenho um filho mais ou menos da sua idade — prosseguiu Candace. — Ele se chama Luke. Deixe eu adivinhar, você tem 6 anos, certo?

Fawn assentiu, hesitante.

— Meu Luke... sabe qual é a coisa que ele mais gosta nesse mundo? Um ornitorrinco de pelúcia. Você consegue adivinhar o nome dele?

Fawn balançou a cabeça.

— Spike — falou Candace, rindo um pouco.

Fawn riu também, e entrou na sala. Foi se juntar a Candace e Ruthie perto do fogão.

— Bobo, né? — indagou Candace. — Quem é que coloca o nome de Spike num ornitorrinco?

— Onde ele está agora? — perguntou Fawn. — Luke?

O sorriso de Candace desapareceu.

— Está com o pai. Somos divorciados, entende, o pai de Luke e eu. E ele é um desses homens que sempre conseguem tudo o que querem. Luke mora com ele agora. — Candace passou a mão pelos cabelos. — Mas, com um pouco de sorte, isso em breve vai mudar. Ele mal perde por esperar. Não é certo, é, afastar um filho da sua mãe?

Fawn lhe deu um olhar de empatia.

— Esta é Mimi — apresentou, levantando a boneca para inspeção. — E meu nome é Fawn. Tenho 6 anos e meio.

— Seis e meio é bem grande mesmo. Estou vendo que você já é uma menina grande. E muito esperta. Então deixe eu lhe perguntar uma coisa, para onde você acha que a sua mãe foi?

Fawn pensou por um minuto.

— Pra longe. Pra muito longe.

— Fawn — interrompeu Ruthie —, por que você não sobe pro seu quarto?

— Coitadinha — disse Candace para Fawn, ignorando Ruthie completamente. — Deve ser difícil, sua mãe desaparecer desse jeito. Você realmente não tem ideia de onde ela possa estar?

Fawn balançou a cabeça e olhou para sua boneca.

— Sei que você encontrou as carteiras de Tom e Bridget em algum lugar desta casa. Então me diga, Fawn, você encontrou mais alguma coisa junto com elas?

Os olhos de Fawn procuraram imediatamente os de Ruthie, com uma pergunta: *A gente deve contar?*

Ruthie balançou a cabeça de modo quase imperceptível, esperando que aquilo fosse o suficiente. Ela não sabia o que significavam as carteiras e a arma escondidas, mas sabia que Buzz tinha razão: aquelas coisas faziam com que sua mãe parecesse estar envolvida em algo sombrio, criminoso. Não queria que Candace O'Rourke soubesse de nada daquilo.

— Não havia mais nada — afirmou Ruthie, dando um passo à frente.

Porém, Candace continuou ignorando Ruthie, mantendo os olhos fixos em Fawn.

— Às vezes os irmãos mais velhos da gente e os adultos não contam a verdade. Isso não quer dizer que sejam pessoas malvadas, eles só estão fazendo o que acham que é o certo. Mas você, Fawn, você sempre diz a verdade, dá pra perceber. Havia mais alguma coisa junto com as carteiras? Algum papel? Qualquer outra coisa?

— Eu já lhe disse, não havia nada! — Para Ruthie, bastava. — Desculpe, mas você precisa ir embora agora.

— Desculpe *você*, Ruthie, mas simplesmente não acredito no que está dizendo — retrucou Candace. Desviou os olhos de Fawn, por fim, e olhou com frieza para Ruthie.

— Vou ser obrigada a chamar a polícia? — ameaçou Ruthie.

Candace balançou a cabeça com desapontamento evidente. Sem tirar os olhos de Ruthie, abriu o casaco e revelou um coldre preso ao seu peito. Sacou dali uma pequena arma, lentamente, de modo quase desajeitado. A arma era menor e mais quadrada do que aquela que haviam encontrado no quarto da mãe; o cano era prateado, com o cabo negro. Candace claramente não tinha nenhuma experiência com aquilo, parecia uma atriz que não havia ensaiado o suficiente, segurando um objeto cenográfico.

— Eu estava esperando que as coisas não precisassem chegar a esse ponto — disse Candace com um suspiro.

Merda.

Ruthie lembrou-se mais uma vez de todas as advertências de sua mãe ao longo dos anos: *Nunca abra a porta*. Lembrou-se de Chapeuzinho Vermelho sendo enganada pelo lobo vestido com as roupas da Vovozinha.

Os olhos de Fawn se arregalaram.

— Você é da polícia? — perguntou ela.

Candace deu uma risada.

— Dificilmente. Olhem, eu odeio armas. Odeio mesmo. E *realmente* odiaria ter de usar esta aqui — advertiu ela, virando-se para Ruthie e depois mais uma vez para Fawn. — Então eu vou dizer o que vai acontecer aqui: vocês duas vão me contar tudo o que sabem sobre seus pais e Tom e Bridget O'Rourke. Vão me mostrar onde encontraram as carteiras e tudo mais que acharam com elas.

Ruthie olhou para Candace e para a arma, tentando manter seu pânico crescente sob controle. Não acreditava que Candace chegaria de fato a atirar nelas, pelo menos não de propósito. Entretanto, aquela mulher obviamente era louca: sabe-se lá do que ela seria capaz.

— Se você odeia armas tanto assim, por que trouxe essa? — perguntou Fawn.

— Porque não posso ir embora daqui sem aquilo que vim buscar. Realmente não posso. Vocês precisam entender isso. — A arma pendia de sua mão direita, apontada para o chão. Ela ajeitava o próprio cabelo com a esquerda.

— E o que você está procurando? — perguntou Ruthie.

Candace fez uma cara feia para Ruthie.

— Algo que era de Tom e Bridget, e que eu acho que agora pertence à sua mãe, seja lá onde ela esteja. Por isso preciso que vocês duas comecem a responder minhas perguntas. Certo?

Nenhuma das garotas respondeu. Fawn parecia petrificada, e a mente de Ruthie não estava funcionando com a rapidez necessária. Ela estava ocupada demais encarando a arma.

— Por favor, não me obriguem a apontar isso aqui para nenhuma das duas — disse Candace, levantando a arma com o dedo no gatilho. — E então, estão preparadas para cooperar? Porque, sério, acho que todas nós queremos a mesma coisa, certo? Queremos encontrar sua mãe, não é mesmo?

Fawn se aproximou de Ruthie, aninhou-se junto à irmã. Candace agitou a arma na direção delas, apontando primeiro para Fawn, depois para Ruthie.

— Não é mesmo? — repetiu.

— Sim — afirmaram as duas garotas ao mesmo tempo. — Sim.

— Ótimo. — Candace sorriu e abaixou a arma, parecendo aliviada. — Dá pra ver que vocês são duas meninas espertas. E agora que estamos todas do mesmo lado, acredito que chegaremos em algum lugar. Realmente acredito.

Katherine

A neve se movia num redemoinho furioso ao redor do Jeep, voando pelos ares de maneiras que Katherine jamais havia visto. Descia do céu e era atirada de lado, o vento a lançava no para-brisa de Katherine e por cima dos altos montes de neve nas margens da estrada. Era como se a própria natureza estivesse de alguma forma contra sua ida à casa de Sara.

Era pura estupidez dirigir por aí numa noite como aquela, mas Katherine já havia ido longe demais, estava já na Beacon Hill Road. Continuou em frente em marcha forte, segurando o volante com força, até que finalmente avistou as luzes de uma casa à sua direita. Era difícil ver direito da estrada no escuro, principalmente através da neve cegante. Seria a casa certa? Poderia ser. A trilha até lá era longa e não tinha sido compactada recentemente, porém as luzes estavam acesas. Atrás da casa, ela viu a silhueta escura de um celeiro.

Dê meia-volta e retorne amanhã, na luz do dia, pelo amor de Deus, ela tentava argumentar consigo mesma, tomar algum juízo.

Katherine continuou seguindo pela estrada e buscou outra trilha de entrada, só para ter certeza de que não existia outra casa. Um quilômetro adiante, deu com uma área de parada à direita. Ali estava estacionada uma Blazer com placa de Connecticut, e pegadas levavam até uma trilha na floresta. Devia ser a trilha até a Mão do Diabo. Era uma noite infernal para uma caminhada, mas talvez fossem só adolescentes farreando; ela os imaginou deitados de costas na neve, passando um baseado e uma garrafa de um para o outro, olhando para o céu e imaginando que era o fim do mundo. Um inverno nuclear. Ou que estavam perdidos no espaço, com estrelas congeladas caindo ao seu redor.

Isso era algo que ela e Gary podiam ter feito quando estavam na faculdade: deitar na neve, de mãos dadas, imaginando que eram os únicos seres vivos do universo, astronautas amarrados um ao outro e a nada mais.

Deu uma volta malfeita e quase ficou presa num monte de neve, depois voltou àquela que devia ser a casa de Sara. Ao se aproximar da trilha de entrada, inclinou o corpo para a frente, tentando enxergar melhor através da neve, ver mais detalhes, mas não adiantou grande coisa.

— Volto amanhã — disse ela em voz alta, mas continuou em frente; era a coisa mais sensata e adulta a se fazer.

A 150 metros da trilha ela estacionou o carro, desligou os faróis e o motor.

Idiota. O que você acha que está fazendo?

Abotoou o casaco até o pescoço e saltou do Jeep, seus os pés afundando na neve. Tentaria espiar pelas janelas primeiro; depois, se ainda acreditasse que aquela poderia ser a casa de Alice, bateria na porta, diria que teve um problema com o carro e pediria para usar o telefone. Falaria que não tinha celular. Ela havia retirado o celular da bolsa e o guardado no porta-luvas do Jeep, satisfeita consigo mesma por ter pensado nesse detalhe. Então trancou o carro com um apito mecânico e voltou pela estrada, na direção da trilha.

Nenhum carro passava ali. Não havia absolutamente nenhum som. O silêncio abafado da paisagem coberta de neve parecia tão artificial, como se todo o mundo estivesse enrolado em algodão. Os únicos barulhos que ela ouvia eram o vento e o som dos próprios passos caminhando pela neve fofa.

Ela apertou o passo, desejando — precisando — chegar mais perto. Ver a casa onde uma mulher de trança e duas meninas mantinham uma horta. A casa onde Sara Harrison Shea havia chamado Gertie de volta para si.

Katherine caminhou pelo meio da trilha, os pés empurrando a neve para diante, como canoas desajeitadas. Os detalhes da casa subitamente emergiram da escuridão. Era ela! Katherine a reconheceu das fotos: uma pequena casa de fazenda com três janelas no térreo e três no andar de cima. Alguns degraus de tijolo conduziam à porta da entrada, bem no centro da casa. Fumaça de lenha queimada escapava pela chaminé.

Ela deixou a trilha, tomou um atalho e atravessou pela beirada do jardim, permanecendo nas sombras. Sentia uma descarga adorável de adrenalina: ali estava, fazendo algo maluco, que beirava o criminoso, invadindo a propriedade alheia, espionando como um Peeping Tom.

Só uma olhada rápida, prometeu a si mesma. Imaginou-se espiando pela janela e vendo imediatamente a mulher de trança. Então ela iria até a porta e contaria sua história do problema mecânico e descobriria se a mulher se chamava Alice.

Correu os últimos metros, inclinou o corpo, abaixando-se por baixo das janelas. Ficou embaixo da janela do meio, a que se situava à direita da porta de entrada, e recuperou o fôlego.

Devagar, com cautela, levantou a cabeça, imaginando que ao olhar para dentro veria inclusive Sara numa cadeira de balanço, com a pequena Gertie no colo.

O que viu, em vez disso, fez com que levasse a mão à boca e mordesse o couro fino e salgado de sua luva.

Estava olhando para uma sala de estar ampla com piso de tábuas largas de madeira e tapetes desbotados em tons terrosos. Encostada na parede havia uma enorme lareira de tijolos onde estava aceso um fogão a carvão.

Uma mulher estava em frente ao fogão. Era loira e usava um suéter de cor marfim. Na mão direita, segurava uma arma, que agitava para uma menininha de macacão vermelho abraçada a uma boneca de pano velha. Uma garota mais velha, de cabelos escuros, estava ao lado da garotinha e, com um olhar frenético, assentia em resposta para o que quer que a mulher tivesse acabado de dizer. Eram as meninas da fotografia — as que estavam ajudando a mãe na horta.

Katherine voltou a se abaixar. Enfiou a mão na bolsa para apanhar seu celular e ligar para a polícia, mas então se lembrou de que havia deixado o telefone no carro.

— Merda! — soltou, num sussurro irritado.

Não podia deixar aquelas garotas assim. Precisava fazer alguma coisa.

Teve a súbita sensação de que era por isso que ela tinha sido conduzida até ali, que por isso encontrara o livro de Sara na caixa de equipamentos de Gary e descobrira as fotos no livro que comprara na livraria. Por isso que havia descido do Jeep no meio da tempestade escura de neve, contra qualquer motivo racional. Alguma força a tinha atraído até aquele lugar, naquele momento, para que ela pudesse, talvez pela primeira vez em sua vida, fazer algo verdadeiramente útil. Algo verdadeiramente grandioso.

Lembrou-se das semanas que passou ao lado de Austin — segurando sua mão na cama do hospital, alimentando-o com pedacinhos de gelatina, contando historinhas bobas para ele —, do quanto se sentira impotente, incapaz de salvá-lo, de impedir aquela coisa terrível que estava a caminho. E, depois, Gary. Esmagado num acidente de carro, sem que ela sequer estivesse ali — que nem sequer tivesse a chance de tentar salvá-lo. (*Vá com calma*, ela poderia ter lhe dito. *As estradas estão escorregadias por causa do gelo*.)

Algumas coisas estão fora do nosso controle. Às vezes, coisas terríveis acontecem e não há nada que possamos fazer para impedi-las.

Porém ali estava ela, com a chance de fazer a diferença.

Ela iria salvar aquelas meninas.

Ruthie

— Nossa mãe desapareceu no dia de Ano-Novo. Ela preparou o jantar, colocou minha irmã na cama, fez uma xícara de chá. Quando cheguei em casa mais tarde naquela noite, ela havia sumido — explicou Ruthie.

Candace assentiu e voltou a colocar a arma no coldre, agora que as meninas estavam cooperando.

— Você sabe o que aconteceu com ela? — perguntou Fawn, olhando para Candace, seus grandes olhos castanhos implorando com uma intensidade que Ruthie jamais havia visto.

Candace passou a mão pelo cabelo.

— Não tenho certeza, mas acho que tenho uma ideia.

— Por favor — pediu Ruthie. — Se você sabe de alguma coisa nos diga.

Candace sorriu.

— Não se preocupe, Ruthie, vamos encontrar sua mãe: eu não vou sair daqui até encontrá-la. Precisamos começar com vocês me contando tudo o que sabem sobre Tom e Bridget.

Ruthie balançou a cabeça.

— Praticamente nada. Nunca tínhamos ouvido falar deles até encontrarmos suas carteiras no outro dia.

— Quer dizer que sua mãe nunca falou deles pra vocês?

— Nunca — confirmou Ruthie.

— E como vocês encontraram as carteiras? — indagou Candace.

— Foi como eu te contei. A gente estava procurando pela casa, esperando encontrar alguma pista do que poderia ter acontecido com nossa mãe.

— Não ligaram para a polícia?

— Pensamos nisso, mas não. Ainda não. Sabemos que não é o que nossa mãe desejaria. Ela odeia a polícia.

Candace sorriu.

— Mulher inteligente. Então me diga, onde encontraram as carteiras?

Ruthie fez uma pausa para pensar.

— No armário do hall de entrada. Existe um compartimento secreto atrás da parede dos fundos. — Ela deu um olhar de "jogue comigo" para Fawn.

— Quero ver — disse Candace.

Ruthie a levou até o hall e abriu o armário. A tábua dos fundos tinha sido retirada e estava apoiada de lado, onde as duas a haviam deixado antes.

— Dê uma olhada — falou, estendendo a lanterna para Candace ver por si mesma. Candace se agachou e lançou a luz ao redor do espaço vazio. Ruthie olhou em volta, procurando algo pesado para atingir a cabeça de Candace enquanto ela estava naquela posição vulnerável, mas só viu dois frágeis guarda-chuvas. Com que força seria preciso bater na cabeça de alguém para nocauteá-lo?

— E não havia mais nada aí dentro? — indagou Candace, com a voz desconfiada.

— Nadinha — respondeu Ruthie.

Candace saiu do armário e lançou o clarão da lanterna em Ruthie.

— Você não mentiria para mim, não é?

— Candace, eu juro — disse. — A única coisa que a gente achou foram essas duas carteiras num saco Ziploc.

— Ei — exclamou Candace, olhando em volta. — Onde sua irmã se meteu?

Fawn não tinha seguido as duas até o armário.

Candace voltou para o hall e entrou na sala, com Ruthie atrás dela. Fawn não estava lá. Candace soltou o ar entre os dentes, irritada.

— Fawn? — chamou Ruthie. Ela não tentaria fugir, tentaria? Ruthie imaginou Fawn correndo pela neve com febre, em seu macacãozinho e só de meias, tentando encontrar ajuda. Os vizinhos mais próximos ficavam a uns 5 quilômetros de distância, e pouquíssimos carros iam até ali. Apenas gente a caminho da Mão do Diabo, mas ninguém iria até lá numa noite como aquela. Fawn morreria congelada antes que encontrasse socorro.

Ela se lembrou da pequena Gertie, que tinha se perdido na floresta e caíra no poço.

Seria ali que eles encontrariam Fawn?

Ruthie soltou um suspiro de alívio quando ouviu o som de passos na escada e se virou. Viu Fawn descendo os degraus ninando a boneca Mimi.

— A partir de agora você não sai da minha vista — vociferou Candace. Seu rosto estava bastante vermelho agora, molhado de suor. — Está me entendendo?

Ruthie segurou a mão de Fawn com força, determinada a não perdê-la mais.

Fawn assentiu depressa.

— Só fui apanhar um cobertor para Mimi — disse ela, mostrando a boneca para Candace, embrulhada em um velho cobertorzinho de bebê. — Ela tá doente, sabe. Tá com febre. Tive que dar remédio pra ela. Eu também tô doente.

Candace deu um sorriso forçado, embora estivesse evidente que sua paciência estava se esgotando.

— Sinto muito, menina, mas, de agora em diante, você fica com a gente, tá legal?

— Prometo — disse Fawn, dando um enorme sorriso. O sorriso de Fawn seria capaz de derreter um iceberg. Era impossível não sorrir de volta, não importa o quão raivoso estivesse.

Candace esfregou o rosto e deixou os ombros caírem.

— Vocês têm café aqui?

— Café? — perguntou Ruthie. Aquela mulher estava mantendo as duas de reféns e agora queria refresco? — Hã, claro. Vou fazer um pouco. — Aquela poderia ser sua chance: se ela conseguisse entrar sozinha na cozinha por um minuto, poderia ligar pedindo ajuda, pegar uma faca... fazer alguma coisa.

— Nós vamos com você — falou Candace, seguindo-a bem de perto. — Não quero perder mais ninguém esta noite.

Candace sentou-se à mesa e observou Ruthie medir e moer os grãos de café e ligar a máquina. Fawn se sentou em seu lugar de sempre, na cadeira em frente à janela, com Mimi em seu colo.

Ruthie se juntou a elas na mesa, sentando-se ao lado de Fawn. Fawn segurou a mão de Ruthie e a apertou. Sua mão estava quente. Provavelmente ela precisava tomar Tylenol de novo.

Candace olhou para Ruthie.

— Quando é o seu aniversário? — indagou.

— Treze de outubro.

Fawn puxou a mão de Ruthie e guiou-a na direção da boneca, que estava apoiada em suas pernas, ainda enrolada no cobertor grosso. Fawn empurrou a mão de Ruthie contra a boneca. Havia algo duro ali, embaixo do cobertor.

— E quantos anos você tem? — perguntou Candace.

— Dezenove. — Ruthie afastou o cobertor de leve, sentindo, animada, o contorno do objeto. Esforçou-se ao máximo para manter a expressão em seu rosto neutra.

O revólver.

Fawn havia apanhado o revólver do esconderijo no quarto da mãe e o enrolado no cobertor. Ruthie cuidadosamente voltou a cobri-lo com o pano.

— Você é a imagem cuspida e escarrada da sua mãe, sabia disso? — disse Candace para Ruthie.

Fawn riu e balançou a cabeça, incrédula.

— Ruthie não se parece *em nada* com a Mamãe.

— Isso é porque Alice Washburne não é a mãe dela. — Candace deixou as palavras caírem como bombas, observando o rosto das duas garotas enquanto a poeira se assentava.

— Os O'Rourkes são meus verdadeiros pais — afirmou Ruthie em voz baixa. Não era uma pergunta. Sua mão estava apoiada no revólver encoberto.

Ela soubera da verdade desde que viu a foto na casa de Candace, não é mesmo? Sentiu bem lá no fundo.

Era engraçado, porém: quando ela era pequena, costumava ter fantasias de que seus pais não eram seus verdadeiros pais; imaginava ser filha de um casal rico, um rei e uma rainha de algum país distante, do qual ela nunca tinha ouvido falar, que chegavam para reclamá-la como sua filha legítima e a levavam embora para a vida que ela deveria estar levando, vida essa que não envolvia limpar o galinheiro nem usar roupas de segunda mão. Mas agora que finalmente seu desejo se tornava realidade, a sensação não era de nenhum recomeço mágico. Era como um soco no estômago, forte e pesado.

— Como eu disse, você é uma garota inteligente.

Fawn apertou a mão de Ruthie com mais força.

— Isso faz de você a minha... tia? — Ruthie não sabia mais o que dizer. *Prazer, parente de sangue verdadeira* não parecia apropriado.

— Não entendi — sussurrou Fawn, olhando de Ruthie para Candace.

— É confuso, não é mesmo? — falou Candace, com um olhar compreensivo para Fawn. — Para explicar, teríamos que voltar no tempo, para a época em que Tommy e eu éramos crianças. A gente morava aqui, nesta casa. Depois da morte de Sara Harrison Shea, a casa foi entregue à sua sobrinha, Amelia Larkin, e ficou na família. Tommy e eu somos os tataranetos de Amelia.

Ruthie absorveu aquela informação. Ela era parente de sangue de Sara Harrison Shea. Não importava se Sara tinha sido uma maluca ou uma mística: havia uma parte dela dentro de Ruthie.

— Quando nós éramos pequenos, encontramos esconderijos por toda a casa: este do armário no hall, um no chão do quarto de nossos pais, vários aqui e ali atrás das paredes, e um nos fundos de um dos armários da cozinha, bem ali — disse ela, apontando para o armário no qual ficavam os copos e as canecas. — Foi onde encontramos as páginas perdidas do diário de Sara Harrison Shea, incluindo as instruções de como fazer um dormente voltar a caminhar. Ela as copiou da carta que Titia havia lhe deixado.

— O que é um dormente? — perguntou Fawn.

Os olhos de Candace se arregalaram, ferozes.

— Um morto trazido de volta à vida.

Fawn mordeu o lábio.

— Mas isso não é de verdade, né? — Ela olhou para Ruthie.

— Claro que não — retrucou Ruthie, mas Fawn parecia assustada, nada convencida.

— Tipo extraterrestres? — insistiu.

— É, tipo extraterrestres — disse Ruthie, sorrindo o que esperava ser um sorriso confortador para Fawn. Virou-se para Candace. — Então essas páginas estiveram com vocês o tempo todo?

Candace levantou uma das mãos.

— Calma. Deixe eu terminar. Tínhamos as instruções, mas ainda faltava uma parte — explicou ela. — Havia um mapa mostrando aonde ir para fazer o feitiço, só que não conseguimos encontrá-lo em parte alguma da casa. Nossos pais haviam retirado muita coisa daqui, levado caixas e mais caixas para brechós e antiquários, desejando se livrar de tudo que estivesse relacionado à maluca da Sara. Portanto, Tommy e eu sabíamos *como* fazer o feitiço, mas não *onde*. Os papéis de Sara diziam que existia um portal em algum lugar próximo à casa, talvez até mesmo na própria casa, e que, para o feitiço funcionar, era preciso ir àquele portal. Mas, sem o mapa ou uma descrição do lugar, estávamos em maus lençóis.

— E o que vocês fizeram com as páginas que tinham encontrado? — perguntou Ruthie.

— Nós as escondemos. E quando nos tornamos adultos, Tommy se encarregou delas. Jurou que elas valiam um bom dinheiro, mesmo sem o mapa, e que, quando encontrássemos um comprador, dividiríamos os lucros. Ele tinha um amigo da faculdade que trabalhava com livros e documentos antigos...

— Nosso pai! — exclamou Ruthie.

— Sim. James Washburne. Tom e Bridget combinaram um encontro aqui nessa casa num fim de semana, há 16 anos, com James e sua esposa, Alice. Eles iriam mostrar a eles as páginas do diário e tentar encontrar novamente o portal. Depois, as páginas iriam a leilão e todos nós ficaríamos ricos, segundo Tommy.

— E o que aconteceu? — indagou Ruthie.

Candace balançou a cabeça, apertou os lábios com força.

— Tommy e Bridget foram mortos.

— Mortos? — Ruthie sufocou um grito de espanto. Em questão de minutos, tinha ganhado e perdido seus novos pais. — Como?

— Alice e James afirmaram que existia *alguma coisa* na floresta, e que essa coisa os pegou, uma espécie de monstro, que arrastou os corpos consigo.

Todo o corpo de Fawn ficou rígido.

— Não existem monstros — afirmou Ruthie, segurando com firmeza a mão da irmãzinha e dando-lhe um aperto.

— Concordo completamente — atalhou Candace. — No começo, fiquei em tal estado de choque que aceitei aquela história. Não estava exatamente convencida de que existia um *monstro*, mas pensei que talvez tivesse ocorrido um acidente terrível. Contudo, ao longo dos anos, enxerguei a verdade. Não consigo acreditar em como fui idiota, como fui ingênua.

— A verdade? — indagou Ruthie.

Candace assentiu.

— Não é óbvio? James e Alice assassinaram meu irmão e sua esposa para obter as páginas. Eles sabiam o quanto elas valiam e as queriam para si.

Ruthie balançou a cabeça vigorosamente.

— Meus pais não são assassinos! — Aquela ideia, para ela, era mais absurda do que a de haver um monstro na floresta.

— Pense nisso, Ruthie. Qualquer pessoa pode se transformar em um assassino se o preço valer a pena. — Candace ficou em silêncio por alguns segundos. — Se quer uma prova, não precisa ir longe. Cá estou eu, ameaçando duas garotas, uma delas, minha *sobrinha* há tempos desaparecida, com uma *arma*, apenas para encontrar as malditas páginas perdidas.

— Por que as quer tanto? — perguntou Ruthie. — Você não acredita realmente que o feitiço funcione, acredita?

Candace riu.

— Não. Mas tem muita gente por aí que acredita, *sim*. Gente disposta a pagar um bom dinheiro. Dinheiro que eu, em troca, usarei para pagar o melhor advogado que eu puder encontrar para ter meu filho de volta.

Ruthie assentiu. Agora a coisa fazia sentido, e ela ficou preocupada: Candace era obviamente uma mulher desequilibrada sem nada a perder e com tudo a ganhar.

— Quer dizer então que você realmente acredita que minha mãe possui essas páginas desaparecidas?

— Sim, acredito, embora seus pais sempre tenham insistido que as páginas se perderam naquele fim de semana em que Tommy e Bridget morreram. Mas venho esperando pacientemente ao longo de todos esses anos, certa de que essas páginas apareceriam um dia... de que seus pais tentariam vendê-las. O que eu acho que pode estar acontecendo agora. Acho que talvez, por algum motivo, sua mãe tenha finalmente resolvido que chegou a hora. Talvez até já as tenha vendido. É possível que ela tenha apanhado a grana e fugido.

Fawn balançou a cabeça.

— Ela não iria abandonar a gente.

— Fawn tem razão — afirmou Ruthie. — Não iria mesmo. Eu até acredito que, se ela tivesse mesmo essas páginas, pudesse tentar vendê-las, mas acho que, se ela fizesse isso, seria por nós. — Ruthie pensou na promessa da mãe de que a ajudaria a cursar a universidade no ano seguinte; seria esse seu grande plano, vender a única coisa de grande valor que ela tinha para que Ruthie pudesse escolher a universidade que bem entendesse?

— Talvez você esteja certa — respondeu Candace e encolheu os ombros. — Ou talvez sua mãe tenha tentado vender as páginas e alguma coisa deu errado. Devo admitir que, quando você apareceu na minha casa e me disse que ela havia sumido, fiquei... surpresa — continuou Candace, puxando uma mecha do cabelo. — Alice sempre foi muito comprometida em permanecer aqui, em criar você como sua própria filha. Seu pai idem. Prometi a eles que eu me afastaria, que deixaria os dois criarem você e que nunca lhe diria nada sobre seus verdadeiros pais. Nós concordamos que era o melhor a fazer. Não havia mais nenhum outro lugar aonde você pudesse ir. Meu marido... meu ex-marido... não queria uma boca a mais para alimentar, só queria se livrar daquela história toda. Ele nunca... nunca gostou de como eu e Tommy éramos próximos, hoje eu percebo. E James e Alice queriam ficar aqui, observando o morro para ter certeza de que a criatura que acreditavam morar ali não ferisse mais ninguém. Eles tinham sido... envolvidos pela mitologia toda, de Sara, dos dormentes. Tinham a sensação de que haviam sido conduzidos para cá, como se fizessem parte de algo maior do que eles mesmos.

Ruthie pensou em todas as advertências que os pais haviam lhe dado ao longo dos anos: *Fique longe da floresta. Lá é perigoso.*

Haveria algo naquela floresta?

Ela se recordou da sensação incômoda de estar sendo observada que com frequência sentia ali; de encontrar seu pai morto segurando o machado com força; de ser trazida morro abaixo nos braços dele quando era pequenina, de terem lhe dito que fora só um sonho ruim.

Seus pensamentos foram interrompidos por um som de algo se quebrando em algum lugar nos fundos da casa. Candace sacou a arma e saltou tão depressa que quase derrubou a mesa.

— De onde veio esse barulho? — perguntou Candace, com olhos arregalados e assustados. Ela segurou a arma com as duas mãos, apontando-a para o teto.

— Do banheiro, eu acho — respondeu Ruthie.

Candace começou a sair da cozinha, mas então virou-se e olhou para as meninas, que ainda estavam sentadas.

— Vamos — ordenou. — A gente fica junto.

Elas correram para o banheiro e encontraram a janela quebrada, o chão de azulejos coberto de neve derretida e vidro. Havia gotas de sangue espalhadas aqui e ali. Fawn segurou a mão de Ruthie, num aperto de quebrar os ossos, com uma mãozinha quente e surpreendentemente forte. Seu outro braço segurava Mimi com força (que continuava enrolada no cobertor com a arma enfiada no meio).

— Fiquem atrás de mim — sussurrou Candace. Devagar, ela seguiu as poças e pingos de sangue pelo corredor até a sala de estar. Ruthie manteve Fawn atrás de si, atenta para qualquer possível ruído, mas só escutava o próprio coração aos pulos. Por mais irracional que fosse, um pensamento não parava de borbulhar até a superfície de seu cérebro em frangalhos: *É o monstro. O monstro é real, ele está aqui, na nossa casa.*

— Esperem aí — disse Candace, levantando a arma.

Uma mulher estava parada encurvada sobre a mesinha de centro, segurando a Nikon que as meninas haviam encontrado há pouco na mochila. Era alta, magra e muito branca, e trajava um jeans salpicado de tinta e um casaco com aparência de caro. O sangue pingava da fina luva preta em sua mão direita.

— Onde vocês encontraram isso? — perguntou, estendendo a câmera. Sua voz era entrecortada e falha, e seus olhos estavam cheios de lágrimas.

— *Onde vocês encontraram isso?*

Katherine

— Abaixe essa câmera — ordenou a mulher loira, apontando a arma diretamente para Katherine. As duas meninas estavam atrás dela, parecendo tão assustadas quanto no momento em que ela as vira pela janela com aquela mulher armada.

Assim que ela vira a mochila familiar e seu conteúdo sobre a mesinha de centro da sala, se esquecera de todo o resto: da arma, das meninas em perigo que supostamente deveria salvar.

— Ela é alguém que vocês conhecem? — perguntou a loira para as meninas.

— Não! — respondeu a garota mais velha. — Nunca vi essa mulher antes.

— Talvez ela seja uma dormente — sugeriu a menininha, segurando com força uma boneca de pano aos trapos.

O que Katherine deveria dizer? Como poderia explicar sua presença ali?

Mas não. Eram elas que lhe deviam uma explicação. Elas estavam com a mochila de Gary.

Pergunte a elas, sussurrou Gary em seu ouvido. *Pergunte como conseguiram a mochila.*

Katherine segurou a Nikon com mais força e agitou-a na frente delas.

— Isso era do meu marido. Tudo isso aqui.

— Abaixe a câmera e se afaste da mochila — ordenou a loira novamente, gesticulando com a arma. — Eu não vou falar de novo.

— Meu marido se chamava Gary — disse Katherine para as garotas enquanto pousava a câmera novamente na mesinha de centro, com a voz trêmula e desesperada. — Vocês o conheciam? Ele pode ter vindo até a casa de vocês? — As duas meninas balançaram a cabeça em negativa.

"Ele morreu — continuou Katherine, com voz trêmula. — Veio para cá, para West Hall. Então, na volta para casa, sofreu um acidente, as estradas estavam cobertas de gelo e... — Ela não conseguiu continuar, seus pensamentos se misturaram, a dor e a perda tornavam-se recentes e dolorosas mais uma vez ao olhar para os pertences de Gary."

— Sinto muito — disse a garota mais velha.

A mulher com a arma olhou para ela.

— E esse material de fotografia, Ruthie?

— É sério, eu não sei — respondeu ela. — A gente simplesmente o encontrou.

— Encontrou? — indagou Katherine.

A mulher com a arma fez um som de *tsc-tsc*, com a língua estalando nos dentes, e balançou a cabeça.

— Essas garotas parecem ter um talento e tanto para encontrar coisas que pertencem aos mortos e desaparecidos — disse ela. — E então, onde encontraram essa mochila, garotas... no armário do hall de entrada? Onde acabaram de me dizer que não havia nada além das carteiras?

Ruthie balançou a cabeça.

— Estava no armário da minha mãe. Lá em cima. A gente encontrou ainda agora, esta noite. Não sei por que minha mãe estava com essa mochila. Tentei ligar a câmera, mas não consegui fazê-la funcionar.

Katherine assentiu.

— Provavelmente a bateria está descarregada.

— Será que a câmera ainda tem fotos armazenadas? — indagou a loira. — Podemos colocar uma bateria nova para checar?

— Podemos ligá-la no carregador, deixar um tempo e depois dar uma olhada — falou Katherine. — Se ninguém apagou as últimas fotos que Gary tirou, elas ainda devem estar aí.

As últimas fotos que Gary tirou. As mãos de Katherine estavam tremendo.

A mulher concordou.

— Vamos fazer isso. Acho que todas estamos meio curiosas. — Manteve a arma apontada para Katherine. — Eu levo a mochila e a câmera para a cozinha, e colocamos a bateria para carregar. Enquanto esperamos, você pode nos contar exatamente quem é e como diabos descobriu que o material de fotografia do seu marido morto estaria nesta casa.

— Não sei bem por onde começar — confessou Katherine depois que estavam todas sentadas à mesa. A loira tinha mandado a garota mais velha trazer café e agora estava sentada com a arma apontada para Katherine. Era tudo muito bizarro, que lhe apontassem uma arma enquanto lhe serviam café. "Creme ou açúcar?", perguntou a garota adolescente com educação. Ela sentia como se tivesse entrado em uma cena de um filme cult, do tipo que ela e Gary teriam ido ver na época da faculdade.

— Pelo começo — ordenou a mulher.

— Certo — disse Katherine, respirando fundo e tentando não pensar na arma apontada para seu peito. Começou contando como Gary morreu em uma acidente de automóvel, como ela recebeu a última fatura de seu cartão de crédito, como aquilo a levou até West Hall.

— Você realmente se mudou para West Hall só porque foi o último lugar que Gary visitou? — A garota mais velha, Ruthie, perguntou, incrédula. — Quero dizer, ninguém se muda para West Hall. Não de livre e espontânea vontade.

— Não interrompa — retrucou a mulher loira, depois gesticulou com a arma para Katherine. — Continue — ordenou. — E não deixe nada de fora. Nunca se sabe o que pode ser importante.

Katherine contou que encontrou um exemplar de *Visitantes do Outro Lado* na caixa de ferramentas de Gary, e que Lou Lou lhe disse que ele havia almoçado com a mulher dos ovos.

— Mulher dos ovos? — Agora era a menininha que falava, os olhos como dois imensos discos castanhos. — Você tá falando da Mamãe?

Então ela tinha razão! Essas eram mesmo as filhas da mulher dos ovos. Mas onde estaria ela? E qual seria sua relação com Gary?

— Acho que sim. Lou Lou não sabia nada sobre ela, apenas que vendia ovos todos os sábados na feirinha de fazendeiros. Fui hoje até lá para procurá-la, mas ela não estava. Então encontrei fotos da sua casa num livro que comprei na livraria.

— Aquele livro da Sociedade Histórica? Ah, meu Deus, Mamãe ficou tão fula da vida quando viu que nossa foto estava nele! — explicou

Ruthie. — Tentou fazer com que a tirassem, mas eles já haviam imprimido centenas de cópias.

Katherine prosseguiu.

— Quando vi aquela foto de vocês três no jardim desta casa, imaginei se a mulher de cabelos grisalhos não poderia ser a mulher dos ovos que eu estava procurando, e portanto decidi vir até aqui. Estacionei perto da estrada e vim a pé para olhar melhor. Vi você apontando a arma para as meninas — disse ela, encarando a mulher com a arma — e soube que eu precisava fazer alguma coisa.

A outra riu.

— Que belo trabalho você fez, minha cara! — exclamou ela.

As garotas olharam para ela, com olhos arregalados. Katherine tinha certeza de ter visto um traço de desapontamento naquele olhar. *Você? Você era nossa última esperança! E olhe só o que aconteceu.*

— Mas por que o marido fotógrafo desta mulher iria se encontrar com Mamãe no Lou Lou's? — perguntou Ruthie. Esfregou os olhos, que tinham olheiras ao redor. — E por que Mamãe estava com a sua mochila? Não faz o menor sentido.

— Ele estava com essa mochila quando saiu de casa no dia em que morreu — contou Katherine. — A mochila não foi encontrada no carro depois do acidente. Perguntei à polícia e aos paramédicos, mas ninguém se lembrava de tê-la visto.

Houve silêncio. Todas baixaram os olhos para suas xícaras de café intocado. A menininha segurava sua bonequinha embrulhada com força contra o peito.

— Então na câmera vai haver um registro das últimas fotos que ele tirou? — perguntou a mulher com a arma.

— Sim — afirmou Katherine. — Elas devem estar armazenadas aí. A menos que alguém as tenha apagado.

— Bom, vamos ligar a câmera e descobrir — declarou a mulher.

— O que você acha que pode haver na câmera? — indagou Katherine.

— Não sei. Talvez alguma pista sobre o paradeiro de Alice Washburne e o que ela fez com as páginas do diário.

— Páginas?

— Candace aqui acredita que minha mãe está com algumas das páginas desaparecidas do diário de Sara Harrison Shea — explicou Ruthie. — As instruções por escrito de como trazer os mortos de volta à vida.

Katherine colocou a bateria carregada e ligou a câmera. As outras se reuniram ao seu redor enquanto ela navegava pelo menu e mostrava fotos na tela da câmera.

— Estamos com sorte — disse ela. — Ninguém deletou as fotos.

Ela clicou depressa, passando pelas fotos armazenadas. Havia uma série dela sentada na moto de Gary, que foram tiradas na viagem de fim de semana que eles fizeram para os Adirondacks duas semanas antes de ele morrer. De jeans e jaqueta de couro, com o cabelo preso para trás em um rabo-de-cavalo folgado, ela parecia muito feliz, sorrindo para Gary e sua câmera. Segurara no guidão da moto e fingia estar dirigindo com o vento no rosto, cantando "Born to Be Wild". Gary havia rido e dissera: "Cuidado. Você sabe que tenho uma queda por motoqueiras."

Havia uma foto dela na frente do chalé onde eles haviam ficado, e outra ao lado de uma lojinha de beira de estrada onde eles haviam parado, na qual Gary tinha comprado a caixa cheia de fotos e documentos — e o anel que ele havia lhe dado — por 7 dólares. ANTIGUIDADES E CURIO-SIDADES, dizia a placa.

Aos novos começos.

Katherine passou para as fotos seguintes: imagens sombreadas de páginas cobertas por uma caligrafia minúscula em letra cursiva.

— O que é isso? — perguntou, em voz alta.

Ruthie esforçou-se para olhar melhor a imagem da câmera.

— É uma passagem de diário, eu acho. Espere, dá pra dar um zoom. Olha, a data está aqui: 31 de janeiro de 1908.

Katherine correu os olhos pela primeira página:

Existem portais, passagens, entre este mundo e o mundo dos espíritos. Um desses portais fica exatamente aqui, em West Hall.

— Oh, meu Deus — disse Ruthie, inclinando-se para olhar melhor. — Acho que é uma das páginas desaparecidas do diário!

Katherine passou para a foto seguinte.

— É uma espécie de mapa — afirmou. Maldesenhado, mostrava uma casa, campos e uma trilha pela floresta que subia por um morro e ia até a Mão do Diabo. Ao redor da Mão do Diabo havia letrinhas minúsculas e ilegíveis. Embaixo, tomando quase toda a metade inferior da página, havia outro desenho: uma trama de linhas e círculos que poderia representar qualquer coisa — um corpo d'água ou trilhas, quem sabe? Aquilo também estava marcado por anotações minúsculas e impossíveis de ler.

— Deixe eu ver — exigiu Candace, arrancando a câmera das mãos de Katherine. — É o mapa mostrando o caminho até o portal! Tem que ser. Dá para aumentar a imagem?

Katherine balançou a cabeça.

— É o máximo que dá para aumentar na câmera. Se vocês tiverem um computador, podemos aumentar a imagem, até mesmo imprimi-la.

— Não temos computador — declarou Fawn. — Mamãe não acredita em computadores.

— *Jesus Cristo*! Claro que não acredita — murmurou Candace. Esforçou-se para enxergar melhor a imagem na tela. — Não consigo ler o que está escrito — continuou —, mas parece que o portal fica na Mão do Diabo. E o que é isso aí na parte de baixo?

— Alguma espécie de detalhe ampliado de onde fica o portal, talvez? — sugeriu Ruthie.

— Que outras fotos tem aí?

Katherine mostrou para Candace onde ficava o botão que avançava as fotos.

— Parecem mais páginas do diário — disse Candace, esforçando-se para enxergar melhor. — Olhem! Tem até uma foto da carta original que Titia escreveu para Sara sobre os dormentes. Mas onde Gary as encontrou?

— Posso? — pediu Katherine, apanhando a câmera de volta. Olhou as fotos rapidamente. A pequenina caixa de metal preto e os ferrótipos estavam no fundo de algumas fotos que Gary havia tirado das passagens do diário.

— Duas semanas antes de morrer, Gary comprou uma caixa com documentos e fotos antigas num antiquário nos Adirondacks. Ele colecionava fotos antigas... era meio que obcecado por elas. Acho que por acaso as páginas do diário estavam misturadas com as fotos que ele comprou naquele fim de semana.

— E você não as viu? Ele não falou sobre elas? — perguntou Ruthie.

— Não — disse Katherine, com a cabeça girando. — Mas ele começou a agir de um jeito estranho, como se estivesse guardando algum segredo. Ficava muito tempo fora de casa e arrumava desculpas esfarrapadas para dizer aonde fora. Acho que... — A voz dela falhou. — Tínhamos um filho. Austin. Ele morreu dois anos atrás. Tinha 6 anos de idade.

As mãos dela tremiam. Ela segurou a câmera, a câmera de Gary, com mais força.

Lembrou-se de Gary abraçando-a enquanto ela chorava certa noite, dizendo: "Eu faria qualquer coisa para ter ele de volta. Venderia minha alma, faria um pacto com o Diabo, mas a gente não recebe esse tipo de chance, Katherine. Não é assim que o mundo funciona."

E se ele estivesse errado?

Katherine imaginou Gary descobrindo aquelas páginas, provavelmente achando que eram pura besteira no início. Mas então, à medida que se aprofundava no assunto e fazia pesquisas sobre Sara Harrison Shea, talvez tenha começado a se perguntar: *E se...?*

Foi isso que o fez vir até Vermont. A ideia, a esperança, de que talvez, apenas talvez, houvesse um modo de trazer Austin de volta.

Dito e feito: as fotos seguintes mostravam a casa de fazenda, o celeiro e os campos. Depois a floresta. Close-ups da trilha, de macieiras retorcidas, das rochas emergindo do chão em direção ao céu.

— Ele esteve aqui — afirmou Ruthie. — Isso é a Mão do Diabo. Fica no morro atrás da nossa casa.

Gary tinha estado ali. Tinha visitado aquele lugar no último dia de sua vida. Ela passou rapidamente pelas fotos das rochas.

— Espere! — exclamou Candace. — Volte um pouco.

Ela voltou para as fotos anteriores.

— Ali — apontou Candace, enfiando o dedo na tela da parte de trás da câmera. — O que isso parece para você?

Katherine olhou a imagem. Era um close de uma das rochas enormes em formato de dedo que integravam a formação da mão. Gary tinha tirado a foto com baixa luz e era difícil identificar o que estava ali.

— Tem alguma coisa aí — falou Ruthie, apontando para o que parecia ser um buraco quadrado no lado esquerdo do dedo.

— É uma espécie de abertura — concordou Candace. — Uma caverna, talvez? O mapa da parte inferior da página... podem ser túneis, certo?

— Não tem nenhuma caverna lá em cima — disse Ruthie, aproximando-se para olhar melhor. — Pelo menos não que eu tenha ouvido falar.

O conjunto seguinte eram quatro fotos escuras e borradas.

— Meu Deus, ele desceu aí? — perguntou Candace. — É por isso que as fotos estão tão escuras?

— Não dá para saber — falou Katherine. — Como eu disse, com um computador eu poderia aproximar, afastar e aumentar os detalhes para a gente enxergar melhor.

— Não precisamos de computador — declarou Candace. — Nosso próximo passo é meio óbvio, não é?

Todos olharam para ela, esperando. Ela ainda estava com a arma em punho, mas agora abaixada.

— Vamos para a floresta. Se houver alguma espécie de porta secreta ou caverna ou sei lá o que por lá, vamos encontrar. Quem sabe? Talvez sua mãe esteja lá; se não, talvez a gente descubra alguma pista de onde encontrá-la. E, se a encontrarmos, existe a possibilidade de que ela ainda esteja com as páginas desaparecidas, não apenas as que eu e Tom encontramos, mas talvez também as de Gary. Então todo mundo vai conseguir o que deseja, certo? Eu vou ter as páginas, vocês, meninas, podem encontrar a sua mãe e Katherine vai descobrir o que Gary veio fazer aqui em West Hall.

— Acho que não é... — começou dizendo Ruthie.

Candace interrompeu.

— Você não tem escolha. Nós todas vamos.

— Mas minha irmã está doente — protestou Ruthie. — Ela tá com febre.

Candace olhou com cara feia para Fawn.

— Ela parece ótima agora. Você está bem para ir até lá, não é, Fawn? Não quer ir para a floresta ver se encontramos sua mamãe?

A menininha assentiu, entusiasticamente.

— Ninguém vai ficar para trás — declarou Candace, encarando Ruthie.

Katherine sabia que Candace tinha razão: as respostas que todas elas estavam buscando poderiam estar lá, embaixo daquelas pedras. Ela passou pelas últimas fotos borradas armazenadas na câmera de Gary.

— Então o que estamos esperando? — vociferou Candace, levantando a arma para lembrá-las de quem estava no comando. — Vocês todas: vão apanhar seus casacos, botas e sei lá o quê. Precisaremos de lanternas, lampiões, o que vocês tiverem. Talvez uma corda também. E eu vi umas raquetes de neve e esquis no celeiro: a neve está bem alta lá fora. Vamos nessa. E lembrem-se: vocês precisam ficar sob a minha vista. Nada de surpresinhas, senão eu começo a atirar.

Katherine chegou na última foto. Ruthie se inclinou para a frente, apontou algo.

— Tem alguma coisa aqui.

A foto estava escura e borrada, mas tinha definitivamente sido tirada do lado de fora. Estava focada no pequeno buraco nas sombras embaixo de uma das rochas em formato de dedo.

Porém, dessa vez, havia outro alguém na foto. Alguém agachado na abertura na terra embaixo da rocha.

— Que diabos é isso? — perguntou Candace, esforçando-se para enxergar direito.

O vulto era pequeno e borrado nas margens.

— Céus, parece ser uma garotinha — disse Katherine.

1908

Visitantes do Outro Lado

O Diário Secreto de Sara Harrison Shea

27 de janeiro de 1908

— Aonde você vai? — perguntou Martin, quando me viu vestindo o casaco e as botas hoje de manhã.

— Passear. Acho que um pouco de ar fresco pode me fazer bem.

Ele assentiu de leve, de um jeito estranho. Parecia estar quase com medo de mim.

Talvez seja eu quem tenha de ter medo dele.

Penso sem parar no bilhete que encontramos embaixo da cama:

Pergunte a Ele o Que Ele interrou no campo.

Martin vem agindo de forma muito estranha desde então: não me olha mais no olho e parece se assustar ao menor ruído. Na noite passada, ficou se revirando na cama e finalmente desistiu de dormir; desceu para se sentar na frente do fogo horas antes de amanhecer. Eu consegui escutá-lo lá embaixo, se levantando de hora em hora para jogar mais lenha no fogo ou apenas para andar de um lado para o outro. Por fim, quando o sol nasceu, ouvi Martin alimentar Shep e chamar o velho cachorro para ir ao celeiro com ele realizar as tarefas do dia.

Procurei na casa inteira mil vezes, mas não vi sinal de Gertie, portanto achei melhor continuar minha busca lá fora. Eu já sabia para onde ir:

para um lugar que não visitava desde que era pequena. Mesmo assim, conhecia o caminho de cor.

A manhã estava clara e fria. O sol iluminava os campos e a floresta, fazendo a neve ligeira cintilar como se o mundo estivesse envolvido em diamantes. Imaginei Gertie lá fora em algum lugar — uma joia brilhante ela mesma, apenas esperando ser encontrada.

Apertei meu velho casaco de lã em volta do corpo e abri caminho pelo campo até a floresta, usando raquetes de neve. Subi sem parar, passei pelo pomar e suas árvores tortas e quebradas, por rochas e árvores caídas, pela Mão do Diabo, e atravessei a floresta rumo ao norte numa pequena trilha cuja vegetação estava crescida, com árvores novas e arbustos aparecendo por baixo da camada pesada de neve. Era o tipo de trilha que ninguém que não tivesse caminhado antes por ela (como eu fizera muitas vezes por semana) notaria. A trilha serpenteava pela floresta densa como uma cobra. O dia foi se aquecendo. Desabotoei o botão de cima do casaco e parei para descansar, observando um bando de cruza-bicos acomodados numa cicuta próxima, tagarelando enquanto retiravam sementes de pinho com seus biquinhos engraçados.

Segui em frente e por fim cheguei na pequena clareira, que parecia menor do que eu conseguia me lembrar. E ali, apesar da neve pesada e de árvores, arbustos e ervas daninhas que há anos tomavam conta do lugar, eu ainda conseguia visualizar no chão a silhueta dos vestígios queimados de uma pequena construção.

O chalé de Titia.

Martin já havia me perguntado sobre Titia certa vez, logo depois que nos casamos:

— Não havia uma mulher que morava com vocês quando você era pequena? E não aconteceu alguma coisa com ela...? Ela não morreu afogada?

— Onde você ouviu isso?

— Aqui e ali, das pessoas da cidade. Meu pai até chegou a mencionar essa mulher uma vez, disse que morava na floresta atrás da sua casa. Falou que as mulheres costumavam subir o morro para comprar remédios dela.

— Você já esteve naquela floresta, Martin. Não tem chalé nenhum — retruquei, sorrindo gentilmente, como se ele estivesse sendo simplório. — As histórias que você ouviu não passam de boatos. As pessoas da vila adoram esse tipo de história, você sabe disso tão bem quanto eu. Éramos apenas Papai, Constance, Jacob e eu. Não havia nenhuma mulher na floresta.

A mentira ficou presa em minha garganta e debateu-se ali por algum tempo antes que eu conseguisse engoli-la.

Não havia nenhuma mulher na floresta.

Como se negar a existência de Titia pudesse ser assim tão simples.

Martin havia aceitado aquilo com tanta facilidade. Jamais voltou a me perguntar sobre ela.

Chutei a neve que eu sabia estar cobrindo o carvão de sua antiga casa e me lembrei de como ela sempre mantinha a porta de entrada pintada de verde, dizendo que apenas bons espíritos poderiam entrar por uma porta verde. Como se fosse possível manter o mal à distância assim tão fácil.

Eu não estava de pé agora apenas sobre os restos queimados de madeira, pregos, roupas, panelas e cama. Em algum lugar no meio daquilo tudo estavam os restos mortais de Titia. Quero dizer, se é que alguma coisa restara dela depois de todos esses anos — depois de todos os animais, os corvos, os invernos intermináveis seguidos pelos verões. Haveria um crânio, alguns dentes? E o que eu estava esperando encontrar, afinal?

A verdade é que eu tinha subido o morro sem esperanças de encontrar nada. Porque parte de mim temia que, quando Martin desenterrou seu velho anel, talvez tivesse convocado o espírito dela de volta. E eu podia apenas imaginar quanta ira, quanta sede de vingança, aquele espírito devia sentir.

Com sede de vingança suficiente, talvez, para seduzir uma garotinha para a floresta e empurrá-la para dentro de um poço.

Minha mãe morreu poucas horas depois de me dar à luz. Titia foi a parteira que ajudou a me trazer para este mundo. Também estava lá para guiar a minha mãe para fora dele.

Minha irmã, Constance, tinha 12 anos na época. Meu irmão, Jacob, 8. Eles me contaram depois que nossa mãe não gostava muito de Titia, mas que Papai havia insistido para que ela aceitasse a ajuda dela.

— Não confio nessa mulher — confessara minha mãe a Constance e Jacob.

Papai disse a meus irmãos mais velhos que as suspeitas de Mamãe eram infundadas.

— Sua mãe tem uma constituição fraca — explicara o pai aos filhos. — Titia já ajudou diversas mulheres a trazer bebês saudáveis para este mundo e ajudará sua mãe também. — Papai achava que ela precisaria de toda a ajuda possível, principalmente porque aquela gravidez viera bem tarde — minha mãe tinha quase 40 anos. Titia preparou tônicos e chás para ajudá-la na gravidez e no parto. Minha mãe, Jacob certa vez me confessou, acreditava que Titia estava tentando envenená-la.

— Por favor — implorou ela aos seus filhos. — Vocês precisam me ajudar. Essa mulher quer me ver morta.

— Mas por que ela quereria uma coisa dessas, Mamãe? — perguntara Constance. Constance compartilhava da crença de meu pai de que a gravidez havia afetado minha mãe de uma maneira profunda, tornando-a desconfiada, inclusive ligeiramente louca.

— Ela tem seus motivos — respondera Mamãe.

Minha mãe, que falava francês fluentemente, tinha seu próprio nome para Titia: *La Sorcière* — a Feiticeira. Titia também falava francês, e Papai achou que seria um conforto para minha mãe ter com quem conversar em sua língua nativa. Mas Constance e Jacob tinham contado que não houvera muita conversa entre as duas, e nem eles nem meu pai entendiam as palavras que elas trocavam entre si, às vezes em um tom de voz hostil.

Eu costumava fazer perguntas sobre minha mãe a Titia — perguntas que eu nunca tive coragem de fazer a Papai. De que cor eram os olhos dela? Como era sua voz? (Castanhos com bordas douradas, dizia Titia. E ela cantava como uma cotovia.) Com Titia era assim: ela lhe contava qualquer coisa que você quisesse saber. Não achava que era necessário esconder nada das crianças. Ela me via como sua pupila, como sua protegida, até, e fazia todo o possível para me educar, para me ensinar a caçar cogumelos, a plantar de acordo com as fases da lua, a usar flores para estancar uma febre.

— Como minha mãe morreu? — perguntei a ela certa vez. Eu tinha uns 7 ou 8 anos. Estávamos juntas no chalé dela, e ela estava me ensinando a bordar. Um fogo queimava no fogão de Titia, e uma panela com ensopado de carne de veado borbulhava sobre ele, enchendo o chalé de um cheiro maravilhoso de lar.

— Ela sangrou até a morte — respondeu Titia sem emoção. — Às vezes, depois de um parto difícil, não há como estancar o sangue.

Algumas noites eu sonhava com meu próprio parto: comigo pequenina e aos berros nascendo para este mundo num mar de sangue, com as mãos fortes de Titia me levantando, me tirando dele.

Constance ficou noiva aos 19 anos ao aceitar um pretendente de quem ela nem gostava muito, apenas porque mal podia esperar para sair de casa. Ela nunca ousava dizer em voz alta, mas eu sabia que passara a odiar Titia. Eu via o modo como olhava feio para ela, os sorrisos falsos que ela lhe dava quando Papai estava por perto. Ouvia minha irmã usando de vez em quando o nome que minha mãe usara: *La Sorcière*.

Jacob, entretanto, idolatrava Titia. Fazia de tudo para agradá-la, todo o possível para passar tempo ao seu lado. Titia nos ensinou, a mim e a ele, a caçar e a construir armadilhas, a esfolar qualquer animal e a curtir o couro. Jacob gostava daquilo, fazia as próprias armadilhas de fosso e laço, esculpia arcos e flechas para a caça, sempre ansioso pela aprovação de Titia.

— É assim, Titia? — perguntava ele, colocando uma ponta de flecha de pedra lascada numa vareta reta que havia esculpido com um galho de bétula.

— Perfeito — dizia ela, dando um tapinha em seu ombro. — Essa flecha irá voar direto até o coração de um cervo macho.

Jacob cintilava de alegria.

Ela nos amava do mesmo modo como amaria os próprios filhos.

A irmã de minha mãe, Prudence, ainda estava viva naquela época e vinha nos visitar com frequência, quase sempre trazendo presentes: vestidos novos para Constance e para mim, calças e um belo casaco para Jacob. Foi ela que começou a intriga em relação a Titia. Ela e Papai se sentavam na cozinha para conversar enquanto tomavam café. Eu ficava agachada no corredor, ouvindo de longe, mas só conseguia escutar trechos do que ela dizia ao meu pai: "Não é digno." "Isso não pode continuar." "Bruxa imunda e pagã."

Depois que anos de seus julgamentos rígidos e ameaças pouco fizeram para mudar a cabeça de meu pai, foi Prudence quem mandou o reverendo Ayers e alguns dos homens da vila fazerem uma visita a ele. Não sei o que a levou a finalmente ir atrás daqueles homens, nem como ela os convenceu a vir, mas eu me lembro de sua chegada ameaçadora. Foi em meio ao calor de julho, poucos meses depois de eu avistar Hester Jameson na Mão do Diabo.

— Reverendo — disse Papai ao atender à porta —, o que o traz a essas paragens? — Ele olhou para além do reverendo Ayers e viu os outros homens: Abe Cushing; Carl Gonyea, o dono da estalagem; Ben Dimock, o gerente do moinho; e o velho Thaddeus Bemis, patriarca da imensa família Bemis.

— Viemos conversar com você — respondeu o reverendo Ayers.

Meu pai assentiu e abriu a porta.

— Venham para a sala. Sara? Apanhe o conhaque e alguns copos na cozinha, sim?

Eles se acomodaram na sala de estar em um círculo de cadeiras arrastadas ao redor da lareira. Alguns dos homens sacaram seus cachimbos e os acenderam. Eu lhes servi conhaque. Ninguém se pronunciou.

— Obrigado, Sara — agradeceu meu pai. — Agora saiam, você e Jacob. Vão terminar os afazeres da casa no celeiro. Quando acabarem, tem lenha para empilhar.

— Sim, senhor — falei.

Meu irmão e eu fomos até o celeiro fazer as tarefas. Jacob caminhou de um lado para o outro na frente das cocheiras, retorcendo as mãos.

— Que assunto você acha que eles vieram conversar? — perguntei.

— Titia. Eles vão tentar forçar Papai a expulsar ela — afirmou ele.

— Eles não podem fazer isso! — exclamei. — Que direito eles têm?

— Papai depende das pessoas da vila. Elas compram nossos legumes, nosso leite e nossos ovos. Esses homens são poderosos.

Eu caçoei.

— Titia é mais poderosa ainda.

Quando os homens finalmente saíram da casa, meu pai estava pálido e trêmulo. Falava muito pouco. Serviu-se de mais um copo de conhaque, que tomou em dois grandes goles. Depois, de um terceiro copo.

Quando Titia apareceu mais tarde com coelhos recém-esfolados para fazer um ensopado para o jantar, Papai foi encontrá-la do lado de fora. Eles não entraram em casa e conversaram em voz baixa. Logo, no entanto, o volume aumentou.

— Como você ousa! — berrou Titia.

Uma hora Papai entrou em casa novamente.

— Sinto muito — disse ele para Titia antes de fechar a porta e passar o trinco. Nós três ficamos sentados na sala, ouvindo a voz de Titia.

— Sente? Você *sente*? Abra já essa porta! A conversa ainda não acabou!

Eu me levantei da cadeira para destrancar a porta, mas Papai me empurrou de volta e me segurou onde eu estava, enfiando os dedos em meu braço com força. Jacob mordeu o lábio e olhou para o chão, com lágrimas nos olhos.

— Como você ousa! — gritou Titia em um tom agudo enquanto nos observava pela janela ao lado da porta. Seu rosto tinha a expressão mais séria e raivosa que eu já havia visto. — Como você ousa me expulsar? Você irá pagar por isso, Joseph Harrison — sibilou ela. — Isso eu lhe prometo: você irá pagar.

Mais tarde, naquela noite, depois de Papai cair no sono com a garrafa de conhaque vazia, Jacob entrou escondido em meu quarto.

— Vou conversar com ela — falou ele para mim. — Vou encontrar um jeito de trazê-la de volta. — O desespero feroz em seus olhos subitamente me fez entender o quanto era profundo seu amor por ela, o quanto ele precisava dela. Todos nós precisávamos de Titia. Eu não acreditava que nossa família pudesse continuar sem ela.

Fiquei acordada até tarde, sentada na cama, esperando Jacob voltar, até que por fim meus olhos ficaram cansados demais.

Acordei com Papai me chacoalhando. A luz da aurora entrava pela janela. Papai fedia a conhaque e lágrimas escorriam de suas faces.

— É Jacob — disse ele.

— O quê? — perguntei, saltando da cama. Papai não respondeu, mas eu o segui para fora do quarto, escada abaixo, porta afora. Meus pés descalços pisaram na grama úmida de orvalho. Caminhei na sombra de Papai até o celeiro, aterrorizada.

Jacob estava pendurado em uma das vigas, com uma corda áspera de cânhamo amarrada com destreza ao redor de seu pescoço.

Papai cortou a corda e o abraçou, soluçando. E então, em meio ao meu choque e horror, fiz aquilo que sempre irei me perguntar se deveria ou não ter feito: eu lhe contei a verdade.

— Ele foi atrás de Titia na noite passada — confessei a ele.

Os olhos de Papai se nublaram com uma tempestade de ira espessa.

Ele carregou o corpo de Jacob até a casa e o deitou em sua própria cama como se Jacob fosse um menininho novamente, sendo colocado para dormir.

Então, Papai apanhou sua espingarda e uma lata de querosene.

Eu o segui pelo jardim e pelos campos, até a floresta.

— Volte — ordenou ele com ferocidade por cima do ombro. Mas eu não obedeci. Atrasei o passo, aumentando a distância entre nós. Passamos pelo pomar, pelas árvores cheias de maçãs e peras verdes, disformes e cheias de fungos. Algumas das frutas tinham caído e estavam apodrecendo no chão, atraindo vespões com sua doçura. As moscas vieram nos encontrar depois que deixamos para trás a Mão do Diabo, enxameando em minúsculas nuvens. Cogumelos venenosos brotavam do chão aqui e ali, negros, perigosos. A trilha se virava em curvas, indo morro abaixo.

Papai chegou ao chalé de Titia antes de mim — uma casinha torta que ela construíra para si mesma com troncos talhados com um machado. Saía fumaça de sua chaminé de metal. Papai não bateu na porta nem gritou chamando Titia, simplesmente escancarou a porta, entrou e fechou a porta com um estrondo. Eu me agachei atrás de uma árvore e fiquei esperando, com o coração batendo tão depressa quanto o de um beija-flor.

Houve gritos, o som de algo sendo atirado longe. Uma janela se quebrou. E, então: um único tiro.

Papai saiu pela porta verde de Titia, carregando a lata de querosene. Virou-se, acendeu um fósforo e atirou-o pela entrada.

— Não! — gritei, saltando de meu esconderijo.

As chamas saltaram e rugiram. O calor era tão intenso que eu precisei recuar.

— Titia! — berrei, olhando para as chamas em busca de sinais de movimentação. Não havia nenhuma. Porém, por trás do rugido do fogo, ouvi uma voz. Era Titia, chamando meu nome.

— Sara! — gritou ela. — Sara!

Corri para o chalé, mas Papai me abraçou com força, prendendo-me entre seus braços, com minha cabeça tão próxima a seu peito que eu podia escutar as marteladas fortes de seu coração.

Fuligem negra choveu sobre nós, cobrindo meus cabelos e minha camisola, a camisa de flanela de Papai.

Finalmente, quando ficou claro que não havia mais como salvar ninguém, ele me soltou e eu caí no chão. Papai se aproximou; ficou tão perto das chamas que logo havia bolhas em seu rosto e em seus braços. Suas sobrancelhas derreteram e nunca mais cresceram direito. Ele ficou ali parado, olhando fixo para o fogo, soluçando, uivando como um homem que havia perdido tudo.

Ouvi o ruído de galhos se partindo atrás de nós. Levantei a cabeça, virei-me e vi Chumbo de Espingarda coberto de cinzas. Ele olhou para mim, com seu olho fantasmagórico leitoso movendo-se na órbita.

— Chumbo de Espingarda! — chamei. — Aqui, garoto.

Mas o cachorro soltou um rosnado de desdém e fugiu para a floresta.

Martin

28 de janeiro de 1908

Martin demorou para sair da cama, com medo do dia à sua frente. Sara havia passado os últimos dois dias revirando a casa e a floresta, mal dormira, estava estranhamente agitada.

— Você perdeu alguma coisa? — perguntara ele na manhã anterior, quando ela checou o armário do corredor pelo que devia ser a vigésima vez.

— Pode ser — dissera ela.

Na tarde daquele dia, Martin tinha ido à vila novamente conversar com Lucius. O irmão insistiu em pagar uma bebida para ele na hospedaria. Os dois se acomodaram no bar, e Carl Gonyea servira uma cerveja para cada um.

— Bom ver você, Martin — disse Carl, com um aperto de mão jovial. — Como vai a Sara?

— Bem — respondeu Martin, com um sorriso forçado. — Ela vai bem, obrigado.

— Uma coisa horrível de se passar, perder um filho dessa maneira. Minhas condolências a vocês dois.

— Obrigado — disse Martin, olhando para sua cerveja. Carl assentiu para ele e foi cuidar de alguma coisa no aposento dos fundos.

Martin bebeu um gole de sua cerveja e olhou ao redor. A área do salão de jantar e do bar era pomposa, toda de madeira escura. Martin podia ver o próprio reflexo no balcão envernizado. As janelas que davam para a Main Street tinham vitrais na parte superior que faziam retalhos de luz colorida dançarem no piso de madeira encerado. Havia meia dúzia de mesas, arrumadas com toalhas brancas e talheres de prata, mas eles estavam ali entre o almoço e o jantar, portanto não havia ninguém comendo. Martin e Lucius eram os únicos no bar. Atrás deste, garrafas de bebidas repousavam nas prateleiras esperando pelo fim do dia, quando homens com mais dinheiro do que Martin viriam beber de seu conteúdo.

— Me conte, irmão — pediu Lucius. — Conte a verdade sobre Sara.

Martin se inclinou para a frente e contou no ouvido de Lucius sobre as condições de Sara. Falou em tom apressado e baixo, mantendo um olho em Carl.

Ele não sabia o que faria se não tivesse Lucius. Lucius era a única pessoa além de Sara com quem Martin podia abrir o coração, e agora que sentia estar perdendo a esposa, Lucius era tudo que lhe restava. E o irmão era tão paciente, tão sábio. Dava forças a Martin e, com frequência, embora Sara não soubesse, dava-lhe dinheiro também. Só um pouquinho de vez em quando, para ajudar os dois a atravessarem os períodos mais sombrios. Martin sabia que Lucius lhes daria mais (ele já havia oferecido, mais de uma vez), mas ele não achava certo tomar dinheiro do irmão.

Embora Lucius concordasse que era um bom sinal Sara ter saído da cama e estar comendo novamente, disse que temia que ela ainda estivesse envolvida em delírios.

— Eu a encontrei na floresta — explicou Martin — chamando Gertie, como se achasse que nossa filha ainda estivesse por ali, perdida.

Lucius assentiu.

— Fique de olho nela, Martin. Alguém com o histórico de Sara... que já passou por episódios de loucura antes... uma pessoa assim é bastante suscetível a voltar a esse estado. Como eu disse, ela pode até mesmo se tornar perigosa. Devemos estar preparados para interná-la no sanatório estadual, caso se prove necessário.

Martin estremeceu ante a ideia de Sara se tornar perigosa.

Agora, fora da cama e já vestido, ele desceu as escadas pé ante pé e encontrou Sara na cozinha com um bule de café fresquinho. Estava mais magra do que nunca, as olheiras mais pronunciadas ainda. Será que ela nem sequer tinha se deitado na noite anterior? Martin teve a impressão de que ela ficara ali, esperando por ele, a noite inteira.

— Bom dia — murmurou ele, preparando-se para seja lá o que estivesse à sua frente dessa vez.

— Você por acaso sabe onde está a pá? — perguntou Sara. — Não a encontrei no celeiro.

— Está lá, com as outras ferramentas — respondeu Martin, servindo-se de uma xícara de café e observando a esposa por trás da fumaça. — Mas não tem neve fresca o bastante para retirar com ela.

Além do que, aquilo era trabalho dele. Estaria ela zombando de Martin? Provocando-o?

— Ah, não vou retirar neve. — Seu rosto assumiu uma expressão curiosa, como uma criança travessa.

Martin bebeu um gole do café amargo.

— Para que então você precisa de uma pá?

— Para cavar. — Nesse ponto ela fez uma pausa, para ver a reação de Martin.

Ele não queria perguntar, não queria saber, mas mesmo assim as palavras se precipitaram para fora.

— Cavar o quê?

— Vou cavar a sepultura da Gertie.

Ele deixou café cair na camisa, queimando seu peito.

— Você vai... — Sua voz soava trêmula, estranha aos próprios ouvidos.

Sara lhe deu um sorriso astucioso.

— Gertie me deixou outra mensagem — explicou, sacando um papel dobrado do avental e entregando-o a Martin. Ele o abriu e ali, em caligrafia desajeitada e infantil, estava escrito:

Olhe no Bolso do vestido que eu estava uzando.
Você vai encontrar 1 coisa que pertense a pessoa que me matou.

Ele engoliu com dificuldade, mas o nó em sua garganta permaneceu. Teve uma imagem repentina de Gertie no fundo do poço, vestida com seu casaco pesado de lã e seu vestido azul. Meias grossas de lã estavam enroladas em suas pernas.

Quando eles a içaram para fora do poço, ele notou que seu cabelo havia sido cortado. Ninguém percebeu aquilo, a não ser Martin, que carregara consigo a mecha de cabelo enrolada em seu bolso e a enterrara na neve.

— Mas Gertie não foi assassinada, Sara. Ela caiu. — Ele tentou manter o tom de voz calmo e inalterado; seu melhor tom de você-precisa-enxergar-a-luz-da-razão, como um pai reprimindo um filho pequeno.

Entretanto, não era verdade que uma parte dele vinha se perguntando todo aquele tempo se aquilo tinha de fato sido um acidente? Como o cabelo de Gertie tinha sido cortado? Quem o pendurou no celeiro?

Sara apenas sorriu.

— Nós enterramos Gertie com o vestido que ela estava usando no dia em que a encontraram no fundo daquele poço. Preciso fazer isso, Martin. Preciso saber. Preciso saber se foi ela.

— Ela? Ela quem?

— Titia. Embora Titia tenha morrido há tanto tempo... O espírito de Titia. Preciso saber se ela matou nossa filhinha.

— Você acha que Gertie foi assassinada por um *espírito*?

— Eu não sei! — disse ela, exasperada. — É por isso que precisamos cavar para chegar ao seu corpo. Não percebe?

Ela o encarou demorada e intensamente, esperando uma resposta.

— Não percebe, Martin? Você não quer saber a verdade?

Ele ficou em silêncio.

Gertie tinha sido enterrada no pequeno cemitério da família, atrás da casa. Ao seu lado, estavam as sepulturas dos pais de Sara, de seu irmão, Jacob, e do pequenino irmão bebê de Gertie.

— Sara, Gertie foi enterrada há duas semanas. Você já pensou na... *condição* em que deve estar o corpo dela? — Era terrível imaginar aquilo, e ele se sentiu cruel por ter levantado o assunto, mas precisava encontrar uma maneira de impedi-la.

Ela assentiu.

— É apenas um corpo. Um recipiente vazio. A garotinha que eu amo continua viva, no além.

Martin inspirou fundo.

Calma. Fique calmo.

Sentiu o rosto e as orelhas arderem, o coração começou a martelar com força dentro do peito.

Lembrou-se de ver Sara saindo do celeiro no dia em que Gertie desapareceu. Como ele havia entrado logo em seguida e encontrado, no lugar da pele de raposa, o cabelo de Gertie.

Uma possibilidade terrível lhe começava a ocorrer, algo que até então ele não tinha se permitido acreditar, ou sequer considerar.

Seria possível que Sara tivesse matado Gertie?

Ela pode inclusive se tornar perigosa.

Ele olhou para o bilhete rabiscado em caligrafia infantil. Tentou se lembrar da letra da filha, mas não conseguiu visualizá-la direito. A seus olhos, o bilhete que Sara estava segurando parecia mais a escrita de um adulto tentando imitar a de uma criança.

Seria aquela a maneira de Sara confessar? Será que ela sabia que havia algo seu enfiado no bolso do vestido de Gertie?

A cozinha pareceu se inclinar ligeiramente, e Martin se segurou na mesa para manter o equilíbrio.

Olhou para Sara, sua linda Sara, e sentiu vontade de chorar, de berrar e implorar para que ela não o abandonasse, de implorar para que ela lutasse contra a loucura que estava desabrochando dentro dela.

Lembrou-se de quando lhe deu a bola de gude Júpiter que ele havia acabado de ganhar de Lucius quando eles eram crianças — de como ela estivera tão linda e radiante naquele dia que ele lhe dera o gude sem pensar duas vezes; ele teria lhe dado qualquer coisa naquele momento, do mesmo modo como o faria hoje.

Ela era a sua grande aventura; seu amor por ela o levara a lugares que ele jamais sonhara em visitar.

— Se não vai me ajudar, eu o farei sozinha — disse agora Sara, com o corpo rígido, pronta para uma briga.

— Certo — suspirou Martin, sabendo que havia perdido. Estava acabado. — Mas vamos fazer a coisa como se deve. Vou até a cidade chamar Lucius. Ele deve estar presente, não acha?

Sara assentiu.

— O xerife também. Traga o xerife.

— Com certeza — prometeu Martin, levantando-se para apanhar o casaco e o chapéu. — Sente-se aqui e me espere. Um trabalho assim não é algo que nenhuma mãe deveria fazer. Vamos cuidar disso assim que eu estiver de volta. Vamos cuidar de tudo.

Ele se inclinou e beijou o rosto de sua mulher. Estava quente, seco e parecia feito de papel, nem de longe como uma pele real, nem de longe familiar.

Visitantes do Outro Lado

O Diário Secreto de Sara Harrison Shea

31 de janeiro de 1908

Durante os últimos três dias, estive prisioneira em minha própria casa.

Foi uma cena e tanto quando Martin e Lucius voltaram da vila e me encontraram esperando em cima da sepultura de Gertie segurando a pá. O ar estava gélido. Os dedos de minhas mãos e pés estavam dormentes de ficar tanto tempo ao ar livre esperando, mas, mesmo assim, continuei segurando a pá enquanto os homens desciam da carruagem de Lucius e se aproximavam. Eu estava exatamente sobre o local onde nós a havíamos enterrado; a cruz de madeira com o nome de Gertie entalhado parecia provocar, escarnecer.

— O que você está fazendo, Sara? — indagou Lucius, num tom baixo e acalentador, como se estivesse falando com uma criancinha.

Expliquei a situação a ele o mais calmamente que pude. Contei-lhe do bilhete, da pista crucial no bolso de Gertie. Com certeza ele entenderia a razão para aquilo.

— Abaixe essa pá, Sara — disse Lucius, aproximando-se de mim.

— Nós precisamos tirar o corpo de Gertie — repeti.

— Não vamos fazer isso, Sara. — Agora ele estava mais perto. Eu sabia que sua intenção era me impedir, portanto fiz a única coisa que me veio à cabeça: levantei a pá e tentei atingi-lo.

Lucius saltou para trás; a pá apenas roçou em seu casaco. Martin no mesmo instante me dominou e retirou a pá das minhas mãos.

Foi preciso os dois homens para me carregarem para dentro de casa.

— Precisamos ver o que está no bolso dela! — gritei. — Você não se importa de sua filha ter sido assassinada?

Lucius rasgou um lençol e amarrou meus braços e minhas pernas nos pés da cama, restringindo-me como uma doente mental. E Martin permitiu, ajudou-o.

Lucius diz que estou sofrendo de melancolia aguda. Explicou que a morte de Gertie foi demais para eu conseguir suportar e que isso fez com que eu perdesse o contato com a realidade. Falou que neste estado represento um risco para mim mesma e para todos. Mordi a língua até ela sangrar, sabendo que se eu discutisse seria um sinal a mais de minha suposta loucura.

— E essas ideias de que Gertie tem vindo visitá-la, que está deixando bilhetes para ela? — perguntou Martin, passando as mãos pelo cabelo.

— Alucinações. A parte doente da mente de Sara a obrigou a escrever bilhetes, quase que para convencer a si mesma. O que ela precisa é de descanso. Quietude. E ela não pode receber nenhum incentivo de que tais fantasias são reais. Francamente, Martin, creio que o melhor lugar para ela a essa altura seja o sanatório estadual.

Martin puxou Lucius para o corredor e lhe falou freneticamente:

— Por favor — implorou ele. — Só mais um pouco. Talvez ela ainda volte para nós. Ela ainda tem chances de se recuperar.

Lucius concordou, mas apenas sob a condição de que eu permanecesse sob seu olhar atento. Agora ele vem com frequência me examinar e me dá injeções que me fazem dormir o dia inteiro. Martin me serve sopa e purê de maçã na boca.

— Você vai melhorar, Sara. Precisa melhorar. Agora descanse.

A única coisa que eu posso fazer é lutar para ficar acordada. Mas sei que preciso fazer isso. Sei que se eu dormir posso não ver minha Gertie caso ela escolha retornar.

Hoje é o sétimo dia desde seu despertar. Só mais algumas horas antes de ela desaparecer para sempre. Por favor, por favor, desejo e imploro, deixem ela voltar para mim!

— Como está se sentindo? — pergunta Lucius quando vem me ver.

— Melhor — respondo. — Muito melhor. — Então fecho os olhos e caio num cochilo leve.

Esta tarde, ele me desamarrou da cama.

— Comporte-se e seja uma boa menina agora — disse ele —, que não seremos obrigados a amarrar isso de novo.

Espera-se que eu fique confinada no meu quarto. Não posso receber visitas. Amelia veio me ver, mas Martin não a deixou subir. Lucius diz que seria excitação demais para mim. Martin disse que, se eu não apresentar melhoras, se eu continuar insistindo que as visitas de Gertie são reais, eles vão me mandar para o sanatório estadual.

— Nada de recados dos mortos. Nem de histórias de Gertie ter sido assassinada — advertiu Martin.

Faço que sim, como uma boa e obediente esposa. Uma esposa marionete.

— E nada de escrever nesse diário — disse Martin. — Me entregue isso aqui. — Então eu lhe entreguei meu caderno e a caneta. Por sorte, eu já tinha previsto isso e estava com um diário defasado, cheio de detalhes triviais da minha vida anterior: passagens sobre fazer um bolo inglês, comparecer a um jantar da igreja. Martin nem pensou em ler o que estava ali e atirou-o no fogo bem diante dos meus olhos. Fiz uma cena, fingindo estar desapontada, e Martin pareceu bastante satisfeito consigo mesmo por executar o ato heroico de salvar sua esposa maluca. Porém, ao mesmo tempo, havia algo de frenético naquilo tudo. Nesses últimos dias, percebo em Martin algo que nunca vi antes: um sentimento de desespero. De pânico. Sinto que ele está se esforçando demais, com tanta determinação, não para me salvar, mas para me afastar da verdade.

O que ele não quer que eu saiba?

Seria isso uma ilusão, como Martin e Lucius querem que eu acredite, ou serei eu a única capaz de enxergar as coisas com clareza?

Os documentos e diários contendo todas as minhas anotações e o diário desde a época da morte de Gertie foram escondidos em segurança. Tenho uma vantagem nítida em relação a Martin: eu cresci nesta casa. Quando criança, descobri e criei dúzias de esconderijos soltando tábuas e tijolos, formando compartimentos secretos atrás das paredes. Alguns desses esconderijos, eu tenho certeza, ninguém seria capaz de encontrar.

Escondi com astúcia todos os meus escritos, espalhando-os em diversos nichos escondidos: assim, mesmo que ele tope com algum deles, jamais terá tudo. E agora escrevo apenas quando Martin está no campo, mantendo um olho nele pela janela e outro no meu diário.

Algo impressionante acabou de acontecer! Esta noite, agora há pouco, eu fingia estar dormindo quando Martin enfiou a cabeça pela porta. Depois eu o ouvi descer as escadas com passos arrastados, apanhar o casaco e sair pela porta de entrada. A noite estava começando a cair — o quarto estava cheio de sombras compridas; a cama, a cômoda e a mesa mal eram discerníveis. Imaginei que ele havia ido alimentar os animais e fechar o celeiro para passarem a noite.

Ouvi um som de algo arranhando e caminhando a passos rápidos dentro do armário. Eu me virei e segurei a respiração, esperando.

Seria mesmo verdade? Minha amada filhinha estaria de volta?

— Gertie? — chamei, sentando-me na cama.

Devagar, abriu-se uma fresta na porta do armário, e, na escuridão ali dentro, enxerguei movimentos. Um relance de um rosto e mãos pálidas movendo-se mais para dentro das sombras.

— Não fique com medo, querida — falei. — Por favor, saia. — Tive de contar com toda a minha força de vontade para ficar onde estava, para não saltar da cama e correr até ela.

Mais sons de passos rápidos, depois o de passos lentos — pés descalços caminhando pelo assoalho de madeira — enquanto ela saía do armário e entrava no quarto.

Ela caminhava devagar, quase mecanicamente, com pequenas paradas e impulsos como uma locomotiva engasgando. O dourado de seus cabelos cintilava na escuridão. Sua respiração era rápida e rascante. E lá estava o cheiro que eu me lembrava ter sentido tantos anos atrás na floresta, com Hester Jameson: um odor parecendo o de gordura chamuscada.

Quase desmaiei de alegria quando Gertie se sentou ao meu lado na cama! Não havia nenhum lampião aceso e o quarto estava escuro, mas eu identificaria seu vulto em qualquer lugar, embora ela estivesse de certa maneira diferente.

— Eu enlouqueci? — perguntei para ela, inclinando-me para perto, tentando enxergar melhor. Ela estava de perfil, seu rosto ligeiramente virado para o outro lado. — Você é parte de minha imaginação?

Ela fez que não.

— Me diga a verdade — implorei a ela. — Me diga o que realmente aconteceu. Como você foi parar naquele poço? — Meus dedos doíam de vontade de tocá-la, de se perderem no seu cabelo dourado (estaria ele mais curto?). Mas, de alguma maneira, eu sabia que não podia fazer isso. E talvez (admito isso agora, para mim mesma), eu estivesse sentindo um pouco de medo.

Ela se virou para mim e na escuridão eu pude ver um sorriso cheio de dentes.

Ela se levantou e foi até a janela, apoiou as duas pálidas mãos no vidro enregelado.

Eu me levantei e fui para o seu lado, esforçando-me para ver no meio da escuridão. Uma lua crescente começava a nascer. Martin estava saindo do celeiro com uma pá em mãos. Ele olhou rapidamente para a casa, e eu me abaixei como uma criança brincando de esconde-esconde. Ele não deve ter me visto, pois continuou caminhando, atravessando o jardim.

Eu sabia para onde ele estava indo.

Virei-me para Gertie, para perguntar-lhe o que eu deveria fazer em seguida, mas ela havia desaparecido. Olhei mais uma vez para a janela, e lá estavam as marcas fantasmagóricas de suas duas mãos sobre o gelo.

Martin

31 de janeiro de 1908

O suor se acumulava entre suas omoplatas enquanto a pá cavava a neve dura. Ele teve de cavar 46 centímetros antes sequer de atingir a terra. Trabalhou o mais rápido possível, retirando a neve, voltando a enfiar a pá.

Seu pé ruim doía por conta do frio. Sua respiração saía em grandes nuvens brancas. O jardim coberto de neve parecia azul à fraca luz do luar.

Mais depressa, Martin. Você precisa fazer isso depressa. Não pode hesitar. Não pode ser um covarde.

— Eu sei — disse ele em voz alta.

Às suas costas, a casa o observava. Sara dormia, sonhando seus sonhos insanos. À esquerda, depois do celeiro, ele conseguia vislumbrar a silhueta do morro, as pontas das rochas que formavam a Mão do Diabo, manchas escuras recortadas contra a neve.

Ele olhou mais uma vez para a cruz de madeira que ele mesmo havia construído, com o nome dela cuidadosamente entalhado na parte superior:

GERTRUDE SHEA
1900-1908
FILHA ADORADA

Suas mãos tremiam. Estavam encharcadas de suor provocado pelo medo, a pá escorregava delas.

Mais depressa.

As sombras inclinadas das lápides de ardósia ao lado da dela observavam tudo, pareciam se remexer impacientes ao luar: seu irmão bebê, seu avô, sua avó (de quem Gertie tinha recebido o nome) e seu tio, olhando, perguntando-se: "O que você está fazendo com nossa pequena Gertie? Ela é uma de nós agora. Ela não pertence a você."

Durante dias, Martin havia encarado a sepultura de Gertie fixamente, sabendo o que tinha de fazer.

Precisava descobrir o que estava em seu bolso.

Sara tinha dito coisas desconexas a Lucius, insistindo que Gertie fora assassinada e que a prova estava no bolso do vestido com o qual ela fora enterrada, falando absurdos sem sentido sobre fantasmas e espíritos. A quem mais ela diria essas coisas, se tivesse a chance? Quanto tempo levaria até que alguém a ouvisse de fato e se desse conta de que, por trás da loucura, talvez houvesse uma horrível verdade escondida? Até Sara ser acusada de assassinato? Ele precisava ver o que havia no bolso de Gertie, se é que havia algo mesmo.

Martin segurou a pá com mais força. O solo estava estranhamente fofo e macio por baixo do cobertor de neve. A pá movia-se nele como uma faca quente atravessando manteiga. Não devia ser assim tão fácil, mas estava sendo.

Duas semanas atrás, ele havia acendido uma fogueira para amolecer o chão o suficiente para conseguir cavar um buraco. Ficara ali o dia inteiro, um pai de luto, alimentando o fogo com gravetos e arbustos secos do pomar. Vultos saltaram das chamas na frente dele, escarnecendo: o poço, a raposa, o cabelo de Gertie pendurado em um prego. Ele atirou um galho atrás do outro, tentando alimentar as chamas famintas, tentando queimar as imagens que ele estava vendo nelas.

O solo sobre o túmulo ainda estava enegrecido, com cinzas e blocos de carvão.

A que profundidade ela estaria? Seis palmos? Sete?

Um palmo para cada ano de sua vida.

Ele pensou na advertência que havia dado a Sara dias atrás: *Você já pensou na... condição em que deve estar o corpo dela?*

Ah, sim. Martin tinha pensado nisso. Sonhado com isso. Gertie olhando para ele, com a carne pendendo dos ossos, os dentinhos ainda brancos como pérolas, a boca aberta enquanto ela murmurava as palavras: "Por quê? Por que, Papai? Por quê?"

— Não tenho escolha — disse Martin em voz alta. Redobrou seus esforços, cavando mais depressa, com mais ênfase. A pilha ao lado da sepultura começou a aumentar.

E o que ele esperava conseguir com aquilo? Se ele a retirasse dali e encontrasse algum objeto em seu bolso, o que ele faria?

Ele o esconderia? Protegeria sua esposa?

Ou iria mostrá-lo ao xerife, prender Sara de uma vez por todas?

Louca ou não, Sara era tudo o que restara a Martin.

Durante semanas, ele repassara os acontecimentos daquele dia, tentando se lembrar de cada detalhe: a raposa, a trilha de sangue pela neve. Teria ele ouvido os chamados de Gertie? Ouvido alguma coisa, qualquer coisa? Teria havido outra pessoa ali na floresta? Ele vira a velha, mas não... era apenas uma árvore.

Parte dele se recusava a acreditar que Sara seria capaz de machucar Gertie, nem mesmo num surto de loucura. Gertie era tudo para Sara.

Sua pá fez um som oco ao bater na madeira: a tampa do caixão de Gertie. O caixão que ele e Lucius construíram com as tábuas de pinho que ele estava guardando para fazer um galinheiro novo na primavera.

— O que você está fazendo, Martin?

Martin se virou depressa. Sara estava atrás dele, com a espingarda Winchester do marido apontada para o seu peito.

Ela balançou a cabeça, estalou a língua. Estava de camisola, mas tinha colocado por cima o casaco e as botas.

Ele congelou, com a pá na mão.

— Sara — gaguejou —, eu pensei em... Você devia estar descansando.

— Ah, sim. A coitada, a doente da Sara, com sua mente abalada, precisa de descanso, não é mesmo? Se não, seremos obrigados a amarrá-la na cama novamente. — Ela fez uma careta.

— Eu... — Ele hesitou, sem conseguir dizer as palavras. *Eu sinto muito. Sinto tanto por tudo isso.*

— O que você está procurando aí, Martin? O que você acha que está no bolso de Gertie?

Ele olhou para a madeira áspera.

— Não faço a menor ideia.

Ela deu um sorriso maldoso, mantendo a espingarda apontada para o peito dele.

— Bem, então vamos descobrir, que tal? Continue cavando, Martin. Vamos abrir esse caixão e ver o que descobrimos.

Ele retirou com cuidado o restante da terra, trouxe a lanterna para perto da beirada do buraco e saltou para dentro. Com as pernas abertas sobre o caixão, ele sacou seu machado para tentar puxar a tampa dele, porém os pregos deslizaram com a maior facilidade para fora dos buracos. As mãos de Martin tremiam tanto que ele deixou o machado cair antes mesmo de segurar as beiradas de madeira da tampa e puxá-la.

O que ele viu o fez gritar como um menininho. Ele ficou frio de dentro para fora.

Vazio. O caixão estava vazio.

O que Sara tinha feito?

Sara sorriu para ele lá do alto, balançando a cabeça de um lado para o outro como uma cobra. Sua pele cintilava à luz do luar, como se fosse feita de alabastro.

— Veja, esse é o problema, Martin. Se quer procurar no bolso de Gertie, está procurando no lugar errado. — Segurando a espingarda com a mão direita, ela mostrou a esquerda, com dedos abertos. Ali, acima de sua aliança, estava o pequenino anel de osso. Ela usou o polegar para revirá-lo ao redor de seu dedo, o estranho anel que antes ela parecia tanto temer.

— Onde você conseguiu isso? — perguntou Martin.

— Estava no bolso da Gertie.

— Impossível — gaguejou Martin. Ele caminhou na direção dela, começou a sair do buraco.

— Fique exatamente onde está — advertiu ela, ainda mirando o peito dele. — Eu tinha tanta certeza de que havia sido o espírito de Titia quem fez essa maldade, mas talvez a verdade seja mais simples; talvez ela estivesse o tempo inteiro bem na minha frente e eu apenas não conseguia me forçar a acreditar.

Sara balançou para trás nos calcanhares, agora segurando a arma com as duas mãos. Levantou-a mais alto e olhou para o cano.

— Foi você, Martin? — perguntou ela em voz baixa. — Você machucou nossa Gertie?

Martin cambaleou para trás e caiu contra a parede de terra. Era como se ela já tivesse puxado o gatilho.

Ele se lembrou de segurar Gertie quando ela era um bebezinho, o bebê-milagre deles; de andar com ela de mãos dadas pela floresta no mês passado para escolherem uma árvore de Natal. De como ela havia encontrado um abeto com um ninho de pássaro e insistira que levassem aquele. *Não somos as pessoas mais sortudas do mundo, Papai?*, perguntara ela. *Por ter uma árvore de Natal com um ninho de passarinho?*

— Eu... — balbuciou ele, olhando para Sara. — Não fui eu. Eu não *poderia* fazer isso. Deus é testemunha, juro que nunca machucaria nossa filha.

Sara olhou fixamente para ele, com o dedo tremendo no gatilho.

— Mas o anel estava no seu bolso quando você saiu de casa naquela manhã, não estava?

— Sara, por favor. Você não está pensando com clareza.

Ela ficou em silêncio por um momento, como se ruminasse a questão em sua mente.

— Mas, por outro lado, o anel não era *seu*, concorda? Era dela. O que quer dizer que *ela* pode ter feito isso.

— Você não está falando coisa com coisa, Sara. Está vendo o que não existe.

— Estou mesmo? — indagou Sara. Ela abaixou a arma, virou-se e olhou para as sombras ao redor da casa. — Gertie? — chamou Sara. — Seu pai acha que eu não estou bem da cabeça. Venha mostrar para ele, querida. Mostre a verdade.

Martin ficou parado sobre o caixão vazio e espiou por cima do buraco para a escuridão. Alguma coisa ali, uma sombra, estava caminhando na direção deles sobre a neve.

Oh, meu Jesus amado, não. Por favor, não. Martin fechou os olhos com força e contou até dez, tentando fazer aquilo ir embora.

Abriu os olhos e içou o corpo para fora da terra desajeitadamente, usando as unhas para sair do buraco, sem olhar para seja lá o que estivesse caminhando na direção deles, vindo das sombras.

— Sara — falou Martin, e esticou o braço para apanhar a arma, apertando o cano entre os dedos. Aquele movimento assustou Sara, e a arma disparou.

Ele ouviu o som, viu o clarão, sentiu a bala atingir seu peito logo abaixo da caixa torácica, à esquerda. Começou a correr, apesar da dor excruciante. Colocou uma das mãos com força sobre o buraco sangrento.

— Martin? — gritou Sara. — Volte! Você está ferido! — Mas ele não voltou.

Continuou correndo, atravessou o jardim e seguiu na direção da floresta, com a mão sobre o peito sangrando, sem se atrever a olhar para trás.

Visitantes do Outro Lado

O Diário Secreto de Sara Harrison Shea

(Nota da Editora: Esta é a última passagem que descobri, embora, como se verá adiante, ela faça referência a outras páginas que ainda estava escrevendo. É aterrorizante pensar que o corpo de Sara foi encontrado meras horas depois de ela ter escrito estas palavras.)

31 de janeiro de 1908

Os mortos podem voltar. Não apenas como espíritos, mas como seres vivos capazes de respirar. Já vi a prova com meus próprios olhos: minha adorada Gertie, despertada. E tomei uma decisão: a nossa história deve ser contada. Passei as últimas horas às voltas com papéis espalhados sobre a mesa, o lampião aceso à toda potência, enquanto eu anotava as instruções exatas de como despertar um dormente. Copiei as anotações de Titia e contei também todos os detalhes da minha própria experiência. Finalmente terminei e guardei essas páginas em segurança — não em um, mas em três esconderijos diferentes.

Estamos em casa, as portas trancadas, as cortinas cerradas. Shep está deitado aos meus pés, com olhos e ouvidos atentos. A arma está ao meu lado. Não quero acreditar que pode ter sido Martin. Que esse homem que eu achava conhecer — esse homem para quem eu cozinhava, com quem dormia todas as noites, a quem contava os meus segredos — possa ser um monstro desses.

Martin ficou gravemente ferido depois que a arma disparou. Não irá sobreviver por muito tempo no frio lá fora com uma ferida aberta no peito. Meu medo, claro, é que ele consiga chegar à casa dos Bemis e que todos eles venham até a minha porta, atrás da mulher louca com uma arma na mão.

Estou feliz por ter tido a chance de escrever tudo o que aconteceu enquanto os acontecimentos ainda estão frescos na minha cabeça. E ainda mais feliz por ter escondido as páginas, caso eles me mandem para o sanatório de lunáticos.

Um dia, estas páginas serão encontradas. O mundo saberá a verdade sobre os dormentes.

Estamos nos aproximando do fim do sétimo dia do despertar de Gertie. E minha filhinha continua escondida nas sombras, uma hora aqui e na outra não mais.

Quando consigo roubar um olhar, ela me parece pálida e sombria. Está vestida com a roupa que usava quando saiu de casa naquela última manhã: o vestido azul, as meias-calças de lã, o casaquinho preto. Agora seu cabelo está emaranhado e cheio de nós. Suas bochechas estão sujas de terra. Ela exala um odor de gordura queimada, de vela de sebo recém-apagada.

Shep fica perturbado com sua presença; rosna para as sombras com os pelos das costas eriçados e os dentes arreganhados.

Desde que terminei de escrever a nossa história, ando conversando com ela, cantando para ela, tentando fazer com que ela se mostre.

— Lembra — pergunto eu —, você se lembra?

"Você se lembra de como eu e você costumávamos ficar embaixo das cobertas a manhã inteira, contando os sonhos que tivemos uma para a outra?

"Você se lembra das manhãs de Natal? De quando você teve caxumba e eu não saí do seu lado? Das suas histórias do cachorro azul? De como você ia correndo direto para a cozinha quando chegava da escola e sentia o cheiro de biscoitos de melaço?"

Lembra? Lembra?

Porém, Gertie se foi novamente. (Será que um dia ela realmente esteve aqui?)

— Por favor, meu amor — imploro. — Temos tão pouco tempo juntas. Não quer se mostrar para mim?

Eu me viro e procuro por ela do outro lado da sala.

E lá, em cima da lareira, do outro lado, está uma mensagem escrita em negro com um galho carbonizado:

Não foi Papai

E agora, enquanto olho para estas palavras, ouço uma batida na porta. Uma voz familiar, embora impossível, chama o meu nome.

1886

2 de maio de 1886

Minha Querida Sara,
Prometi lhe contar tudo o que sei sobre os dormentes. Porém, antes de prosseguir, você precisa entender que este é um feitiço poderoso. Somente o faça se tiver certeza. Depois de feito, não existe volta.
O dormente despertará e voltará para você. O tempo que isso leva é incerto. Às vezes eles retornam dentro de algumas horas, outras, em dias.
Depois de despertado, o dormente caminhará durante sete dias. Depois disso, sumirá para sempre deste mundo. Não se pode trazer alguém de volta mais de uma vez. Isso é proibido e, na verdade, impossível.
Se estiver pronta, siga estas instruções com exatidão.
Estas são as coisas de que você irá precisar:

Uma pá
Uma vela
O coração de qualquer ser vivo (você precisa removê-lo não mais de 12 horas antes do feitiço)
Um objeto que pertenceu à pessoa que você deseja trazer de volta (como uma roupa, uma joia, uma ferramenta)

Leve essas coisas para um portal. Existem portais, passagens, entre este mundo e o mundo dos espíritos. Um desses portais fica exatamente aqui, em West Hall. Desenhei um mapa mostrando sua localização. Você precisa guardar este mapa com sua própria vida. Entre no portal.

Acenda a vela.

Segure o objeto que pertenceu à pessoa e diga as seguintes palavras sete vezes: "_____ (nome da pessoa), eu o convoco de volta para mim. Dormente, desperte!"

Enterre o coração e diga: "Para que seu coração possa bater mais uma vez."

Enterre o objeto ao lado do coração e diga: "Um objeto seu para ajudar você a encontrar o caminho."

Depois saia do portal e aguarde. Às vezes eles retornam no exato instante. Mas outras, como eu disse, pode levar dias.

Existem duas outras coisas que preciso advertir: depois que um dormente retorna, ele não pode ser assassinado. Ele irá caminhar por sete dias, independentemente do que for feito com ele. A última coisa que preciso lhe dizer é algo que eu ouvi falar, mas nunca vi com meus próprios olhos. Dizem que, se um dormente assassinar um ser humano vivo e derramar seu sangue dentro desses sete dias, o dormente permanecerá desperto por toda a eternidade.

Por favor, use essas instruções com sabedoria, e somente na hora certa.

Eu a amo com todo o coração, Sara Harrison.

Eternamente sua,
Titia

4 DE JANEIRO

Presente

Katherine

A neve ia até a altura dos joelhos, mas elas pararam no celeiro e calçaram raquetes de neve por cima dos seus sapatos — aqueles à moda antiga, feitos de madeira com cadarços de couro. A procissão seguiu em frente, atravessou o jardim e os campos e caminhou em direção ao morro da floresta. Candace liderava com sua lanterna de cabeça, Ruthie e Fawn iam no meio (Fawn arrastando-se estoicamente atrás delas, segurando firme uma boneca de pano suja enrolada em um cobertor, com quem ela não parava de falar em sussurros), e Katherine ia na retaguarda.

— Katherine! Não fique para trás. — Candace virou-se para Katherine, a lanterna de cabeça lançando um feixe de luz bem no rosto da outra. — Você não gostaria de se perder de nós nessa floresta.

Não. Não gostaria mesmo.

Katherine desviou os olhos da telinha da câmera de Gary. Ele havia fotografado todas as páginas desaparecidas do diário de Sara, e Katherine vinha estudando as instruções de Titia para trazer os mortos de volta à vida. Era difícil enxergar direito as palavras, mesmo quando ela dava um zoom, mas ela entendeu o geral.

— O que você tanto olha aí? — indagou Candace. Ela parecia um Ciclope com um único olho horrendamente brilhante: um terceiro olho, um olho místico que a tudo enxergava.

— Só estou tentando entender melhor onde fica essa abertura que estamos procurando — respondeu ela, desligando a câmera e recolocando-a na mochila de Gary. Todas, exceto Fawn, levavam mochilas que tinham sido carregadas às pressas com mantimentos e suprimentos: lanternas, pilhas, velas, fósforos, corda, garrafas de água, barrinhas de cereais, algumas maçãs. Candace havia colocado a lanterna de cabeça que elas encontraram perto da porta de entrada, que Ruthie e sua mãe usavam para trazer lenha para casa depois que escurecia. Katherine levava na sua mochila a câmera, água, uma lanterna, velas e fósforos, além do velho canivete suíço de Gary.

— Ótimo — disse Candace. — Fico feliz por ter trazido a câmera.

Eu também, pensou.

Ela se concentrou em caminhar com as raquetes de neve num passo estranho, parecido com o arrastar de um pato, através da neve alta. A neve continuava caindo, mais depressa e com mais força, ao redor. Tudo o que Katherine conseguia ouvir era o som da respiração delas e seus grunhidos enquanto subiam o morro. Não havia barulho de carros, nenhuma sirene distante, nem apito de trem. O mundo estava assustadoramente em silêncio, todos os sons se encontravam abafados, como se tudo estivesse envolvido em algodão.

A trilha à sua frente pareceu ficar impossivelmente íngreme de repente. Elas haviam deixado o campo para trás e agora estavam subindo pela floresta. As árvores eram tortas e retorcidas, com galhos pesados de neve. Ela teve a impressão de que as árvores a estavam observando, um exército terrível que esperava em fileiras e tentava alcançá-la com seus dedos em forma de garras.

Você está quase lá, sussurrou Gary em seu ouvido.

Ele parecia tão próximo. Ela quase podia sentir seu cheiro, sentir seu gosto. Ele havia caminhado por aquela mesma trilha no final de outubro, em seu último dia de vida. Caminhara por ali levando aquela mesma mochila.

Será mesmo possível, Gary? Trazer os mortos de volta?

Ele respondeu com uma risada suave. *Não foi por isso que você veio?*, perguntou.

E então, então ela entendeu. Soube por que havia vindo, por que tinha sido conduzida até ali. Ela sentiu a mão dele puxar a sua. Ele agora estava ao seu lado.

Shhh, sussurrou Gary. *Está ouvindo?*

Ela fechou os olhos, ouviu a música tocar em alguma região longínqua da sua mente, uma velha canção de jazz que uma vez haviam dançado. Sentiu os lábios de Gary roçarem suas bochechas. Ela e Gary se movimentaram juntos, deram alguns passos de dança estranhos e arrastados na neve.

Podemos ficar juntos novamente, disse ele para Katherine. *Podemos trazer Austin de volta.*

Aquela ideia a atingiu como uma bala de canhão no peito, tão pesada e inesperada que ela perdeu o equilíbrio e caiu sobre a neve. Olhou desesperadamente ao redor procurando Gary, mas ele havia desaparecido.

Ela ficou deitada de costas, olhou para o céu escuro, a neve rodopiando que caía sobre ela como um milhão de estrelas cadentes. Permitiu-se imaginar aquilo: Gary e Austin novamente com ela, mesmo que somente por sete dias. Os três aninhados juntos embaixo das cobertas. "Você sonhou quando esteve longe?", perguntaria Katherine a seu filho. "Ah, sim, eu sonhei", diria ele. "Foi tudo um grande sonho."

— Tudo bem aí atrás? — gritou Candace.

— Tudo ótimo! — disse ela, esforçando-se para levantar-se de novo; mas aquilo era absurdamente difícil porque as imensas raquetes de neve batiam em suas pernas e não deixavam Katherine endireitar o corpo. Ruthie se virou, voltou e ofereceu sua mão enluvada para ajudar Katherine a se levantar.

— Obrigada — agradeceu ela, batendo a neve dos jeans. Não adiantou nada: eles já estavam encharcados.

— A gente leva um tempo para se acostumar com as raquetes de neve — comentou Ruthie.

— Acho que vai demorar até eu correr uma maratona com elas — disse Katherine.

Ruthie lhe deu um sorriso tenso, depois voltou para o lado da irmã. Inclinou-se e sussurrou alguma coisa para Fawn. Fawn balançou a cabeça e apertou mais ainda a boneca contra seu corpo.

Elas atravessaram o pomar de árvores retorcidas, e então a subida ficou mais íngreme, as árvores aumentaram de tamanho, passaram a assomar mais sobre as visitantes. Katherine sabia as instruções. Elas estavam indo para o portal. Katherine tinha a vela, a câmera de Gary. A única coisa que faltava era...

— Meu Deus! — Candace soltou um gritinho mais à frente. Ali, logo na beira da trilha, sua lanterna de cabeça iluminou uma visão repulsiva. Uma raposa tinha acabado de capturar uma lebre-americana e a segurava pela garganta. O animal lutou por mais uns breves segundos antes de ficar imóvel e pender flácido da boca da raposa.

Candace sacou sua arma, apontou para a raposa.

— Não! — gritou Katherine. Era um belo animal — o modo como seu pelo avermelhado cintilava, seus olhos parecendo olhar diretamente para ela e dizer: *Nós duas nos conhecemos. Entendemos a fome, o desespero.*

A arma disparou, e Katherine deu um salto. Assustada, a raposa deixou o coelho cair no chão e saiu correndo em direção às árvores — Candace tinha errado o alvo. A raposa correu com tanta graça, com tanta confiança, que Katherine ficou sem fôlego. E teve certeza de que, pelo mais breve dos segundos, ela virou sua cabeça esguia para trás e olhou para Katherine.

Veja o que eu deixei para você.

Tudo aquilo pareceu ser impossivelmente predestinado.

— Podemos salvar o coelhinho? — perguntou Fawn, caminhando até o animalzinho branco, que estava caído na neve sem se mexer.

— Não — afirmou Ruthie para a irmã. — Não dá mais para salvá-lo. Não encoste nele, tá bom?

— Vamos, acho que estamos na metade do caminho — falou Candace, guardando de novo a arma e virando a lanterna de cabeça para a trilha adiante. Se olhassem com atenção, poderiam enxergar as pegadas agora quase indiscerníveis que Candace tinha deixado quando descera aquele morro horas atrás. O morro agora havia ficado muito mais íngreme, e a caminhada mais parecia uma escalada. Katherine pensou nas fotos que já tinha visto de pessoas escalando o Everest, amarradas umas nas outras com cordas para não se perderem, para que ninguém caísse e ficasse para trás. Elas começaram uma marcha penosa e difícil, e as garotas apresentavam muita dificuldade em acompanhar. Katherine, porém, desacelerou o passo e parou no lugar onde a raposa estivera. Felizmente, não havia nenhuma corda prendendo-a às outras, e elas não pareceram perceber que Katherine não estava mais atrás delas. Ela se abaixou, tirou a luva e tocou a branca lebre-americana. O animal ainda estava quente, seu pelo era macio ao toque.

Rapidamente ela apanhou a lebre, surpresa ao ver como era leve. Então tirou a mochila de Gary dos ombros, colocou o animal ali dentro com todo o cuidado e fechou bem o zíper.

Correu para alcançar as outras, o coração aos pulos, as orelhas zumbindo.

Era uma lebre pequena. Não deveria ser tão difícil, imaginou ela, sentir suas costelas, cortar seu peito e retirar seu coração.

Ruthie

— Tem de estar aqui em algum lugar — disse Candace enquanto engatinhava ao redor da base da Mão do Diabo.

— Não dá para acreditar em como essas rochas são enormes — comentou Katherine, olhando para cima. — A mais alta deve ter pelo menos 6 metros de altura. Elas não parecem tão grandes assim nas fotos.

— O Diabo deve ser um gigante — disse Fawn, apertando Mimi com força. Mimi ainda estava enrolada no cobertor com a arma.

Elas tinham levado quase 45 minutos para subir o morro. Assim que chegaram ao topo, Candace passou pelo menos dez minutos cavando aleatoriamente com movimentos quase convulsivos.

— O buraco pode estar embaixo de qualquer uma das cinco rochas — disse ela. — Elas parecem todas iguais. O que vocês estão esperando? Comecem a cavar!

A neve não dava trégua, e as rochas haviam sido cobertas por uma luva espessa e branca. Candace cavava a neve com as mãos enluvadas, afastando e retirando quaisquer pedrinhas menores do caminho.

— Deixe eu ver — disse Ruthie, enfiando a lanterna no bolso do casaco. Estendeu a mão para apanhar a câmera de Katherine, que estava olhando para a tela de trás do equipamento. Ruthie percebeu que Katherine estava analisando uma das fotos em close das instruções para criar os dormentes.

Ruthie avançou até a foto que mostrava a abertura localizada na base da rocha. A foto tinha sido tirada em outubro, à luz do dia, mas além de ali agora estar um breu, estava também tudo coberto de neve. Ruthie estudou a granulosidade, o formato e as sombras da rocha mostrada na foto, depois iluminou com a lanterna as rochas à sua frente.

Candace estava errada. As rochas não eram todas iguais.

— Acho que esta é a maior de todas — disse Ruthie. — O dedo médio. Estão vendo aqui, como ela parece estar meio inclinada para a esquerda em comparação com a outra ao seu lado na foto? E olhem o ângulo de onde ele tirou a foto. Deve ter tirado dali, da esquerda. Olhem o bordo imenso no plano de fundo. — Ela apontou para a árvore, agora encoberta de neve.

Devolveu a câmera para Katherine e retirou suas raquetes de neve. Usou uma delas como pá para retirar a neve da base da rocha do dedo médio. Logo ela descobriu uma pedra com mais ou menos 60 centímetros de diâmetro e várias outras pedrinhas menores apoiadas na base do dedo. Puxou com força a pedra maior, mas ela nem se mexeu, parecia cimentada no chão devido ao gelo e à neve.

— Me ajude aqui — pediu ela a Candace. Juntas, as duas ergueram e empurraram a pedra. Até que, por fim, ela cedeu e rolou para o lado, como se elas tivessem empurrado a bola inferior de um boneco de neve.

Katherine iluminou com sua lanterna o pequeno buraco situado na base da enorme rocha em formato de dedo.

— É aqui! A entrada!

A abertura parecia estreita, mal dava para um adulto se espremer para passar. Se Ruthie tivesse topado com ela ao fazer uma trilha por ali, teria pensado que era a toca de um pequeno animal — uma raposa ou quem sabe um cangambá — e passado direto.

Ruthie acendeu sua lanterna e lançou a luz dentro do buraco estreito. A escuridão parecia devorar seu raio de luz e ela não conseguiu enxergar até onde ia o túnel.

— Será mesmo que esse buraco vai dar em algum lugar? — indagou ela, desconfiada. O que ela realmente estava pensando, entretanto, era: *Nem ferrando eu entro aí.*

Subitamente ela teve a sensação de que aquilo era uma grande peça que estavam pregando nela, de que a qualquer segundo todos cairiam na gargalhada e dariam tapinhas nas costas de Ruthie, dizendo: *Pegamos você!* Até mesmo sua mãe sairia de seu esconderijo, ela também uma das integrantes da brincadeira. Talvez tudo aquilo tivesse sido fruto da imaginação dela, uma maneira de ensinar a Ruthie uma lição sobre responsabilidade.

— Só existe um jeito de descobrir — afirmou Candace. — Vou entrar primeiro, mas se vocês não vierem logo em seguida, podem apostar que saio em um piscar de olhos. E não vou estar nem um pouco contente. — Ela deu um tapinha no coldre que estava sob seu casaco, para o caso de alguém não ter entendido o recado.

— Não sei, não — disse Ruthie. *Que tipo de pessoa usa na vida real a expressão "piscar de olhos"? Principalmente quando está ameaçando os outros com uma arma?*

— Ela não gosta de lugares pequenos — explicou Fawn para as outras. *Eufemismo do ano*, pensou Ruthie.

— Eu também não sou nenhuma fã — rebateu Candace. — Mas, gostando ou não, é aí embaixo que temos de ir.

Candace enfiou a mochila pelo buraco, depois tirou o casaco e o empurrou para dentro também. Deixou as raquetes de neve encostadas na pedra. Depois de ligar a lanterna de cabeça, espremeu-se para entrar no buraco e pareceu ficar presa em algum ponto no meio do caminho.

— Talvez esse buraco não seja grande o bastante. Talvez a gente não consiga passar e seja apenas um beco sem saída — sugeriu Ruthie, começando a suar enquanto observava os esforços de Candace. Candace dava chutes, retorcia-se e espremia-se como um nadador encalhado em terra. Elas ouviram xingamentos abafados vindo de dentro do buraco, mas, por fim, os pés de Candace sumiram. Alguns momentos depois, elas ouviram um grito com eco:

— Consegui! Venham! Depressa! Vocês não vão acreditar nisso aqui.

Katherine virou-se para as meninas e começou a falar em voz baixa, rapidamente:

— Agora é minha vez — afirmou ela. — Vou demorar o máximo que eu puder para entrar. Mas vou dizer o que quero que vocês duas façam. — Ela procurou algo no bolso de seu casaco e sacou de lá um molho de chaves. — Peguem a trilha que vai direto até a estrada. Meu carro está estacionado a mais ou menos 500 metros da entrada da sua casa. É um Jeep Cherokee preto. Meu celular está no porta-luvas. Liguem para pedir socorro. Se não houver sinal, entrem no carro e sigam até a casa mais próxima. Mas saiam daqui agora. Essa tal de Candace é obviamente maluca, e eu tenho medo de que ela acabe machucando alguém com essa arma que ela não para de apontar para todo o lado. Eu vou atrasá-la um pouco, para que vocês duas tenham tempo de fugir.

— Mas que droga é essa, cadê vocês? — berrou Candace do buraco. — Quem vai ser a próxima?

— Eu! — gritou Katherine para dentro do buraco. — Já estou indo!

Por um minuto, Ruthie se permitiu imaginar a cena: ela e Fawn fugindo morro abaixo, ligando para a Emergência do celular de Katherine, orquestrando um resgate. Candace, porém, acreditava que sua mãe estava naquela caverna. E se ela estivesse certa? E se sua mãe estivesse machucada, ou Candace a alcançasse primeiro, com suas teorias da conspiração insanas... e sua arma?

Ruthie balançou a cabeça e abaixou a voz.

— Eu não vou embora.

Apanhou a boneca da mão da irmã, desembrulhou o revólver e mostrou-o a Katherine, segurando-o na palma aberta de sua mão.

— Eu realmente acredito que a minha mãe possa estar aí dentro. E sei que, não importa o que esteja acontecendo, ela jamais nos abandonaria de propósito. Por isso, se ela estiver mesmo aí embaixo, há grandes chances de que esteja em perigo. E agora, com Candace, essas chances só aumentaram.

Katherine olhou o revólver, suspirou e assentiu.

Ruthie virou-se para Fawn:

— Pegue as chaves você e siga pela trilha até a estrada. Encontre o Jeep e ligue pedindo socorro. Você é uma menina grande. Pode fazer isso.

Fawn balançou a cabeça com determinação.

— De jeito nenhum. Mimi e eu vamos ficar com você. Vamos ajudar você a encontrar Mamãe.

— Certo — concordou Ruthie, desejando saber se estava tomando a decisão mais acertada. Porém, ela poderia ficar a noite inteira ali debatendo planos e imaginando situações possíveis enquanto, nesse meio-tempo, sua mãe talvez estivesse lá embaixo correndo perigo.

— Vocês duas tomem cuidado, certo? — pediu Katherine. — Não façam nenhuma besteira.

— Você também — retrucou Ruthie, pensando em como Katherine tinha estudado a foto com as instruções de Titia, como ela havia parecido ansiosa para mandar as meninas embora.

— Por que estão demorando tanto, meninas? — berrou Candace.

— Desculpe — gritou Katherine em resposta para o buraco. — Eu não estava conseguindo tirar essas malditas raquetes de neve. Já estou indo! — Ela enfiou a mochila no buraco, depois meteu o corpo ali dentro e logo desapareceu.

— Mimi e eu somos as próximas — disse Fawn. Ruthie entregou a lanterna para a irmã menor.

— Eu estarei logo atrás de você — prometeu Ruthie. Ela certificou-se de que a trava de segurança do revólver estava acionada, exatamente como Buzz havia lhe mostrado, antes de guardá-lo no bolso de seu casaco.

O tamanho de Fawn decididamente era uma vantagem para ela. Ela deslizou pela passagem estreita com facilidade, iluminando com a luz da lanterna as paredes irregulares de pedra úmida e escura.

Ruthie respirou fundo e entrou em seguida. O túnel cheirava a pedra molhada, terra e... fumaça de lenha? Era mesmo, com certeza: um fogo estava aceso em algum lugar ali perto. A abertura era apertada, e ela espremeu o corpo de bruços como uma rolha numa garrafa, com a cabeça baixa, os olhos nos pés da irmã à sua frente. O coração de Ruthie disparou, e sua respiração estava tão rápida que ela sentiu medo de que pudesse desmaiar.

— Tudo bem aí, Ruthie? — gritou Fawn para trás.

— Tudo — respondeu Ruthie, com uma vozinha pequena e aguda. Será possível que o túnel estivesse ficando ainda menor? Ela imaginou as pedras aproximando-se para esmagá-la até que suas costelas começassem a se quebrar e seus olhos saltassem para fora da cabeça. Se sua intuição estivesse certa e sua mãe estivesse mesmo em algum lugar ali embaixo, Ruthie poderia matá-la por ter colocado as filhas naquela situação. Ela estava sentindo mais medo do que jamais se lembrava de ter sentido em toda a sua vida.

— Não se preocupe, o túnel fica maior depois — prometeu Fawn.

— Quem é que está preocupada? — murmurou Ruthie, certa de que teria um ataque do coração a qualquer instante. Seus cotovelos doíam por ela estar se arrastando pela rocha áspera.

De repente tudo ficou preto.

— O que aconteceu com a lanterna? — perguntou Ruthie, em pânico crescente.

— Acho que parou de funcionar — gritou Fawn em resposta. Ela ouviu o som de uma lanterna sendo chacoalhada, de pilhas tilintando com um som seco dentro do estojo de plástico.

Agora estava escuro como breu, mais escuro do que qualquer coisa que Ruthie já tivesse imaginado — uma escuridão que parecia se estender pela eternidade.

É essa a sensação de ser enterrado vivo, pensou.

— Tudo bem, continue em frente — disse Ruthie, tentando forçar sua voz a parecer corajosa.

Fawn tinha razão, o túnel realmente se alargava; só que em seguida voltava a se estreitar. Ela fechou os olhos com força, tentou ludibriar a si mesma dizendo que quando os abrisse de novo não estaria mais escuro. Ruthie era obrigada a rastejar de barriga para baixo com os braços dobrados, usando os cotovelos e os dedos dos pés para impulsionar o corpo para a frente. O túnel continuou por mais uns 3 metros numa descida íngreme depois que a lanterna pifou. Sua jaqueta e a camisa tinham se enrolado para cima, e agora o chão áspero de pedra do túnel começava a arranhar sua barriga.

— Pare — pediu ela em voz alta.

— A gente está quase no fim — gritou Fawn em resposta, com voz abafada. — Estou vendo uma luz. — Ela parecia estar muito mais distante do que Ruthie imaginara que estivesse.

Ruthie empurrava sua mochila para a frente, ouvindo os sons fracos de Fawn arrastando-se mais adiante. Quando, finalmente, ela se atreveu a abrir os olhos, avistou o brilho suave da luz de lanternas mais à frente. Alguns centímetros depois e Ruthie percebeu que já podia engatinhar. Mais um pouco e ela saiu em uma câmara grande e aconchegante. Ruthie ficou de pé, hesitante, alongou o corpo e olhou em volta. Colocou a mochila nas costas e checou se a arma continuava no bolso da sua jaqueta.

É só não pensar que você está embaixo da terra, disse Ruthie a si mesma.

Fawn entregou a lanterna para a irmã.

— Tá funcionando de novo. Acho que eu só não tinha conseguido ligar direito. Desculpe.

— Tudo bem — disse Ruthie. — Você é uma menina muito corajosa, sabia? — Fawn sorriu para a irmã.

O brilho na câmara não vinha apenas da luz das lanternas; havia lampiões a óleo acesos em toda parte do aposento. E um aposento aquilo de fato era: havia prateleiras, uma mesa, um fogão a lenha com uma chaminé que se enfiava em uma fenda no alto do teto de pedra. Um fogo estava aceso ali, estalando, e quase fez Ruthie esquecer-se de que estava dentro de uma caverna embaixo da Mão do Diabo. Havia até mesmo uma cama, com uma pilha alta de colchas de retalhos, numa alcova irregular à esquerda.

O lugar lhe pareceu estranhamente familiar.

Ruthie caminhou até uma das prateleiras de madeira. Havia jarros de água, sacas de farinha e açúcar, caixas de chá e de café, latas de sardinha e atum, sopas e legumes em lata, uma cesta de maçãs.

Ruthie apanhou uma delas. Não havia sinal de podridão.

— Os lampiões estavam acesos quando eu cheguei — afirmou Candace. Segurava a arma na frente do corpo enquanto lançava a luz da sua lanterna de cabeça ao redor do quarto. Havia outros três túneis além daquele pelo qual elas vieram, cada um levando a uma direção diferente, todos eles no breu.

— Ruthie, olhe! — gritou Fawn com um som agudo. Ela estava perto da cama e segurou um espalhafatoso poncho de crochê roxo e amarelo.

— É da Mamãe! — exclamou Ruthie.

Fawn assentiu, animada.

— Ela estava usando ele naquela noite. Quando ela desapareceu!

Ruthie deu um passo adiante para olhar melhor o poncho, depois congelou quando viu o que estava sentado na cabeceira da cama, ao lado do travesseiro.

Seu velho ursinho de pelúcia verde — Piney Boy. Ruthie apanhou o urso e o abraçou; uma lembrança lhe veio à cabeça de repente, nublada, parecendo um sonho. O lugar lhe parecia familiar porque ela já tinha estado aqui antes, naquele quarto. Ela havia seguido alguém até aqui embaixo.

Fechou os olhos e deixou a lembrança levá-la mais adiante.

Uma garotinha morava ali. Mas ela não era legal. Ela tinha mostrado algo sombrio e terrível a Ruthie.

Depois, seu pai lhe disse que ela havia imaginado tudo aquilo.

Ela olhou ao redor do quarto. Não era possível, era? Como podia uma menininha morar numa caverna embaixo da Mão do Diabo?

— É seu, né? — perguntou Fawn. — De quando você era pequena? É o ursinho que você está segurando naquela foto antiga.

Ruthie assentiu, ainda abraçando o urso com força, lutando para se lembrar de mais coisas daquele dia tão distante. O que a menina havia lhe mostrado?

— Tem mais alguma coisa — disse Fawn. — Embaixo da cama. — Ela apontou. Segurando o urso com uma das mãos e a lanterna com a oura, Ruthie espiou embaixo da cama.

Havia uma jaqueta de esqui branca e roxa sobre o chão de pedra. Estava rasgada e coberta de manchas castanhas: sangue velho.

— É igual à jaqueta que aquela menina desaparecida estava usando, né? — perguntou Fawn. — Willa Luce?

Ruthie fez que sim e desviou os olhos.

Pensou no que Candace havia dito — que seus pais afirmaram existir um monstro na floresta. Um monstro que matou Tom e Bridget O'Rourke, seus pais biológicos. Onde estaria Ruthie quando eles foram assassinados? Teria sido testemunha do que acontecera com eles? A própria ideia disso fez com que se sentisse enjoada. As paredes da caverna pareciam se aproximar; o ar ficou mais rarefeito.

— Alice Washburne! — gritou Candace, e sua voz ecoou, machucando os ouvidos de Ruthie. — Estou com suas filhas aqui! Apareça agora, ou irei machucá-las!

Ruthie recolocou o ursinho na cama e enfiou a mão no bolso para apanhar o revólver. Destravou a trava de segurança e segurou a respiração, esperando.

Elas ficaram ouvindo com atenção por um minuto. Tudo o que escutavam era o estalar do fogo e o som de alguma coisa pingando à distância.

— Não gosto daqui — falou Fawn, aproximando-se de Ruthie. — Não gosto daqui embaixo.

— Nem eu — concordou Ruthie, segurando a arma em seu bolso.

Silêncio.

— Droga! — vociferou Candace. Ela deu a volta na câmara e espiou em cada túnel com sua lanterna de cabeça. Enfiou a cabeça em um deles e disse algo que Ruthie não conseguiu entender.

— E agora, o que vamos fazer? — perguntou Ruthie, de olho na arma na mão de Candace. Com certeza ela devia estar blefando. Não iria machuca-lás. Deixaria as duas vivas e bem para usá-las como barganha quando chegasse a hora.

— Vamos ter de explorar esses túneis, um de cada vez.

Por favor, meu Deus, chega de túneis estreitos, pensou Ruthie.

— A gente podia se dividir — sugeriu Ruthie. — Ou talvez eu e Fawn pudéssemos ficar aqui, para o caso de minha mãe aparecer.

— Não! — vociferou Candace. — Vamos todas juntas. — Ela olhou em volta da caverna, com olhos arregalados e brilhantes. — Espere um pouco. Cadê a Katherine?

Ruthie correu os olhos pelo aposento, lançou a luz da lanterna pela abertura escura dos três túneis.

— Merda! — berrou Candace.

Katherine tinha desaparecido.

1908

Sara

31 de janeiro de 1908

Titia.
Pisquei os olhos uma, duas, três vezes, e no entanto ela continuou parada à minha porta, um ser de carne e osso. Com certeza aquilo não era espírito nenhum: ela tinha forma, substância; neve pingava de suas roupas, e seu corpo lançava uma sombra comprida atrás de si.
Gertie fugira assim que ouviu a voz de Titia lá fora; provavelmente tinha voltado para o armário para se esconder.
Shep estava ao meu lado e soltava um rosnado baixo e rouco. Titia lhe lançou um olhar e ele saiu com o rabo entre as pernas.
— Você é... — perguntei, gaguejando. — Você é uma deles? Você voltou do mundo dos mortos?
Talvez eu tivesse mesmo enlouquecido, no fim das contas.
Ainda segurava a espingarda de Martin com tanta força que meus dedos haviam ficado brancos. Titia lançou um olhar para a arma e gargalhou. O som parecia o de um vento enlouquecido atravessando um milharal seco.
Ela estava mais velha. Seu cabelo, que antes tinha a cor de um corvo, agora era grisalho como aço e estava emaranhado em nós rebeldes, amarrado em chumaços com trapos e fitas de couro. Contas, penas e pedrinhas bonitas entrelaçadas nos fios. Sua pele era castanho-escura e enrugada. Ela usava uma pele de raposa ao redor dos ombros.
— Seria mais fácil para você se eu fosse um dormente? — perguntou Titia.

— Eu...

— Mais fácil acreditar que durante todos esses anos você estava certa, de que eu estou morta nas cinzas da minha casa? — O rosto dela tornou-se uma tempestade.

— Mas como? Como você conseguiu se salvar? — Eu me lembrei do calor do fogo, da fuligem que choveu sobre nós e nos cobriu da cabeça aos pés; de como, no fim, nada mais havia restado além de alguns poucos restos carbonizados e aquele velho fogão a lenha. — Eu ouvi o tiro. Eu vi seu chalé se queimar completamente.

Titia deu uma risadinha amarga.

— E você achou mesmo que seria assim tão fácil me matar, Sara?

Eu me lembrei de Chumbo de Espingarda, com seu pelo chamuscado, fugindo para a floresta. Estaria indo atrás de Titia?

— Me matar e deixar meus restos mortais para apodrecer nas cinzas?

Dei um passo para trás, subitamente com medo.

— Eu tentei impedir — falei, com a voz trêmula. — Eu tentei inclusive entrar depois que a casa pegou fogo, mas Papai me segurou.

Titia deu um passo para a frente, balançou a cabeça com desapontamento.

— Você não tentou o bastante, Sara.

— E você esteve viva todo esse tempo? — perguntei, sem conseguir acreditar. — Onde você esteve?

— Voltei para casa. Para o meu povo. Tentei deixar o passado para trás, esquecer todos vocês. Mas, veja só, não consegui esquecer. Sempre que estava perto de esquecer, bastava olhar para as minhas mãos. — Titia retirou as luvas, mostrando as mãos e os dedos repletos de cicatrizes grossas, retorcidas e brancas. — Tem outra na minha barriga, também, no lugar onde levei o tiro do seu pai. A ferida infeccionou. Foi uma desgraça terrível.

Titia esfregou a barriga com a mão direita repleta de cicatrizes.

Ergueu os olhos para olhar dentro dos meus; os dela eram negros como dois poços sem fundo.

— Mas às vezes as cicatrizes que mais doem são aquelas que estão enterradas lá dentro, não é verdade, minha Sara?

Eu não abri a boca, mantive os olhos fixos em suas mãos brancas horrendas.

— Eu sabia que um dia eu voltaria. Voltaria e manteria minha palavra: vocês iriam pagar. Vocês iriam pagar pelo que você e sua família fizeram comigo. Por me virarem as costas, depois de tudo que fiz por vocês. Eu amamentei você, a criei como se fosse minha própria filha, e é assim que você me retribui, tentando me queimar viva?

— Mas não fui eu! Foi Papai! Ele estava enlouquecido de dor.

Ela abriu um sorriso sinistro.

— A loucura é sempre uma desculpa maravilhosa, não concorda? Para fazer coisas terríveis com os outros. — Havia um brilho ligeiro em seus olhos negros. — E com os filhos dos outros.

Meu coração cobriu-se de gelo quando uma ideia terrível me tomou.

— Há quanto tempo você está de volta? — perguntei, tentando manter o tom de voz tranquilo.

— Ah, já faz um tempinho. O bastante para ver sua pobre família lutar para sobreviver. Seu marido manco, que luta com a terra em vez de trabalhar junto com ela. Sua filha. Sua linda filhinha. Tão pequenina. Tão delicada. Tão parecida com você quando tinha a idade dela.

— Gertie — pronunciei, com a voz entrecortada. — Ela se chama Gertie.

A boca de Titia se retorceu em um sorriso doloroso.

— Ah, eu sei. Nós duas nos conhecíamos bem, eu e ela.

Olhei dentro de seus olhos e, naquele instante, finalmente soube a verdade.

Dei um passo para trás, levantei a espingarda e mirei no peito dela.

— Não foi Martin. *Você* foi quem matou Gertie.

Ela deu uma risada rouquenha, atirando a cabeça para trás.

— Só que todas as evidências apontavam para Martin, não é? O anel dele no bolso de Gertie... Meu anel, que ele desencavou no campo. Eu não culpo você por ter atirado nele. Teria feito a mesma coisa.

— Eu não atirei nele. Foi um acidente.

Titia gargalhou, mostrando seus dentes podres e pontudos.

— Você colocou o anel lá — acusei. — Você o tirou do bolso de Martin, de algum jeito. Foi você quem deixou os bilhetes que supostamente teriam sido escritos por Gertie.

Ela deu um sorriso largo e torto.

— Minha pequena Sara, sempre tão inteligente. Uma estrela.

Eu dei um passo à frente e empurrei o cano da espingarda contra o peito dela.

Ela gargalhou e balançou a cabeça para mim, como se eu fosse uma criança boba novamente. Uma menininha que simplesmente não conhecia nada do mundo.

— Adiantaria alguma coisa me matar agora, Sara? Ajudaria a trazer de volta tudo aquilo que tirei de você? Sua filha? Seu marido? Seu irmão e seu pai?

— Você não matou meu pai — retruquei.

— Não. Ele mesmo se matou com a bebida. Porque não conseguia viver depois do que fez comigo.

Olhei em seus olhos, tão profundos e negros. Seus olhos me atraíram e me contiveram, me levaram de volta ao tempo em que eu era uma garotinha e ia passear com ela no riacho de mãos dadas.

Você é diferente dos outros, Sara. Você é como eu.

Talvez, pensei. Talvez eu seja *mesmo* igual a Titia. Talvez eu também seja capaz de assassinato, de vingança. Matar Titia não traria de volta tudo o que ela tomara de mim, mas seria fazer justiça. Eu mataria Titia. Faria isso por Gertie. Por Martin. Pelo meu pai e pelo meu irmão.

Porém, já era tarde demais.

Em um único movimento impossivelmente veloz, Titia arrebatou a espingarda das minhas mãos, virou-a e apontou-a para o meu peito. Eu havia me esquecido de sua força e agilidade.

— Vamos ver se conseguimos encontrar a sua Gertie, que tal? — sugeriu ela, como se eu tivesse alguma escolha. — Temos poucas horas antes de ela voltar para a terra. Quero ver isso acontecer. Quero ver seu rosto quando a assombração deplorável que você trouxe de volta desaparecer para sempre.

4 DE JANEIRO

Presente

Katherine

De início Katherine seguiu às cegas, com medo de ligar a lanterna, pois elas veriam a luz e iriam atrás dela. Não demorariam para encontrá-la. Ela precisava agir depressa.

O túnel seguia por mais ou menos 6 metros constantemente para baixo, com paredes frias e gotejantes, fazendo com que seus pés escorregassem sobre a pedra molhada. Ela precisava andar encurvada, dando cada passo com cautela por cima e ao redor das pedras, tateando pelo caminho como uma criatura cega das cavernas.

Não sabia para onde estava indo. Estaria o portal em algum lugar determinado daquela caverna? Ou será que ela poderia fazer o ritual em qualquer ponto?

Ela parou para recuperar o fôlego e escutou com atenção. Ouviu vozes, mas eram distantes, meros ecos. Não viu nenhum clarão de luz vindo da direção da câmara; agora ela já devia estar longe o bastante para poder ligar sua lanterna. Piscou ante a luminosidade repentina e viu que tinha chegado em uma encruzilhada. Hesitou, depois virou à esquerda. O teto do túnel ficou mais baixo, a ponto de ela se ver obrigada a engatinhar. Mais ou menos 2 metros à frente o túnel acabou em um beco sem saída. Ela voltou pelo mesmo caminho e dessa vez virou à direita na encruzilhada. Seguiu as voltas e reviravoltas, desceu espremida de lado pela passagem quando ela ficou estreita demais. O avanço era lento, e Katherine calculou que só tinha percorrido uns 3 metros.

Continue em frente, sussurrou Gary. *É aqui. Você está quase chegando, amor.*

Ela não conseguia mais ouvir as outras às suas costas. Tinha se afastado demais da câmara principal agora. E um pensamento novo e aterrorizante a invadiu: *Será que vou conseguir encontrar o caminho de volta?* Ela pensou em todas as imagens que já vira nos filmes, de gente que entrava numa caverna e percebia que o lugar estava repleto de ossos das pessoas que não tinham conseguido voltar.

Ela devia ter deixado marcas nas paredes, uma trilha de migalhas no chão — alguma coisa, qualquer coisa. Quantas voltas havia dado? Ela virara uma vez à direita e depois topara com a encruzilhada. Ou será que tinha virado duas vezes para a direita?

Não se preocupe, eu lhe mostrarei o caminho de volta, prometeu Gary, num murmúrio sibilante em seu ouvido esquerdo.

O chão sumiu embaixo dela e ela caiu aos trambolhões, batendo o joelho e o cotovelo esquerdo. A lanterna caiu de suas mãos e desligou.

— Merda! — gritou ela.

Tentou apanhar a lanterna de volta e a ligou para verificar a extensão do estrago. Ainda estava funcionando, graças a Deus. Seus jeans estavam rasgados, a pele ralada e sangrando, mas, no geral, não parecia ter sido tão ruim. Ela lançou a luz ao redor para ver onde tinha ido parar.

Estava em uma pequena câmara com paredes arredondadas. Havia uma depressão no meio para uma fogueira, cheia de gravetos consumidos parcialmente pelo fogo. O chão estava coberto de solo pedregoso e cascalho. Nas paredes em torno havia desenhos e escritos feitos com carvão e tinta castanho-avermelhada (ou seria sangue?). Imagens malfeitas de corpos enterrados na terra se levantando, voltando para o mundo dos vivos.

As palavras DORMENTE DESPERTADO estavam escritas por todo o lugar, pelo menos uma centena de vezes.

— É aqui — pronunciou Katherine em voz alta. Ela havia sido conduzida exatamente aonde precisava estar.

Começou a trabalhar rapidamente: sacou a vela, os fósforos, o corpo do coelho e a câmera de Gary.

Pousou a lebre de costas sobre a pedra e com os dedos apalpou seu peito. O pelo era macio, a caixa torácica pequenina e flexível. Hesitou apenas ligeiramente e usou a pequena lâmina do canivete suíço para abrir o peito do animal ao longo do esterno, com suavidade e delicadeza. Não foi preciso fazer muita pressão. Todos os ensinamentos das suas aulas de biologia na faculdade vieram à tona mais uma vez, enquanto ela localizava os pulmões e o coração com facilidade e cuidadosamente retirava o minúsculo coração. Ainda estava quente.

A velha Katherine talvez tivesse ficado com nojinho daquele ato, mas a nova Katherine o executou sem nenhum esforço, como se fizesse esse tipo de coisa todos os dias.

Com os dedos pegajosos do sangue do coelho, ela acendeu a vela e apanhou a câmera de Gary.

— Gary, eu o convoco de volta para mim. Dormente, desperte! — Ela disse isso sete vezes, cada repetição proferida de modo mais urgente, de modo mais incisivo que a anterior, até que, na última vez, era quase um grito.

Enfiou a lâmina grande do canivete no solo de pedra e descobriu que era solto e arenoso. Cavou com a faca e produziu um pequeno buraco; ali ela deixou cair o coração e o cobriu com terra.

— Para que seu coração possa bater mais uma vez — falou em voz alta e decidida.

Começou a fazer outro buraco, soltando a terra com a faca e em seguida cavando com as unhas, retirando a terra com as mãos até obter um buraco grande o bastante para acomodar a câmera.

— Um objeto seu para ajudar você a encontrar o caminho.

Katherine sentou-se e esperou.

— Vamos, Gary — pediu. — Eu fiz a minha parte. Agora faça a sua.

Prendeu a respiração, esperando.

Pensou no primeiro beijo dela e de Gary, no ateliê de pintura da faculdade tantos anos atrás, no cheiro da tinta a óleo e de aguarrás ao redor deles. Em como ela havia desejado que aquele beijo jamais acabasse, que eles pudessem ficar para sempre no prédio do departamento de pintura, com 20 anos de idade e tão apaixonados que chegava a doer. Em como aquele único momento havia se transformado no centro do restante de suas vidas: tudo o que aconteceu depois girou ao redor dele, como se o próprio beijo fosse o olho de um furacão.

Ela se permitiu imaginar como seria ver Gary novamente, abraçá-lo, cheirá-lo, sentir seu gosto, sentir sua respiração. Todas as palavras que eles não tiveram a chance de dizer um para o outro poderiam ser ditas.

Sete dias inteiros. Que presente! Eles poderiam fazer coisas para encher uma vida inteira em sete dias. Poderiam apanhar alguma coisa de Austin no apartamento, trazê-la para esta caverna e convocá-lo de volta também. Então novamente seriam uma família.

Apesar disso, quanto mais ela esperava, mais a dúvida se instalava dentro dela.

E se não desse certo?

Ou... e se desse certo, mas o Gary que retornasse não fosse o Gary de quem ela se lembrava?

Sua mente encheu-se de imagens de filmes horrorosos de zumbi: os mortos-vivos brancos e apodrecidos, com membros caindo aos pedaços, gemendo enquanto se arrastavam pelo mundo dos vivos.

Ela guardou suas coisas, depois de decidir que não iria esperar mais. Iria embora, depressa.

Quando estava se arrastando para fora da câmara, ouviu passos vindo do túnel à esquerda, por onde tinha vindo. Eram lentos e constantes, e seguiam em sua direção. Pior: havia um leve som de algo arranhando a cada passo, um arrastar horrendo.

Ela se virou e correu para o outro lado, sem se atrever a ligar a lanterna, com as mãos protetoramente estendidas na frente do corpo enquanto tateava inutilmente na escuridão.

1908

Martin

31 de janeiro de 1908

Martin seguiu cambaleando enquanto descia novamente o morro. Para casa. Sim, para casa. Ele estava indo para casa.

Tinha estado na floresta por no mínimo duas horas, de início correndo, depois caminhando, e, por último, finalmente, desabando na neve; ali ele ficou, tentando se convencer de que tinha apenas imaginado o vulto nas sombras atrás de Sara, que fora um tremendo covarde por fugir.

Ele não precisava do seu irmão, o doutor, para lhe dizer que ele não tinha muito tempo. Não queria morrer naquela floresta abandonada por Deus. Queria ver Sara mais uma vez, dizer a ela o quanto a amava, apesar de tudo. Acima de qualquer coisa, ela precisava saber que ele não havia machucado Gertie. Ele não podia morrer sabendo que Sara acreditava que ele havia sido o culpado por uma coisa dessas. Portanto, ele se forçara a se levantar da neve e começara a lenta descida pelo morro.

A cada vez que ele inspirava, a ferida do lado esquerdo do seu corpo ardia de dor. A bala o atingira logo abaixo da caixa torácica. O sangue encharcava sua camisa e seu pesado casaco de lã. Ele não conseguia parar de tremer.

Agora ia cambaleando, a respiração entrecortada enquanto arrastava-se pelo campo. Aquele maldito campo, onde nada jamais crescia. Ano após ano, ele havia arado, adubado e cuidadosamente semeado sementes que jamais vingavam, apesar de todos os seus esforços. Tudo o que aquela terra produzia eram pedras, pratos de jantar quebrados, velhas xícaras de alumínio e, uma vez, aquele lindo anel esculpido de osso.

Ele olhou para a casa que começava a surgir à sua frente, lembrou-se de quando carregou Sara porta adentro no dia de seu casamento. Do quanto estava apaixonado por ela. Sara, com seu cabelo ruivo rebelde e seus olhos brilhantes. Sara, que conseguia enxergar o futuro. Lembrou-se de quando ela, ainda garotinha, dissera a ele no pátio da escola: "Martin Shea, você é o homem com quem irei me casar." De como ele lhe dera então aquela bola de gude boba. Ela ainda a guardava em uma caixinha junto com os dentes de leite de Gertie e um dedal de prata que havia pertencido à sua mãe.

Imagens da vida dos dois preencheram sua cabeça e seu coração: os Natais que passaram juntos; a vez em que foram dançar no salão em Barre e a roda da carroça quebrou no caminho de volta para casa, forçando os dois a passarem a noite dentro dela, aninhados embaixo de seus casacos, felizes. Havia lembranças dolorosas também. A perda dos bebês que Sara carregava dentro de si. A morte do pequenino Charles; como Sara o segurara nos braços, recusando-se a soltá-lo, recusando-se a acreditar que ele havia morrido. E, claro, a morte de sua querida Gertie.

— Sara — gemeu Martin enquanto passava pelo celeiro, os pés esmagando a neve. — Minha Sara. — Ele caiu e lutou para voltar a se levantar, deixando o chão branco manchado de vermelho, como um anjo de neve ferido. Talvez ela estivesse ali esperando por ele na porta com a espingarda. Talvez fosse isso o que ele merecesse.

Está quase lá, Martin, disse a si mesmo.

Sim, ele estava quase chegando em casa. Queria, mais do que tudo, entrar, subir as escadas pela última vez e deitar na cama. Queria que Sara o cobrisse com colchas de retalhos, que se deitasse ao seu lado, que afagasse seu cabelo.

Desejos impossíveis.

Me conte uma história, ele pediria. *Uma história de aventuras — a história da nossa vida juntos.*

Ao atravessar o jardim, avistou um vulto nos fundos, perto do pequeno cemitério. A pessoa o viu e se escondeu atrás do velho bordo.

Ele se aproximou.

— Olá? — chamou, com a voz fraca. — Sara?

Mas não havia ninguém ali.

Devia ser apenas sua imaginação.

Que garoto mais imaginativo ele havia sido, um dia. Um garoto com o coração de um herói. Um garoto que tinha certeza de que grandes aventuras esperavam por ele.

Ele ouviu a porta da frente bater com força ao se abrir atrás de si e virou-se para ver Sara descendo os degraus, cambaleando. Sara, sua Sara. Sempre radiante.

Porém, havia alguma coisa de diferente. Alguma coisa estava errada. Ela caminhava de um jeito estranho, e seu rosto estava tomado pelo terror.

Atrás dela, uma velha saiu pela porta. Ela estava segurando a espingarda de Martin, empurrando o cano contra as costas de Sara.

— Sara? — berrou Martin, virando-se na direção das duas mulheres. — O que está acontecendo? Quem é essa mulher?

Sara levantou a cabeça.

— A mulher que matou nossa filhinha — respondeu. Ela olhou para ele com uma expressão de tremenda agonia. — Oh, Martin, eu sinto tanto — disse ela. — Por um dia pensar que poderia ter sido você.

E eu por pensar que tinha sido você, pensou ele.

Ele viu o modo como o rosto maligno da velha se retorceu em um sorriso hediondo e soube que precisava fazer alguma coisa. Ainda que fosse seu último ato ali na Terra, precisava salvar sua mulher. Sua bela Sara. Como pôde pensar que ela seria capaz de machucar Gertie? Tinha se enganado. Se enganado tanto.

Usando o que restava de suas forças, Martin correu e deu um pulo para a frente, tentando apanhar a espingarda. Entretanto, de algum modo, errou o golpe.

Como poderia ter errado?

Havia falhado com Sara mais uma vez. Provavelmente pela última vez.

A velha gargalhou, virou a espingarda e brandiu-a como um porrete, de modo que a coronha atingiu Martin bem no peito, exatamente no local onde ele estava sangrando.

Ele caiu no chão com um uivo de dor e tentou recuperar o fôlego, tentou fazer seus pensamentos se movimentarem para além da dor que ressoava em cada centímetro de seu corpo. Por mais que tentasse se colocar de joelhos, seu corpo simplesmente escorregava para baixo. A velha levantou a espingarda e tornou a bater no peito dele. Ele sentiu que estava afundando, caindo em algum lugar escuro e quente.

Na cama. Caía na cama deles, embaixo das cobertas, com Sara em seus braços.

— Por favor — soluçou Sara. — Pare.

— Só quando eu terminar — rosnou a velha. — Só quando tudo o que você tem se for.

Sara... Ele tentou dizer o seu nome. Dizer que estava tudo bem, de verdade. Ele merecia aquilo. E ela, ela merecia alguém melhor que ele. Quis dizer tudo isso a ela. Dizer o quanto ele lamentava. Conseguiu levantar a cabeça, abrir os olhos, e viu, atravessando o jardim, outra pessoa. Uma pessoa pequena, que seguia num passo arrastado, lento e decidido.

Uma criança. Uma criança loira com um vestido comprido.

E estava segurando um machado. O machado do próprio Martin. O machado que ele usava para partir lenha e matar galinhas. Martin mantinha sua lâmina tão afiada que seria capaz de cortar papel. Ele era bom em cuidar das coisas, em fazer as coisas durarem.

Mas você não foi capaz de cuidar de sua própria esposa e de sua filha, não é?

A menina caminhava resoluta para a frente e logo estava atrás da velha, que havia virado a arma e agora a apontava para Sara.

A menina levantou o machado bem alto, com os braços esticados. Ao se virar, ele viu seu rosto claramente à luz do luar.

Não podia ser.

— Gertie?

Ela brandiu o machado com toda a sua força, enterrando-o atrás do crânio da velha. O sangue espirrou pelo rosto da menininha. A espingarda caiu; a velha desabou, e a menina foi para cima dela, rasgando sua roupa e sua pele.

Martin fechou os olhos, desejando apenas que aquilo tudo acabasse.

— Martin? Martin? — Alguém o estava chacoalhando, estapeando seu rosto. Ele abriu os olhos. Estava deitado de lado no jardim, semicongelado sobre a neve, embora já não sentisse mais frio.

Lucius estava olhando para ele, o rosto uma máscara de horror e repulsa. Lucius, sempre calmo e estoico, estava verdadeiramente tremendo. Sua camisa estava amassada e manchada de sangue.

— Meu Deus, Martin, o que você fez?

Eu me feri sem querer, Martin tentou dizer. Sabia que estava morrendo. Enxergava no rosto de Lucius. Seu peito pesava, e sua respiração tinha se transformado em ofegos úmidos, difíceis. Ele tossiu, e um ligeiro borrifar de sangue saiu com força de sua boca.

— Sara — disse Martin, engasgado. Segurou a mão do irmão com força. — Me prometa que você vai cuidar da minha Sara.

— É um pouco tarde para isso, irmão — respondeu Lucius. Ele puxou a mão de volta e moveu os olhos para algo que estava atrás de Martin.

Martin se levantou com dificuldade e virou-se para olhar. A lua estava mais alta agora no céu, iluminando o jardim com uma claridade azul intensa.

Ele viu uma pilha de roupas rasgadas e ensanguentadas a não mais de 3 metros de distância — o vestido e o casaco de Sara.

— Não — gemeu.

Ao lado das roupas estava o corpo de uma mulher sobre uma cama de neve manchada de sangue. A mulher havia sido esfolada — a carne úmida cintilava, o crânio brilhava à luz do luar.

Martin virou o rosto e vomitou, os espasmos atravessaram seu peito aberto.

Então ele viu a espingarda.

— Como você pôde fazer uma coisa dessas? — perguntou Lucius, vociferando. Agora começava a chorar. Martin não via o irmão chorar desde que os dois eram pequenos.

— Não fui eu — afirmou Martin. Porém, pegou a espingarda e virou-a de modo que apontasse para o centro do próprio peito, apoiando o polegar de um jeito esquisito sobre o gatilho. — Foi Gertie.

Martin fechou os olhos e puxou o gatilho. Sentiu-se caindo na cama finalmente, quente e seguro ao lado de sua querida Sara. Gertie estava no corredor, cantando, a voz tão aguda e leve quanto a de um pardal. Sara pressionou o corpo contra o dele e sussurrou em seu ouvido:

— Não é bom estar em casa?

4 DE JANEIRO

Presente

Ruthie

— Mais rápido! — ordenou Candace rispidamente para elas. — Vamos logo. Não vou perder mais ninguém aqui.

Elas estavam andando por uma passagem estreita, com Candace na frente, iluminando o caminho com a lanterna de cabeça, segurando a arma com força na mão direita. Não havia maneira de saber para que direção Katherine tinha ido, portanto elas simplesmente escolheram o túnel mais próximo de onde ela havia estado da última vez em que Candace a viu.

— Katherine? — gritou Candace. — Alice?

O túnel parecia estar descendo, descendo cada vez mais para o fundo da terra. O ar parecia mais espesso, mais úmido. As paredes eram de pedra irregular; o chão também. Pelo menos era possível caminhar de pé. Ruthie se concentrou em manter a respiração o mais calma e constante possível, contando "Um, dois, três" para si mesma a cada inspiração e expiração. Passo a passo, ela seguia adiante, procurando não pensar em onde estava, somente no que precisava fazer: proteger Fawn e tentar encontrar sua mãe.

— Hã, Candace... talvez fosse melhor não ficar gritando por elas assim — sugeriu Ruthie. — Sabe como é, só para o caso de realmente haver outra pessoa aqui embaixo. Uma pessoa cuja atenção a gente não quer atrair.

Candace virou-se para trás e olhou para Ruthie.

— Quem é que manda aqui? — vociferou.

Ruthie enfiou a mão no bolso da jaqueta, envolveu os dedos ao redor da coronha do revólver.

— Está tudo bem aí? — perguntou ela a Fawn.

Sua irmãzinha assentiu, mas seu rosto parecia corado àquela luz fraca. Ruthie colocou a mão em sua testa: Fawn estava ardendo em febre de novo. Merda. Ela não tinha trazido Tylenol. O que podia acontecer com uma criança se a febre aumentasse demais? Convulsões; danos no cérebro, talvez.

Ela precisava tirar Fawn dali; jamais deveria ter trazido a irmã, para começo de conversa. Precisava levá-la para casa, dar-lhe remédio, colocá-la na cama, chamar um amigo para tomar conta dela; depois Ruthie faria Buzz voltar com ela para a caverna para procurar sua mãe.

— Mimi falou que este lugar é malvado — disse Fawn, com os olhos vítreos e estupefatos. — Ela falou que não é todo mundo que vai conseguir sair daqui hoje.

Ruthie se inclinou para baixo e olhou bem no fundo dos olhos da irmã.

— Nós vamos sair daqui, Fawn. Eu prometo. Logo.

— Shhh! — sibilou Candace; ela travou de repente, com a mão esquerda no ar como um gesto de pare. Elas pararam atrás de Candace e escutaram com atenção.

"Vocês ouviram isso? Passos! Lá na frente. Vamos! — Candace se pôs a andar depressa. Ruthie segurou a mão de Fawn e começou a seguir Candace. Ligou a própria lanterna para conseguir enxergar o caminho. Ela e Fawn deram com uma abertura estreita na parede de rocha que levava para a direita. Candace tinha seguido o túnel principal e estava bem na frente delas agora, a luz de sua lanterna ricocheteando pelas paredes. Segurando a mão de Fawn com força, Ruthie puxou a irmã para o túnel lateral. Precisou se abaixar para entrar."

— Depressa! — sussurrou, enquanto mergulhava naquela passagem, arrastando Fawn atrás de si.

— Para onde a gente vai? — perguntou Fawn. — Achei que a gente fosse ficar junto.

— Não tenho certeza se é uma boa ideia — retrucou Ruthie. — Aquela mulher tem uns parafusos a menos na cabeça.

— Hã?

— Deixa pra lá, só fique bem perto de mim, está bem? Vou tirar a gente daqui. Cavernas podem ter mais de uma entrada, certo?

— Sei lá, acho que sim — respondeu Fawn; depois sussurrou alguma coisa para Mimi, que Ruthie não conseguiu ouvir direito.

O túnel era alto o bastante para Ruthie ficar de pé, mas a abertura se estreitava até ela mal conseguir passar. Ela retirou o casaco com dificuldade e abandonou-o no chão da caverna. Agora ela se pôs a seguir de lado, as paredes de pedra arranhando dolorosamente sua barriga e seu traseiro, o revólver na sua mão direita, atrás de si, cuidadosamente apontado para baixo; ela segurava a lanterna com a mão esquerda estendida à sua frente, para iluminar o caminho. Suas costas estavam pegajosas de suor. Ela se forçou a continuar andando, a continuar respirando.

— Como você está aí atrás, minha Pequena Corça? — perguntou Ruthie, incapaz de se virar para olhar a irmã.

— Tudo bem — respondeu Fawn.

— Fique logo atrás de mim — mandou Ruthie.

— Hã-hã.

À medida que elas arrastavam-se vagarosamente para a frente, alguma coisa parecia mudar: o túnel tinha começado a se alargar, e a escuridão... estava mudando? Ruthie desligou a lanterna. Sim, com certeza uma luz estava vindo de algum lugar mais à frente. Será que de alguma maneira elas haviam dado a volta e retornado à câmara principal com todos aqueles lampiões acesos? O coração de Ruthie deu um pulo: estariam elas tão perto da sua liberdade?

— Shhh — disse Ruthie, estendendo a mão para colocar a lanterna no bolso de trás. Elas seguiram devagar, na ponta dos pés, enquanto as paredes se iluminavam cada vez mais e o túnel se alargava. O túnel terminava mais adiante e se abria em uma caverna que, com toda a certeza, não era a câmara onde elas estiveram antes. Ruthie pressionou as costas na parede do túnel e puxou Fawn para o seu lado. Colocou um dedo sobre os lábios. Fawn fez que sim. Ruthie levantou a mão para indicar: *Você fica aqui.* Fawn concordou novamente, com olhos imensos parecendo os de um lêmure. Segurando a arma com força na mão direita, Ruthie inclinou o corpo para a frente para dar uma espiada no lugar.

A câmara era triangular, menor do que aquela onde elas haviam entrado de início, com teto mais baixo. Havia uma mesa, onde um lampião a óleo estava aceso. Na mesa, uma única cadeira. Na cadeira, uma mulher estava sentada de costas para elas. Ruthie reconheceu o formato de seu corpo, seu cabelo, o suéter cinza bastante usado. Teve vontade de gritar para chamá-la, mas sentiu o perigo por perto. Alguma coisa naquela cena à sua frente não parecia certo — sentiu que era uma armadilha.

— Fique aqui — sussurrou para Fawn, pressionando a irmã contra a parede. — Se alguma coisa der errado, corra como uma louca.

Fawn assentiu, em pânico.

Ruthie entrou de fininho na câmara, olhando para todos os lados, procurando alguma coisa escondida nas sombras. Não havia nada. Nem outros móveis, nem nenhum sinal de vida. Um outro túnel conduzia para fora daquela câmara, como uma boca escura. Era possível que houvesse alguém, *alguma coisa,* escondida nas sombras ali, observando.

— Mãe? — chamou Ruthie, andando para a frente com a arma levantada, sem tirar o olho do túnel escuro.

Sua mãe não se virou. Não falou nada. Ruthie prendeu a respiração enquanto se aproximava. Sua mãe parecia estar se retorcendo, se virando, como se estivesse tendo uma espécie de convulsão ali na cadeira. Para Ruthie, parecia uma mulher sendo manipulada por cordas invisíveis.

Ruthie estacou, subitamente com medo de que talvez não fosse a sua mãe — de que a mulher virasse a cabeça a qualquer momento e Ruthie visse o rosto cinza de um extraterrestre ou de algum monstro pálido e horrendo do mundo subterrâneo.

— Mãe? — chamou novamente, com a voz trêmula e hesitante agora. Forçou-se a continuar caminhando, sobre pernas de borracha, primeiro um passo, depois outro.

Somente quando se aproximou é que Ruthie entendeu: sua mãe estava amarrada na cadeira com uma echarpe sufocando sua boca. O cabelo estava desgrenhado, as roupas amassadas e imundas, mas seus olhos estavam alerta, e ela não parecia estar ferida.

— Mamãe! — exclamou Ruthie. — Espere um pouco, eu vou tirar você daí. — Ruthie pousou a arma sobre a mesa e começou a desamarrar a echarpe.

"Quem fez isso com você? — perguntou, assim que conseguiu desatar a echarpe. — Como você veio parar aqui? — Ruthie se pôs a desamarrar a corda grossa de cânhamo que amarrava sua mãe à cadeira."

— Shhh! — pediu a mãe em um silvo baixo de advertência. — Precisamos ficar em silêncio. E precisamos sair daqui. Agora.

— Mamãe! — gritou Fawn, saltando para fora das sombras e atirando os bracinhos ao redor da sua mãe, enterrando o rosto em seguida em seu peito.

O rosto de Mamãe estava tenso de preocupação. Ela olhou para Ruthie e disse:

— Você não devia ter trazido Fawn pra cá.

— Eu sei... é complicado — argumentou Ruthie.

— Deixe pra lá — disse Mamãe. — Me desamarre. Precisamos sair daqui.

Ruthie não estava fazendo nenhum avanço enquanto tentava desamarrar aqueles nós complicados na corda grossa. Ela tirou o pequeno canivete de escoteiro que havia enfiado dentro da mochila e começou a cortar a corda com sua lâmina cega.

— Depressa — sussurrou sua mãe, com a voz cheia de urgência. — Acho que ela está voltando.

— Quem? — perguntou Ruthie.

Ruthie escutou com atenção. Sim, passos estavam vindo pelo túnel que elas tinham acabado de atravessar. Alguém estava vindo em sua direção.

— Ruthie — disse Mamãe, com o rosto contorcido de pânico. — Não se importe comigo. Você precisa levar sua irmã embora daqui. Vá pelo outro túnel e corra. Agora!

— Não — retrucou Ruthie, simplesmente. — Não vamos deixar você sozinha. Eu me espremi toda para entrar nesse poço dos infernos para encontrar você; não vou deixar você para trás agora.

Por trás do medo, ela viu outra coisa no rosto da sua mãe; algo mais suave. *Orgulho*, percebeu Ruthie.

Ruthie parou de cortar a corda e apanhou o revólver, segurando-o com as duas mãos do mesmo jeito como havia visto nos filmes, e o apontou para o túnel atrás das costas da mãe, muito embora seus braços não parassem de tremer. Os passos agora estavam mais altos, mais próximos, e elas ouviram alguém respirando com dificuldade, pesadamente.

— Essa arma não vai ajudar em nada — disse sua mãe em voz baixa, parecendo quase resignada a seja lá que destino elas tivessem de enfrentar. Fawn estava agora a seus pés; ela havia apanhado o canivete e estava cortando a corda com desespero.

Ruthie não teve tempo de perguntar por que a arma não iria ajudar.

Um vulto irrompeu dentro da câmara — uma mancha de movimento com passos destrambelhados e respiração pesada. Ruthie respirou fundo e estava prestes a apertar o gatilho quando reconheceu a fujona.

— Katherine! — exclamou Ruthie, abaixando a arma. As mãos de Katherine estavam cobertas de sangue; seu rosto estava suado e em pânico. — O que aconteceu?

— Alguma coisa está vindo — ofegou Katherine, aterrorizada.

Alguma coisa, pensou Ruthie. Ela disse *alguma coisa*.

Fawn cortou as últimas fibras da corda.

— Venham — disse a mãe de Ruthie, enquanto sacudia o corpo para fora das cordas e se levantava. — Eu sei onde fica uma saída.

Em algum lugar ali perto (era impossível saber de qual direção), elas ouviram um grito.

Candace, pensou Ruthie. Alguma coisa pegou Candace.

1910

Sara

23 de setembro de 1910

Prisioneiros do inverno, é como Gertie nos chama, embora eu continue viva. Porém nós existimos fora do mundo conhecido, na margem. E, verdade seja dita, sinto que praticamente não passo de um fantasma.

Gertie ainda não consegue falar, mas, de vez em quando, soletra palavras na minha mão. Se eu fecho os olhos, ela sai das sombras, senta ao meu lado e pega a minha mão. Seus dedos são frios como estalactites, e não consigo evitar de estremecer ligeiramente todas as vezes em que ela me toca.

"F-O-M-E", ela soletra, e digo que precisa esperar.

— Quando escurecer, vou ver o que consigo encontrar.

Fizemos uma pequena casa para nós na caverna, a mesma rede de túneis e cavernas para onde fui dois anos atrás, quando decidi trazer Gertie de volta.

De início, ficamos na caverna, só nos aventurando na floresta para caçar e apanhar água do riacho. Gertie não se mostra à luz do dia. Somente à noite, quando ela se movimenta nas sombras, um clarão de pele branca que aparece e some logo em seguida. É como se eu tivesse uma amiga imaginária que está comigo o tempo inteiro, mas raramente pode ser vista.

Quando nossos suprimentos começaram a rarear, passei a fazer visitas na vila à meia-noite, onde todos acreditam que eu estou morta.

É impressionante caminhar pela cidade de madrugada, um fantasma vivo. As pessoas que me veem murmuram uma prece e fecham as cortinas.

Trancam as portas de casa, pintam sinais para afastar o mau agouro na porta da frente e me manter à distância. E começaram a me deixar oferendas para serem poupadas da minha ira: potes de mel, moedas, sacos de farinha, até mesmo uma garrafinha de conhaque certa vez.

Ah, que poder nós, os mortos, temos sobre os vivos!

Fiz uma visita a Lucius — não consegui me conter. Entrei em sua casa logo antes de amanhecer, fiquei ao lado de sua cama e chamei seu nome baixinho até ele acordar. E quando vi o quanto ele ficou amedrontado, contei que eu tinha voltado do mundo dos mortos. "Você achava que eu era louca quando viva? Você não conhece nada da loucura dos mortos. Agora não há cama nenhuma capaz de me segurar, doutor", sussurrei com dureza em seu ouvido.

Às vezes eu sigo direto até o Cemitério de Cranberry Meadow e sento sobre a sepultura de Martin. Converso com ele durante horas, até que o sol nascente começa a colorir o céu a leste, e conto-lhe tudo o que aconteceu, tudo o que me tornei. Na maior parte do tempo, lhe digo o quanto lamento por tudo.

Às vezes é a minha própria sepultura que vou visitar, bem ao lado da de Martin. Como é estranho ver meu nome gravado na pedra: SARA HARRISON SHEA, AMADA ESPOSA E MÃE. Mais estranho ainda é saber que ali embaixo estão enterrados os ossos de Titia.

Esfolar o corpo de Titia foi minha própria ideia inteligente. Depois de Gertie acabar com ela, eu sabia que precisava fazer alguma coisa para esconder o que havia acontecido — seu corpo estava destruído, a pele rasgada por unhas e dentes, ao mesmo tempo parecendo e não parecendo vítima do ataque de algum animal. Também torci para que quando encontrassem o corpo as pessoas pensassem que era o meu. Titia e eu, embora de idades diferentes, tínhamos a mesma constituição magra. Sem o cabelo e a pele, sem todas as diferenças superficiais, ela e eu éramos, de muitas maneiras, iguais.

Para falar a verdade, a coisa não foi mais difícil do que esfolar um animal de grande porte, algo em que tenho prática — algo que a própria Titia me ensinou tão bem. Foi estranho o quanto foi fácil enxergar um ser humano apenas como carne, como uma tarefa a ser cumprida.

O boato que Titia tinha ouvido era verdadeiro: Gertie continuou caminhando pelo mundo depois de derramar sangue. Acredito que isso continuará por toda a eternidade.

A verdade, no entanto, é que ela não passa de uma simples sombra da menininha que foi um dia. Às vezes tenho vislumbres de minha filha adorada presa ali dentro, por baixo dos olhos inexpressivos desta criatura cujo corpo ela habita.

Se eu pudesse libertá-la, eu a libertaria.

Mas o melhor que posso fazer é protegê-la e proteger o mundo dela. Na verdade, proteger o mundo de outros como ela.

Até onde eu sei, ela é a única. De vez em quando, contudo, alguém sobe esse morro, alguém que perdeu um marido ou um filho, alguém que de algum modo aprendeu o segredo dos dormentes e da existência de um portal aqui em West Hall. Quase sempre é uma mulher, embora já tenham aparecido um ou dois homens. Às vezes minha simples presença é o suficiente para assustar a pessoa, para fazer com que mude de ideia. Em outras, não há nada que eu possa fazer para dissuadi-la de entrar na caverna para tentar trazer de volta seu ser amado. Nesses casos, eu deixo que Gertie cuide do assunto.

Pode parecer cruel, enviar alguém para a morte. Mas basta um olhar para os olhos ocos e famintos da coisa que um dia foi minha filhinha para saber que existem coisas piores do que a morte.

Muito piores.

4 DE JANEIRO

Presente

Ruthie

A cabeça de Ruthie latejava sem parar. Ela tinha a sensação de que seu corpo era feito de mármore frio, cinzento e inflexível. Seguia adiante depressa com pernas pesadas, atrás de sua mãe, pelas estreitas passagens rochosas, dando voltas e mais voltas.

Fawn não parava de matraquear e fazer perguntas:

— Do que é que a gente tá fugindo? Quem amarrou você? Pra onde você tá levando a gente?

— Sshh, meu amor — pedia Mamãe. — Agora não.

Katherine também tinha perguntas.

— Você conheceu meu marido, Gary. O que a mochila dele estava fazendo na sua casa?

Mamãe afastava todas as perguntas com uma cara feia.

— Silêncio — advertia. — Todas nós precisamos ficar em absoluto silêncio.

Ruthie tinha as próprias perguntas, que ardiam em seu cérebro: onde diabos estaria Candace, e o que a fizera gritar?

Alguma coisa está vindo aí.

O terreno ficou mais difícil — passagens minúsculas, rochas enormes para rodear agachada ou passar por cima. Fawn havia enfiado Mimi dentro de sua camisa para mantê-la segura, e agora ela tinha a aparência absurda de uma grávida de 6 anos de idade.

Sua mãe as guiava pelo caminho, segurando uma lanterna numa das mãos e o revólver que estava em seu quarto na outra. Entretanto, não parava de hesitar, levando tempo demais para estudar cada curva.

Ruthie estava começando a ter a sensação de que sua mãe estava levando-as em um gigantesco círculo.

— A gente já não passou por aqui, Mamãe? — indagou Ruthie.

— Não, acho que não — disse Mamãe, olhando ao redor com a lanterna.

— Achei que você soubesse o caminho — disse Katherine.

— Só estive aqui duas vezes — confessou ela.

— Mamãe, eu... — Ruthie começou a dizer, prestes a sugerir que elas voltassem, que tentassem encontrar o caminho a partir da primeira câmara, que fossem pelo mesmo caminho de onde tinham vindo.

— Shhh! Deixe eu pensar — cortou sua mãe.

Apesar das roupas de Ruthie estarem encharcadas de suor, ela estava com frio até os ossos. Batia os dentes, seu corpo doía. Seu cérebro parecia tonto e chacoalhado, e só havia uma coisa que ela sabia com certeza: precisava dar o fora daquela maldita caverna.

— Acho que estou sentindo uma brisa — afirmou Katherine, olhando de repente para a esquerda e dando alguns passos naquela direção.

— Nós já fomos para lá — disse Ruthie.

— Não, acho que não — insistiu Katherine, falando para trás. Ela começou a caminhar mais depressa, quase a correr, saltando pedras, batendo nas paredes de rocha irregulares como uma bola de *pinball*. Logo virou uma curva e desapareceu de vista; Ruthie e Fawn foram atrás dela, com sua mãe a poucos passos de distância.

— Katherine! — chamou Ruthie. — Espere!

— Oh, meu Deus! — gritou Katherine lá adiante, em um tom agudo e assustado. — Não!

Quando viraram a curva, Ruthie teve um relance do que a lanterna de Katherine estava iluminando. Parou de correr; seu corpo se enrijeceu. Ela inclinou-se para baixo e apanhou a irmã no colo, abraçou-a com toda a força.

— Feche os olhos, Fawn — mandou Ruthie, e sua irmãzinha pressionou a testa contra o seu ombro. — Fique de olhos fechados até eu dizer que pode abrir, combinado?

— Combinado — murmurou Fawn.

— Promete?

— Juro — disse Fawn, segurando os ombros de Ruthie com força.

Ruthie caminhou devagar para diante.

Katherine estava de pé ao lado de Candace, que estava caída no chão do túnel. Ela estava deitada de costas, com os olhos abertos. A arma estava no chão ao seu lado, assim como a lanterna, ainda ligada, seu raio de luz iluminando o chão. Sua garganta fora aberta. Na sua mão direita havia um monte de páginas amareladas cobertas com uma letra cursiva bem-feita: as páginas desaparecidas do diário de Sara.

— Ela conseguiu o que veio buscar — falou Ruthie sem querer em voz alta.

— Jesus — disse Katherine, pálida e trêmula. Ela deu um passo para trás.

— O que foi? — indagou Fawn num sussurro, os dedinhos apertando os ombros de Ruthie, beliscando e retorcendo a carne por baixo das camadas de roupa.

— Não se preocupe, minha Pequena Corça — acalmou Ruthie. — Só continue de olhos fechados.

A mãe de Ruthie as alcançou.

— Parece que um animal mastigou o pescoço dela — sussurrou Katherine, inclinando-se para a frente para mirar a lanterna na garganta destroçada de Candace.

— Não foi um animal — afirmou a mãe de Ruthie em voz baixa. Ela se agachou e apanhou as páginas do diário, que estavam salpicadas de sangue. — Precisamos seguir em frente.

— Estão sentindo isso? — perguntou Katherine. — *Com certeza* tem uma brisa vindo lá de baixo. — Ela rodeou o corpo de Candace e seguiu apressada pelo túnel, sem olhar para trás.

Ruthie foi atrás, com Fawn presa na frente do seu corpo como um bebê-macaco. Sim, havia *mesmo* uma brisa, uma mudança no ar. Ela não olhou para trás, mas teve certeza de sentir que olhos as observavam das sombras.

Ruthie

Ruthie estava sentada à mesa da cozinha com sua mãe, Fawn e Katherine. Mamãe tinha feito café e aquecido um pão de banana que tirara do freezer; o cheiro deveria ter reconfortado Ruthie, mas seu estômago se revirou. Sair do silêncio escuro e abafado da caverna para este mundo cheio de luz e cores, cheiros e sons, era demais. As xícaras de café e os pratos com pão de banana permaneceram intocados.

Mamãe dera Tylenol e uma xícara de chá de ervas a Fawn, e tentou colocá-la para dormir, mas Fawn protestou, pois não queria perder nada. Sentou-se caída no colo da mãe, com Mimi em seus braços, esforçando-se ao máximo para ficar acordada.

Katherine não parara de atormentar a mãe de Ruthie com perguntas incessantes sobre Gary, e Fawn perguntara inúmeras vezes como ela tinha ido para a caverna e por que elas a encontraram amarrada na cadeira.

— Vou contar a história toda desde o começo — prometeu Mamãe. E agora, por fim, ela havia começado.

— Seu pai e eu viemos para cá há 16 anos. Nossos amigos Tom e Bridget nos ligaram e disseram que tinham algo que iria mudar o mundo, que os tornaria mais ricos do que seus mais loucos sonhos. Se nós os ajudássemos, eles dividiriam toda aquela riqueza conosco. Aquilo nos pareceu tão empolgante — um convite e tanto para uma aventura.

As luzes da cozinha pareciam pulsar e davam a impressão de serem intensas demais, de latejar junto com a dor de cabeça de Ruthie. Ela só queria ir para o seu quarto, deitar na cama, esconder a cabeça embaixo das cobertas e tentar esquecer tudo o que tinha acontecido naqueles últimos três dias.

Mamãe, pressentindo o estado de Ruthie com aquele instinto especial de mãe, esticou o braço para apertar a mão da filha. Ruthie deu um aperto fraco na mão da mãe, mas depois a puxou de volta e pousou-a em seu colo, onde lhe pareceu cerosa e inútil. Uma mão de manequim de vitrine.

Katherine mexeu seu café, impaciente; a colher batia na caneca como um alarme.

— Por favor — pediu ela, interrompendo a história. — Me conte apenas como Gary encontrou você. Como a mochila dele acabou vindo parar aqui. O que de fato aconteceu naquele dia?

A mãe de Ruthie olhou para Katherine por cima dos óculos e assentiu, com paciência.

— Eu vou chegar lá. Prometo. Mas, para que você realmente entenda o que aconteceu, precisa escutar a história toda desde o início.

Ruthie fechou os olhos enquanto ouvia a história da mãe, como quando ela era pequena e sua mãe lhe contava "João e Maria" ou "Chapeuzinho Vermelho". Aquilo também era como um conto de fadas: era uma vez uma menininha chamada Hannah que adorava ir a uma padaria chamada Fitzgerald's com sua mãe. Seus pais a amavam muito. Só queriam o melhor para ela. E acreditavam que a chave para o bem-estar, para a felicidade, poderia estar naquelas páginas que contavam um segredo terrível: como trazer os mortos de volta.

E, como em todos os contos de fadas, houve derramamento de sangue, houve mortes.

— Era uma tarde fria de primavera — disse a mãe de Ruthie. — E nós havíamos ido para a floresta para procurar esse portal mencionado nas páginas de Tom e Bridget. — Ela olhou para Ruthie, sorrindo. — Você estava usando um vestidinho lindo com casaco, e tinha um ursinho de pelúcia.

— Como naquela foto? — perguntou Ruthie, lembrando-se da foto, do sorriso feliz em seu rosto. — Aquela que está na nossa caixa de sapatos?

Mamãe fez que sim.

— Eu tirei aquela foto pouco antes de sairmos para a trilha morro acima. — Ela olhou para sua xícara de café, depois continuou a história: — Estava muito agradável na floresta. Tom e James conversavam sobre livros; você estava tagarelando e cantando musiquinhas. Quando ficou cansada demais para continuar andando, sua mãe a carregou no colo. Ao chegarmos perto do alto do morro, vimos uma garotinha escondida atrás de uma árvore. Nós a chamamos, mas ela saiu correndo. Não usava nem casaco, nem sapatos. Seu cabelo estava emaranhado. Nós saímos correndo atrás dela até a Mão do Diabo, mas ela sumiu entre as rochas. Então começamos a procurar, e Tom encontrou a abertura da caverna. Ele insistiu para a gente entrar, pois nós precisávamos ajudar aquela pobre garotinha, que obviamente estava perdida e sozinha.

— Todos nós entramos na caverna? — perguntou Ruthie.

Sua mãe fez que sim.

— Não devíamos ter entrado. Mas não sabíamos. Como poderíamos saber? Jamais nos passou pela cabeça que o portal poderia estar ali, ou que aquela garota tivesse alguma coisa a ver com ele. Apenas vimos uma menina em apuros e quisemos ajudar. Acho que esquecemos todo o resto.

Mamãe caiu em silêncio por algum tempo. Ninguém falou nada. Por fim, ela respirou fundo e continuou:

— Estava escuro; Tom e Bridget estavam na nossa frente. Quando chegamos na primeira câmara, vimos de cara que havia alguém morando ali. Tinha uns dois lampiões acesos. Tom achou ter ouvido passos em um dos túneis. Ele e Bridget foram até lá, e...

— Ela os matou? — perguntou Ruthie.

Mamãe assentiu.

— Tudo aconteceu muito rápido. Não havia nada que pudéssemos fazer. James apanhou você no colo e nós saímos correndo.

O dormente tinha matado seus pais. Mas ali estavam os bondosos James e Alice Washburne para adotá-la, para criá-la como sua própria filha.

— Acredito que nós estávamos aqui exatamente com esse propósito — falou sua mãe. — Para salvar você, para cuidar de você. Eu soube disso sem a menor sombra de dúvida, ao abraçar você naquele dia, que nós seríamos os seus pais. Que esse era o nosso destino.

— Destino — repetiu Fawn para Mimi.

Ruthie balançou a cabeça. Destino, providência, era para ser, vontade de Deus — esse tipo de conversa sempre havia irritado Ruthie. Sugerir que o massacre de seus verdadeiros pais tinha sido de alguma maneira orquestrado pelas estrelas era um verdadeiro cúmulo.

— Mas por que não fomos embora daqui? — exigiu saber Ruthie. — Essa... essa *coisa* matou os meus pais... e a gente simplesmente continuou por perto? Vocês decidiram que a gente devia *morar* aqui? Vocês sabiam o que estava aí fora!

Pois agora ela entendia quem devia ser o monstro da floresta: a pequena dormente Gertie, desperta para toda a eternidade, exatamente como Titia avisara.

Alguma coisa havia matado Candace, aberto sua garganta como um animal. E a existência de Gertie explicava o que havia acontecido com Willa Luce, com o menininho em 1952, com o caçador perdido, explicava até mesmo algumas das histórias que Buzz e seus amigos contavam. Ela se lembrou dos avisos de seus pais quando era pequena: *Fique longe da floresta. Coisas ruins acontecem com menininhas que se perdem na floresta.*

Sua mãe acenou a cabeça.

— Ah, sim, eu sabia o que havia lá fora, morando na caverna. Quando voltamos para casa naquele dia, seu pai e eu percebemos quem ela era, embora mal conseguíssemos acreditar.

— Quem era ela, Mamãe? Quem estava na caverna? — perguntou Fawn.

— Uma menininha chamada Gertie. Só que ela não era uma menina comum. Era uma dormente.

— Ruthie disse que os dormentes não são de verdade. — Fawn olhou desconfiada para Ruthie.

— Ah, são de verdade sim, pode apostar — afirmou sua mãe. Ficou novamente em silêncio por um instante e então prosseguiu. — Enfim, conseguimos voltar para a casa. Seu pai... achou que a gente devia ir embora, ir embora para o lugar mais longe possível daqui, o mais rápido que conseguíssemos. Mas eu sentia que precisávamos tentar fazer alguma coisa, encontrar uma maneira de proteger as pessoas dessa garota, de garantir que o que havia acontecido com Tom e Bridget jamais voltasse a acontecer de novo. Eu o convenci. Para o bem ou para o mal. — Ela fez outra pausa, partiu seu pão de banana, empurrou os pedaços pelo prato.

"Ela voltou naquela noite."

— Quem? — perguntou Ruthie.

— Gertie. Eu ouvi arranhões no armário lá de cima, abri a porta e lá estava ela. Achei que eu fosse morrer de terror, mas Gertie parecia tão... tão arrependida, quase, tão triste e sozinha. Não era culpa dela, ser como era. Então conversei com ela. Fizemos um acordo. A gente lhe faria companhia, lhe traria presentes, nós a ajudaríamos a conseguir comida, mas ela precisava prometer que jamais iria nos machucar. Ela não consegue falar... acho que nenhum deles consegue. Mas ela concordou, até sorriu para mim.

Ruthie assentiu, paralisada, ainda sem conseguir acreditar na história fantástica que sua mãe estava contando.

— Quer dizer que você basicamente adotou duas meninas naquele dia?

— Sim — confirmou sua mãe. — Mas uma delas era um fardo muito maior, uma responsabilidade imensa. Eu acreditava que ajudá-la, e manter o mundo a salvo dela, era nossa tarefa. Também acreditava que era nossa responsabilidade, minha e do seu pai, garantir que ninguém mais fizesse outro dormente. Tínhamos de manter o segredo guardado em segurança.

— Então as páginas do diário não foram destruídas? — perguntou Katherine. — Você estava com elas o tempo todo?

Candace tinha razão nesse ponto. No fim das contas ela conseguiu a prova, mas morreu por isso.

A mãe de Ruthie balançou a cabeça.

— As páginas não são nossas para podermos destruí-las. Não parecia certo. Portanto, nós as escondemos na caverna, colocamos Gertie de guarda, e dissemos a Candace que elas haviam sumido. Ela só queria vendê-las, ganhar dinheiro. Nós sabíamos que havia mais páginas por aí, as últimas instruções e o mapa, e que um dia elas acabariam vindo à tona.

— Gary as encontrou — afirmou Katherine. Ela parecia exausta e horrivelmente pálida: todo o seu rosto, inclusive seus lábios, estava drenado de qualquer cor. — E apareceu por aqui com elas. Estava com a carta original de Titia para Sara, além do mapa que ela desenhou mostrando a localização do portal na caverna.

A mãe de Ruthie assentiu.

— Ele veio para cá depois de descobrir a caverna; o mapa o conduziu direto até lá. Viu Gertie ali. Tirou sua foto. Ele sabia de tudo. E estava absolutamente decidido a voltar para casa, apanhar um objeto do seu filho e depois voltar para fazer o feitiço capaz de trazê-lo de volta. Não admitiu um não como resposta. Tentei explicar a ele o que iria acontecer, que pesadelo isso seria. Mas ele estava determinado. Implorei que conversasse mais um pouco sobre o assunto comigo. Nós fomos almoçar juntos na cidade. Tentei dissuadi-lo de todas as maneiras que pude pensar. Contei tudo a respeito de Gertie. Diabos, eu cheguei até a lhe oferecer dinheiro! — Não que eu realmente tivesse algum. Ele já estava decidido, no entanto.

Katherine revirou o anel em seu dedo, aquele que ela usava em cima da aliança de ouro. O anel de Titia.

A mãe de Ruthie esfregou os olhos.

— Eu o segui para fora da cidade, naquela tarde. Não sabia mais o que fazer. Achei que talvez eu conseguisse fazê-lo parar na estrada, que conseguiria dar um jeito de fazer com que ele mudasse de ideia. Não podia deixar que ele voltasse para Boston com aquelas fotos. Se ele contasse a alguém, se a história se espalhasse...

Mamãe abaixou a cabeça, e todo o seu corpo desabou para a frente, desolado. Fawn olhou da sua mãe para Ruthie, depois para Katherine, perplexa.

— Ele estava dirigindo tão depressa. Talvez, se eu não o estivesse seguindo tão de perto...

— Você... você o viu bater? — perguntou Katherine, balançando de leve na cadeira quando o peso das palavras a atingiu. Segurou a mesa com uma das mãos para se apoiar.

A mãe de Ruthie assentiu e olhou para as próprias mãos, que estavam sobre a mesa.

— Ele estava bem na minha frente, virando uma curva. Virou depressa demais e simplesmente perdeu o controle do carro. Tudo aconteceu tão rápido, que não teve como impedir. Parei o meu carro e corri até o dele, mas, assim que cheguei lá, percebi que não havia nada a fazer. Ele estava morto.

Katherine chorava baixo e escondia o rosto entre as mãos.

— Sua mochila estava lá, no banco do passageiro, ao seu lado. Antes de pensar muito no assunto, eu estiquei o braço e a apanhei.

Sua mãe levantou a cabeça, encarou Ruthie. Seus olhos azuis estavam cheios de lágrimas, mas atrás delas havia um olhar de determinação resoluta.

— Eu não podia deixar ninguém encontrar as páginas que ele levava consigo, ou ver as fotos em sua câmera. Eu sabia que precisava esconder as páginas junto com as outras coisas na caverna, onde ninguém jamais as encontraria. Você não entende do que um dormente é capaz. Se a história se espalhasse, se mais dormentes fossem feitos... — Sua mãe balançou a cabeça. — Pode imaginar o que iria acontecer?

Todas se viraram e olharam para Katherine, esperando. Ela ficou sentada com expressão impassível, olhando para o nada à sua frente com olhos escuros e vazios.

— Acho que todos nós fazemos o que acreditamos ser o melhor — respondeu Katherine por fim. Levantou-se, balançando de leve, ainda terrivelmente pálida. — Às vezes cometemos erros terríveis, às vezes fazemos a coisa certa. Às vezes, não temos como saber. Só podemos torcer. — Com isso, ela se virou para sair da cozinha, mas parou na mesma hora. — Pode me dizer só mais uma coisa? — perguntou.

— Qualquer coisa — disse a mãe de Ruthie.

— O que ele pediu?

— Como?

— No Lou Lou's, quando vocês almoçaram juntos. O que Gary pediu?

A mãe de Ruthie pareceu não entender, mas depois respondeu.

— Um *club sandwich* de peru e uma xícara de café.

Katherine sorriu.

— Que bom — falou ela. — Sempre foi o favorito dele.

5 DE JANEIRO

Presente

Ruthie

Ruthie acordou com os sons familiares e reconfortantes de sua mãe preparando o café da manhã lá embaixo. Sentiu o cheiro de café, bacon e pãezinhos de canela. Arrastou-se para fora da cama e desceu até a cozinha.

— Bom dia — cumprimentou sua mãe, com voz alegre. Ruthie olhou para ela, ao redor da cozinha, e então, naquele único instante, deixou-se imaginar que tudo o que havia acontecido naqueles últimos dias não passava de um sonho ruim.

Então sua mãe quebrou o encanto.

— Ruthie — disse ela. — Eu sei que você já tem muita informação para absorver, mas só quero que você saiba que, se quiser fazer alguma pergunta, se desejar mais alguma outra explicação, estou aqui.

— Obrigada — agradeceu Ruthie, servindo-se de café.

— Sabe, eu e seu pai enxergamos você como nosso maior presente. Não podíamos amá-la mais do que amamos, e o fato de você não ser nossa filha biológica nunca teve a menor importância.

Ruthie assentiu, sentiu o rosto ficar rosado.

— Desculpe por não ter contado a verdade. E desculpe mais ainda por você ter sido obrigada a descobrir tudo do jeito como descobriu.

Ruthie não soube o que dizer.

— E agora que sabe a história toda, existe algo sobre o qual eu quero que você pense a respeito. Sei o quanto significa para você cursar uma faculdade em outra cidade, e, se você estiver mesmo decidida, nós vamos encontrar uma maneira de fazer esse plano dar certo. Mas eu não estou ficando mais jovem. E alguém precisa cuidar de Gertie quando eu não puder mais. Sinceramente, sua ajuda me seria muito útil agora — é uma enorme responsabilidade para uma pessoa só, e, sem seu pai conosco, receio que não tenho sido capaz de dar toda a atenção que ela precisa. Ela gosta muito de companhia. Ela fica... solitária.

Sua mãe virou-se para o fogão, virou o bacon, abriu a porta do forno para checar os pãezinhos de canela, depois enxugou as mãos no avental e continuou:

— Gertie sempre teve uma espécie de... afinidade por aquele armário no meu quarto. Quando eu não ia visitá-la na caverna com a frequência que ela queria, eu a encontrava escondida no armário. Eu sentia tanto medo de que um dia desses ela topasse com uma de vocês duas que finalmente decidi lacrar a porta. Só que isso só fez com que ela ficasse zangada. Quando ela veio me procurar naquela noite, havia uma ira, um desespero em seus olhos que eu jamais havia visto antes; ela achou que eu tivesse virado as costas para ela. Eu tive de ir junto com Gertie para a caverna, não tive escolha. Tive medo do que ela seria capaz de fazer caso eu não fosse, medo de que ela pudesse ferir você ou sua irmã.

Alice pegou a jarra da cafeteira e andou até Ruthie para encher novamente sua xícara de café, mas Ruthie ainda não havia dado nenhum gole. Então Alice tornou a encher sua própria xícara e misturou uma boa quantidade de leite e açúcar.

— Porém, dessa vez, Gertie não quis me deixar partir. Ela me amarrou na cadeira, queria que eu lhe contasse histórias. Ela é muito... forte. E, quando eu ouvi todas vocês entrando na caverna, ela reforçou minhas amarras e inclusive me amordaçou para que eu não pudesse chamar vocês. — Sua mãe tomou um longo e vagaroso gole de seu café e olhou para o morro pela janela.

"Então você entende, não é? — prosseguiu. — Precisamos nos esforçar muito, fazer o máximo que pudermos para evitar que coisas como o que aconteceu com Willa Luce aconteçam novamente. Isso que aconteceu com Willa... foi porque eu não consegui cumprir minhas obrigações direito. Mas, se eu tivesse a sua ajuda, as coisas seriam diferentes."

Ruthie olhou para sua mãe, que afagou seu rosto com carinho.

— Alguém precisa manter a salvo os segredos do nosso morro; proteger as pessoas da cidade. Só quero que você pense a respeito, só isso.

Fawn entrou cambaleando na cozinha vestida com pijamas de pezinho cor-de-rosa, segurando Mimi.

— Agora, quem vai querer pãozinho de canela? — indagou Mamãe animadamente, abrindo a porta do forno.

Depois do café, as garotas entraram escondidas no quarto da mãe enquanto ela lavava a louça.

— É verdade? — perguntou Fawn quando elas estavam a sós, agachada diante do buraco secreto no chão. — Que a gente não é irmã de verdade? — Ela olhou para baixo, para o esconderijo.

Ruthie levantou o rosto de Fawn, de modo que os olhos das duas se encontrassem.

— Você *é* minha irmã, Fawn. Sempre vai ser minha irmã. Nada é capaz de mudar isso.

Fawn sorriu, e Ruthie se inclinou para beijar sua testa.

As duas reuniram todas as páginas do diário, as carteiras de Tom e Bridget e o revólver. Enfiaram tudo na mochila de Fawn, para levarem até o poço.

— Tem certeza de que é uma boa ideia? — perguntou Fawn mais uma vez. — Mamãe vai ficar muito brava quando descobrir que a gente apanhou isso tudo.

Ruthie concordou.

— Não tem problema. É o que precisamos fazer. Mamãe nunca conseguiu se livrar dessas coisas, ela se sentia muito culpada ou sei lá o quê, e eu entendo, mas olhe só toda a confusão que isso causou. Se essas páginas continuarem por aí, sempre vai aparecer gente disposta a fazer loucuras para pôr as mãos nelas. E, se essas instruções continuarem existindo, ainda será possível fazer mais dormentes.

Fawn olhou sem entender para Ruthie.

— Então os monstros são de verdade.

Ruthie respirou fundo.

— Sim — afirmou. — Mas eles não têm culpa de serem o que são. A verdade é que eu sinto pena de Gertie. Ela não pediu por nada disso.

A floresta estava silenciosa quando as garotas subiram o morro para procurar o velho poço. Caminharam pelo pomar, passaram pelo local onde Ruthie encontrou o pai agarrado a seu machado. Continuaram subindo, e a trilha ia se tornando cada vez mais íngreme à medida que se aproximavam da Mão do Diabo. Rochas irrompiam por baixo do tapete fresco de neve — algumas altas e afiadas, outras lisas e redondas como ovos gigantes. Quando chegaram ao topo, pararam embaixo das cinco rochas gigantes em formato de dedos. Ruthie procurou a abertura da caverna, mas a pedra havia sido recolocada em seu lugar e estava enterrada em uma camada recente de neve. Não havia nenhum canto de pássaro, nenhum sinal de vida. Apenas um ou outro ruído de neve deslizando dos galhos das árvores e caindo no chão.

Quando elas finalmente descobriram o velho poço, ao norte da Mão do Diabo, ambas estavam sem fôlego, mas satisfeitas por terem encontrado o lugar.

— Foi aqui que Gertie morreu? — perguntou Fawn, a respiração saindo em nuvenzinhas de fumaça. Mimi, a boneca, estava presa firmemente em seus braços.

Ruthie fez que sim e olhou para dentro do poço — um círculo de pedras rodeando um enorme buraco negro que parecia descer para sempre.

Tentou imaginar como seria cair ali, olhar para o círculo intenso da luz do dia e vê-lo se afastando cada vez mais, até parecer uma espécie de lua longínqua.

As garotas ficaram paradas, protegidas pelos seus casacos de inverno, com raquetes de neve bem presas aos pés. O sol tinha acabado de aparecer atrás do morro, e elas viram seu brilho nebuloso por entre as árvores. A floresta ao redor estava coberta de neve, absolutamente imóvel. Nem mesmo o vento agitava o ar. Era como se o mundo inteiro houvesse adormecido e apenas elas duas estivessem despertas.

— Então parece ser o certo — disse Fawn. Ela tirou a mochilinha que estava carregando das costas, abriu-a, retirou as páginas do diário e entregou-as a Ruthie. — Acho que você é que devia fazer isso — falou, parecendo de repente uma menina muito mais velha, uma mulher idosa e sábia presa no corpo de uma criança. — Você e ela são parentes.

Ruthie segurou as páginas; a tinta estava desbotada, o papel manchado e amassado, salpicado do sangue de Candace. Ali, em letra cursiva inclinada, estavam as palavras da sua tia distante. As instruções para criar dormentes, copiadas da carta de Titia.

Ruthie correu os dedos pelas frases, pensando em como um dia seus pais biológicos, Tom e Bridget, seguraram aquelas mesmas páginas, acreditando que iriam mudar o mundo, enriquecer, dar uma vida melhor à sua filha.

Mas havia ainda as páginas que Gary encontrara: a carta de Titia para Sara, o mapa que ela havia desenhado, mais anotações escritas por Sara.

Estava tudo ali: a história de Sara, a história de Titia. A história da própria Ruthie, até.

A história de uma menininha chamada Gertie, que morreu.

Cuja mãe a amava tanto que não foi capaz de aceitar sua morte.

E então ela a trouxe de volta dos mortos.

Só que o mundo ao qual ela voltou não era mais o mesmo.

Ela não era mais a mesma.

Ruthie atirou os papéis no poço, um de cada vez, observando as páginas flutuarem como borboletas brancas e quebradas, como flocos de neve, para baixo, para baixo, para baixo, até não conseguir mais enxergá-las.

— Agora não dá mais pra fazer nenhum deles, né? — perguntou Fawn.

— É — afirmou Ruthie, observando a última página cair. Ela soube, naquele momento, o que faria. Ficaria em West Hall e ajudaria sua mãe como guardiã do morro, guardadora de seus segredos. Sorriu ao pensar nisso, em como parecia tão simples, como se fosse algo ao qual ela estivesse predestinada há muito tempo; como se fosse o destino, enfim.

Então, pressentindo um movimento, Ruthie se virou bem a tempo de olhar de relance uma garotinha com roupas esfarrapadas e rosto branco espiando por trás de uma árvore.

Ela sorriu para as duas, depois voltou rapidamente para as sombras.

Katherine

Depois de despertado, o dormente caminhará durante sete dias. Então, sumirá para sempre deste mundo.

Katherine fitou as palavras na tela de seu computador. Tinha plugado o cartão de memória da câmera de Gary e estava estudando as fotos que ele tirara das páginas desaparecidas do diário de Sara, da carta de Titia e do mapa.

Como aquilo tudo pareceria bizarro para alguém que estivesse vendo pela primeira vez, alguém que não tinha ido até a caverna, que não tinha visto as coisas que Katherine havia visto.

Perder aquelas páginas para sempre parecia um ato criminoso, um desperdício terrível. No mínimo, elas tinham importância histórica. Katherine tinha um amigo, um professor de sociologia da Universidade de Boston que provavelmente ficaria feliz de dar uma olhada nelas. E será que o homem que ela conhecera na livraria da cidade também não adoraria colocar as mãos numa cópia?

Com alguns comandos do teclado, ela encolheu o mapa que indicava o caminho até a entrada da caverna na Mão do Diabo para o tamanho de um selo postal e apertou IMPRIMIR. Enquanto a impressora a laser fazia seu trabalho, ela olhou para a própria mão, para o anel de osso em seu dedo anular: o anel de Titia. Titia, a feiticeira. Titia, capaz de trazer os mortos de volta à vida.

O anel tinha sido o último presente de Gary para Katherine.
Aos novos começos.

Ela se levantou, alongou-se. O dia passara voando, como costumava acontecer quando ela estava imersa em seu trabalho. Eram quase dez horas da noite, e ela não havia nem almoçado nem jantado.

Depois de a página ter sido impressa, ela a levou até sua mesa de trabalho e recortou a pequenina cópia do mapa. Desde que voltara ao apartamento, de madrugada, Katherine começara a finalizar sua última caixa. O exterior estava pintado com imitação de tijolos; havia uma porta no meio e uma placa bem-feita que dizia LOU LOU'S CAFÉ. À esquerda dessa porta, havia uma grande janela feita de Plexiglas fino. Katherine abriu a porta e quase foi capaz de sentir os cheiros ali de dentro: café, pãezinhos recém-assados, torta de maçã. Ali, sentada à mesa no centro do café, estava a pequenina boneca de Alice. Na frente dela, o Gary em miniatura, trajando sua melhor calça preta e a camisa branca com a qual tinha saído de casa naquela manhã.

Vou fotografar um casamento em Cambridge. Volto para o jantar.

E, na frente dele, sua última refeição. Um *club sandwich* de peru e uma xícara de café. Não era uma refeição interessante, mas ela sabia que era a preferida de Gary — seu pedido costumeiro em todos os restaurantes familiares e de estrada. Para ela, era uma satisfação saber que o Gary ali sentado no Lou Lou's Café era o mesmo Gary que ela havia conhecido desde sempre.

Com um pincel superfino, ela aplicou um ponto de cola no verso do mapinha minúsculo e colou-o na mesa, ao lado de Gary, usando pinças compridas. O mapa que ele tinha usado para chegar a West Hall, ao morro e à Mão do Diabo, onde ele havia fotografado uma garotinha que morrera há mais de cem anos.

Enquanto alisava a camisa branca do bonequinho de Gary, ela imaginava aquela última conversa: Alice implorando para ele esquecer tudo o que havia descoberto, para deixar aquilo de lado. Mas Gary, que naqueles dois últimos dias andara confuso e furioso, cheio de dor por causa da morte aparentemente impossível de seu filho, só conseguia pensar em Austin — só conseguia pensar que ele daria tudo se existisse a menor chance de trazê-lo de volta, mesmo que somente por sete dias.

Como o mundo devia ter parecido iluminado, cheio de espanto e maravilha para Gary naquele seu último dia, ali sentado no Lou Lou's

Café. Descobrir que ele vivia em um mundo onde era possível despertar os mortos e fazer com que andassem novamente — que descoberta maravilhosa! Quanta esperança ele deve ter sentido, como isso deve ter cintilado e aquecido seu corpo por dentro.

E teria ele pensado em Katherine, na cara que ela faria se trouxesse o filho deles para casa mais uma vez? Em como ela ficaria feliz. Em como ficaria maravilhada.

— Eu entendo — disse Katherine em voz alta, afagando a cabecinha do boneco. — Eu entendo por que você fez o que fez. Só fico triste por você não ter me contado nada disso. — E então, porque precisava dizer aquelas palavras, precisava dizê-las em voz alta e sentir seu peso abandoná-la de uma vez por todas, ela acrescentou: — Eu o perdoo.

Ela fechou a portinha do café e deixou os dois a sós para reencenar aquela conversa para sempre: Alice tentando convencer Gary a esquecer tudo aquilo, Gary dizendo que isso não era possível.

Atrás de Katherine, um pequeno ruído.

Algo arranhando a porta do apartamento, como um cachorro ou um gato pedindo para entrar.

Ela se levantou do banquinho, flutuou pela sala e parou por um instante, com a mão sobre a maçaneta.

Seu coração cantou de alegria.

Gary.

1939

Sara

4 de julho de 1939
Dia da Independência

Os passeios de madrugada pela cidade tornaram-se cada vez mais difíceis. Minha vista está falhando. Meus ossos e minhas juntas doem o tempo inteiro. Outro dia, vi meu reflexo no riacho e não reconheci a velha magra que me olhava de volta. Quando foi que meu cabelo tornou-se tão grisalho? Meu rosto tão cheio de rugas?

Sinto dor ao pensar no que irá acontecer com minha amada Gertie quando eu me for. Ela continuará vivendo para sempre. O meu tempo neste mundo é limitado.

E, por mais velha que ela possa se tornar ao longo dos anos, continua sendo apenas uma criança e faz escolhas e planos de uma criança.

Quem estará aqui para lhe fazer companhia, para ajudá-la a controlar seus impulsos, depois que eu me for?

"Existem outros?" — Escreveu ela na minha mão certa noite, não faz muito tempo. — "Outros como eu?"

Não tive certeza do que responder. Eu já havia pensado no assunto antes e chegado à conclusão que, com certeza, ao longo de todos esses anos em que as pessoas vinham fazendo dormentes, era impossível que ela tivesse sido a única a derramar sangue.

— Pode ser que existam — respondi. — Mas, se existem, estão bem escondidos.

Por dentro, eu rezo para que ela seja a única.

Ela parece sentir necessidade de se alimentar a cada intervalo de alguns meses. Fica irritada e recolhida, depois fraca, e então somos obrigadas a nos aventurar para fora em busca de comida. Eu já lhe trouxe esquilos, peixes, até mesmo um cervo certa vez. (Como é irônico que as próprias habilidades na caça e na feitura de armadilhas que Titia me ensinou há tanto tempo sejam aquelas que nos permitem sobreviver.) Deixo as oferendas em frente à caverna e dou um longo passeio enquanto ela se alimenta. Ela não quer que eu veja (e meu estômago também não suporta isso). A verdade, porém, é que os animais que eu lhe trago não a saciam. O que ela deseja mais do que tudo (ah, como estremeço ao escrever isso!) é sangue humano.

Eu já lhe trouxe isso, também.

Não entrarei em detalhes dos meus crimes aqui — são horrendos demais para mencionar. Basta dizer que, se existe um inferno, o inferno de que o reverendo Ayers sempre nos advertia em seus sermões, lá é o meu lugar; é lá que irão me encontrar no fim.

Sinto vergonha em dizer isso, em confessar o que fiz, mas Gertie, afinal de contas, é minha criação.

Minha filha de nascimento e minha dormente desperta.

AGRADECIMENTOS

Agradeço a Dan Lazar, que me incitou a ir mais longe, a pintar um quadro maior; a Anne Messitte, por compartilhar a mesma visão que eu e descobrir maneiras de aperfeiçoá-la; a Andrea Robinson, pelo olhar aguçado e pelas dicas certeiras; a toda a equipe da Doubleday — é uma felicidade imensa trabalhar com um grupo tão maravilhoso; e, finalmente, a Drea e Zella, por... bem, por tudo: eu não conseguiria ter feito nada disso sem vocês.

Este livro foi composto na tipografia Sabon LT Std, em corpo 10,5/15, e impresso em papel off-white no Sistema Digital Instant Duplex da Divisão Gráfica da Distribuidora Record.